MI EX Y OTRAS MALDICIONES

MI EX Y OTRAS MALDICIONES

ERIN STERLING

TITANIA

Argentina • Chile • Colombia • España
Estados Unidos • México • Perú • Uruguay

Título original: *The Ex Hex*
Editor original: Avon Books. An Imprint of HarperCollins*Publishers*, New York
Traducción: Eva Pérez Muñoz

1.ª edición Abril 2022

ISBN: 978-84-17421-62-5
E-ISBN: 978-84-19029-66-9
Depósito legal: B-3.524-2022

Fotocomposición: Ediciones Urano, S.A.U.

Impreso por: Romanyà-Valls – Verdaguer, 1 – 08786 Capellades (Barcelona)

Impreso en España – *Printed in Spain*

A Sandra Brown, Jude Deveraux, Julie Garwood,
Judith McNaught y Amanda Quick, las autoras culpables
de que quisiera convertirme en escritora de novela romántica
desde los doce años.
¡He tardado treinta años, pero al fin lo he conseguido!

Prólogo

Nunca mezcles la magia con el vodka.

Vivi lo sabía. No solo porque su tía Elaine se lo había dicho mil veces, sino también porque estaba impreso en los paños de cocina, camisetas y, por irónico que resultara, en los vasos de chupito del Algo de Magia, la tienda de su tía en el centro de Graves Glen, en Georgia.

Puede que esa frase fuera lo más parecido a un lema que tuviera la familia Jones.

Aunque mientras se sumergía un poco más en la bañera y bebía otro sorbo del brebaje de vodka y arándanos que le había preparado su prima Gwyn, pensó que un corazón roto debería ser una excepción a esa regla.

En ese momento, el suyo sin duda lo estaba. Puede que hasta destrozado. Lo único que ahora latía en su caja torácica eran pequeños trozos de corazón dispersos por su pecho. Y todo por culpa de un bonito acento y un par de ojos muy azules.

Con un sollozo, agitó los dedos e inundó el aire con el olor a la colonia de Rhys, una mezcla de cítrico y picante que nunca había logrado discernir del todo, pero que se le había quedado lo suficientemente grabado en el cerebro como para poder convocarlo.

Incluso metida en la bañera con patas de Gwyn, podía recordar cómo ese aroma la había vuelto loca de deseo cuando ocultaba la cara contra su pecho y lo cálida que era su piel.

—¡Para ya, Vivi! —gritó Gwyn desde el dormitorio—. ¡Me está doliendo la cabeza!

Vivi se hundió más en la bañera. El agua se desbordó por ambos lados y estuvo a punto de apagar una de las velas que había dejado en el borde.

Otra de las lecciones de su tía Elaine era que la mejor cura para todo era un baño y unas velas encendidas. Pero aunque había echado en el agua mucho romero y un puñado de sal rosa, y encendido casi todas las velas que tenía Gwyn, no se sentía mejor.

Eso sí, tenía que reconocer que el vodka estaba ayudando. Se echó hacia delante para tomar otro sorbo a través de la pajita rizada de un vivo color púrpura.

—¡Déjame en paz! —respondió, también gritando, cuando se terminó el vaso.

Gwyn asomó la cabeza por la puerta, con el pelo rosa balanceándose sobre sus hombros.

—Cariño, sabes que te adoro, pero solo has salido con ese tipo tres meses.

—Y solo hace nueve horas que lo dejamos —señaló ella. No puntualizó que en realidad eran nueve horas y treinta y seis minutos, casi treinta y siete—. Todavía me quedan por lo menos quince horas para seguir enfadada. Es lo estipulado.

Gwyn puso los ojos en blanco.

—Por eso te dije que no salieras con ningún chico brujo. Sobre todo con ningún brujo Penhallow. Puede que esos imbéciles fundaran este pueblo, pero siguen siendo unos putos brujos.

—Sí, putos brujos.

Miró con tristeza el vaso vacío mientras Gwyn regresaba al dormitorio.

Vivi era mucho más novata que Gwyn en el mundo de la magia. Su prima se había criado con su tía Elaine, una bruja a la que le encantaba usar la magia. Sin embargo, su madre, la hermana de Elaine, había mantenido sus poderes en secreto. Vivi solo empezó a explorar su parte mágica después de la muerte de su progenitora, cuando se fue a vivir con su tía y con su prima.

Lo que significaba que no sabía nada de chicos brujos, ni que conocer a uno en una fiesta del solsticio podía ser lo mejor y lo peor que te podía pasar en la vida.

Alzó la mano y volvió a agitar los dedos. Segundos después, apareció una imagen nebulosa encima del agua.

Se trataba de un rostro apuesto, con una buena estructura ósea, pelo oscuro, ojos deslumbrantes y una sonrisa traviesa.

Frunció el ceño y movió la mano de nuevo. Lo que provocó una ola en miniatura que emergió de la bañera para caer directamente sobre la cara, haciendo que esta se desvaneciera en una lluvia de chispas.

Ojalá hubiera podido borrarla de su memoria con la misma facilidad. Pero a pesar de la tristeza que la embargaba y el vodka consumido, sabía muy bien que no debía tontear con ese tipo de magia. Además, un par de los pedacitos que quedaban de su corazón no querían olvidarse de esos tres meses, sino aferrarse al recuerdo de la noche en la que se conocieron, la cadencia con la que él pronunciaba su nombre (siempre la llamaba «Vivienne», nunca «Vivi»), y la primera vez que le preguntó si podía besarla. Ella le respondió: «¿Ahora?» y él esbozó esa lenta sonrisa y le dijo: «Prefiero ahora, pero estoy abierto a cualquier momento que me propongas». ¿Qué mujer se resistiría a eso? ¿Sobre todo si se trataba de una chica de diecinueve años en su primera fiesta del solsticio? Y lo más importante, cuando el hombre que pronunciaba esas palabras era un chico alto, guapísimo y *galés*.

Tenía que ser ilegal. En cuanto pudiera, iba a presentar una queja al Consejo de Brujería para...

—¡Vivi! —le gritó su prima desde la habitación—. Las luces vuelven a parpadear.

¡Ups!

Se sentó y tiró del tapón de la bañera, esperando que parte de su desdicha se fuera también por el desagüe.

Después, salió de la bañera, pasando con cuidado por encima de las velas y descolgó la bata que su prima le había dejado sobre el gancho de la pared. Cuando se ajustó el cinturón de seda negro se sintió un poco mejor. Por eso había venido a la cabaña que Elaine y Gwyn tenían en el bosque, en lo alto de las montañas de Graves Glen, en vez de volver a su habitación de la residencia en la universidad. Allí arriba, en ese pequeño y acogedor espacio con sus velas y sus gatos, con cada habitación oliendo a humo de leña y a hierba, Vivi se sentía en casa.

Tal vez Gwyn y ella podían hacerse alguna mascarilla facial. Tomarse otra copa más (o cinco) y escuchar a Taylor Swift.

Aunque cuando salió del baño y vio a su prima dibujando un círculo de sal en el suelo, pensó que también podían hacer... lo que quiera que fuera eso.

—¿Qué haces? —preguntó a su prima. Agitó una mano hacia el baño. Un segundo después, salió flotando un vaso con una pajita rizada. Lo agarró y se dirigió hacia el escritorio de Gwyn para servirse otro trago.

—Vamos a maldecir a ese imbécil —respondió Gwyn con una sonrisa.

—No es un imbécil —repuso ella, mordisqueando el extremo de la pajita mientras contemplaba el círculo—. Al menos no al principio. Y para ser justos, he sido yo la que lo ha dejado, no él.

Su prima resopló y empezó a recogerse el pelo en una coleta.

—Lo has dejado porque es un *imbécil*. Vino a Graves Glen, te sedujo y, mientras tanto, su padre estaba en Gales, planeando su boda con alguna bruja sofisticada. ¡Él lo sabía! ¡Y en ningún momento se molestó en decírtelo! De modo que lo de «imbécil» sigue en vigor, y así es como lo vamos a llamar todos.

—Por todos te refieres a ti.

—A mí y a sir Purrcival —dijo Gwyn, señalando al gatito negro que estaba enroscado en su cama. En cuanto el animal oyó su nombre, levantó la cabeza y miró a Vivi con sus brillantes ojos amarillo verdosos antes de emitir un pequeño maullido como si estuviera de acuerdo.

Y sí, Rhys había estado comprometido. Bueno, casi. Aunque no había usado esa palabra. Había dicho «prometido». Se lo había soltado esa misma mañana, mientras estaban acurrucados en la cama. Rhys le había dado un beso en el hombro y le había murmurado que tenía que regresar a su casa y quedarse allí una semana más o menos para arreglar unos asuntos.

Al final, resultó que «unos asuntos» era «decirle a mi padre que cancele mi boda con una extraña», y encima tuvo el descaro de sorprenderse porque *ella* se hubiera quedado horrorizada. De modo que, sí, deberían maldecir a ese imbécil.

—Está bien —dijo ella, cruzándose de brazos—. ¿Qué hay que hacer?

—Abre las ventanas —ordenó Gwyn. Se acercó al escritorio y alcanzó una vela en un tarro de cristal que, por alguna razón, a Vivi se le había pasado por alto antes de su baño.

Hizo lo que su prima le dijo. Enseguida, la estancia se llenó del aire fresco de últimos de septiembre que olía a pino. Sobre la cima de la montaña más cercana, brillaba una luna llena blanca. Vivi elevó el vaso en dirección al astro a modo de saludo antes de sacar la cabeza por la ventana y mirar hacia lo alto de la montaña de Elaine.

Allí arriba, en algún lugar en medio de esa oscuridad, estaba la casa familiar de Rhys; una casa en la que jamás había estado antes de ese verano. Ahora no se veía ninguna luz encendida porque Rhys se había ido.

Ido.

De vuelta a Gales, y a cualquiera que hubiera sido su vida antes de venir a un curso de verano en la Universidad Penhaven.

Lo suyo se había terminado.

Se volvió hacia su prima. Le escocían los ojos por las lágrimas que se agolpaban en ellos.

Gwyn se había sentado justo fuera del círculo. La vela, ahora encendida, estaba en el centro, con la llama parpadeando. Durante un instante, Vivi vaciló. Sí, Rhys le había roto el corazón. No le había contado que su padre le estaba buscando una esposa. Se había enterado de sopetón, sin previo aviso, como si no le hubiera importado lo que pudiera sentir ella cuando lo descubriera. El comportamiento típico de un imbécil.

¿Pero maldecirlo?

¿Y maldecirlo mientras estaba borracha?

Quizá era un poco excesivo.

Pero entonces Gwyn cerró los ojos, estiró los brazos y dijo:

—¡Oh, Diosa, te rogamos que este hombre jamás vuelva a presentarse en la puerta de mi prima, ni entrar en su vagina!

Vivi casi se atragantó con la bebida. Se rio mientras el alcohol le salía por la nariz. Luego se sentó frente a Gwyn, en el lado opuesto del círculo.

—Diosa —dijo, dando otro sorbo al vodka—, te rogamos que jamás vuelva a usar sus hoyuelos para engatusar a confiadas doncellas.

—Esa ha sido buena —indicó Gwyn antes de continuar—. Diosa, te rogamos que su pelo deje de hacer esa cosa. Y ya sabes a qué «cosa» nos referimos.

—Por supuesto que lo sabe —asintió Vivi—. Diosa, te suplicamos que lo conviertas en uno de esos hombres que cree que el clítoris está un centímetro más allá de donde realmente se encuentra.

—Eso ha sido diabólico, Vivi. Auténtica magia negra.

Con la cabeza dándole vueltas, pero sintiéndose un poco mejor a nivel emocional, Vivi sonrió y se inclinó hacia el círculo, cerca de la vela.

—Me has roto el corazón, Rhys Penhallow —dijo—. Y por eso te maldigo. A ti y a todo tu estúpido linaje.

Nada más terminar de decir eso, la llama de la vela se elevó de repente, provocándole tal susto que derramó parte de la bebida al retroceder. En la cama, sir Purrcival siseó y arqueó la espalda.

Gwyn se puso de pie al instante para alzarlo en brazos, pero antes de que le diera tiempo, las dos ventanas se cerraron de golpe, echando hacia atrás las cortinas por el impacto.

Vivi gritó y también se levantó, pisando el círculo de sal en el proceso. Cuando volvió a mirar la vela, la llama pareció elevarse lo indecible, hasta superar la altura de Gwyn, antes de apagarse.

Después, todo se quedó en calma, salvo el gato, que seguía siseando y enseñando los dientes mientras retrocedía contra las almohadas de Gwyn.

Jamás se le había pasado una borrachera tan rápido.

—Eso ha sido... raro —se aventuró a decir al cabo de unos segundos.

Su prima se acercó a la ventana para levantarla con cuidado.

El marco se deslizó con facilidad y se quedó en su sitio. Cuando Gwyn se volvió hacia ella, había recuperado el color del rostro.

—Cuando estabas en el baño hiciste parpadear las luces. Seguro que has sufrido alguna especie de sobrecarga mágica.

—¿Eso puede pasar? —preguntó ella.

Gwyn asintió, quizá demasiado rápido.

—Sí, claro. Solo... estábamos haciendo el tonto. No estábamos lanzando una maldición real. Si hasta la vela es de Bath & Body Works, creo.

Vivi se fijó en la etiqueta.

—Sí, estoy segura de que el aroma a «bosque otoñal» no está en el lado oscuro de la magia.

—Cierto —acordó Gwyn—. Así que aquí no ha pasado nada, salvo el susto que se ha llevado este pobre pequeñín. —Había conseguido persuadir al gato para que se subiera a sus brazos y se acurrucara, pero el animal parecía seguir mirando en dirección a Vivi.

—Supongo que no soy consciente de la fuerza que tengo.

Y entonces, como si ambas se hubieran leído el pensamiento, soltaron al unísono:

—Nunca mezcles la magia con el vodka.

Con una sonrisa tímida, volvió a dejar la vela sobre el escritorio de Gwyn.

—¿Estás mejor? —preguntó su prima—. ¿Te ha venido bien lanzar una maldición de coña sobre ese tipo para sacártelo de la cabeza?

Iba a necesitar un poco más que un baño, varios tragos y alguna tontería mágica para olvidarse de Rhys, pero asintió.

—Eso creo. Y tienes razón, solo hemos estado juntos tres meses y ahora se ha ido a Gales. No es como si me fuera a cruzar con él todos los días. Él puede volver a retomar su vida y yo la mía. Venga, vamos a limpiar toda esta sal antes de que la tía Elaine venga y se entere de que hemos estado bebiendo y haciendo magia.

Vivi se dio la vuelta y ni ella ni Gwyn se dieron cuenta de que la vela volvía a encenderse un instante, y que el humo de la breve llama se enroscó y salió por la ventana abierta, hacia la luna llena.

CAPÍTULO 1

Nueve años después.

Estaba lloviendo a mares, cómo no.

Rhys sabía que estaba en Gales y que la lluvia formaba parte del paisaje. Pero esa mañana había venido conduciendo desde Londres bajo un cielo despejado, con alguna que otra nube ocasional. Sí, era uno de esos días soleados con unas impresionantes vistas a las colinas verdes. El tipo de día que hacía que uno quisiera dedicarse a la pintura o a desarrollar alguna clase de habilidad poética.

Sin embargo, en el momento en que entró en Dweniniaid, el pequeño pueblo donde su familia llevaba viviendo siglos, empezó a llover.

Y estaba bastante seguro de saber la razón.

Con una mueca, aparcó su coche de alquiler justo al lado de la calle High. Por supuesto que no era necesario que condujera. Podía haber usado una piedra viajera y estar allí en un abrir y cerrar de ojos, pero sabía que a su padre le molestaba su empeño de ir en coche a todas partes y eso le gustaba mucho más que la comodidad de los viajes mágicos.

Aunque mientras salía del automóvil y miraba el cielo con el ceño fruncido, tuvo la sensación de que ese día más bien se había tirado piedras sobre su propio tejado.

Pero lo hecho, hecho estaba, así que se subió un poco el cuello del abrigo y se dirigió al pueblo propiamente dicho.

La calle High no tenía mucho que ofrecer: unas pocas tiendas, la iglesia en un extremo, y en el otro, un bar. Y allí era precisamente hacia donde iba. Esa tarde solo había un puñado de personas andando por la calle, pero en cuanto lo vieron se cruzaron a la acera de en frente.

Le encantaba ver que la reputación de su familia seguía tan intacta como siempre.

Al final de la calle, El cuervo y la Corona llamaba la atención con sus ventanas formando unos cálidos rectángulos de luz en medio de ese día gris. En cuanto abrió la puerta de entrada, le asaltaron algunos de sus olores favoritos: el intenso aroma de la malta de la cerveza, la potente esencia de la sidra y la calidez de la madera envejecida del roble.

¡Dios! ¡Cómo había echado de menos su casa!

Quizá porque, en esa ocasión, había estado fuera demasiado tiempo. Normalmente, intentaba pasarse por allí cada pocos meses, con más frecuencia si creía que su padre estaba fuera. Lo que lo dejaba justo en medio de sus dos hermanos mayores en lo que a lealtad familiar se refería.

Llewellyn, el primogénito, llevaba el bar y mantenía un estrecho contacto con su padre. Bowen, el mediano, se había marchado a las montañas de Snowdonia hacía dos años y se comunicaba con ellos de cuando en cuando, sobre todo para asustarlos con su cada vez más tupida barba.

De modo que, por primera vez en su vida, Rhys no era el hijo más decepcionante. Un título del que estaba feliz de desprenderse hasta que Bowen decidiera dejar de hacer lo que fuera que estuviera haciendo allí arriba.

Sin embargo, nunca iba a ser el favorito. Wells se había ganado ese puesto hacía mucho tiempo; algo que a él no le importaba en absoluto. Además, ser la oveja negra tenía su punto. Cuando la cagaba, nadie se llevaba ninguna desilusión porque todo el mundo esperaba que metiera la pata, y cuando hacía algo bien, todos se llevaban una grata sorpresa.

Todo eran ventajas.

Se quitó la chaqueta y fue a colgarla en el perchero que había junto a la puerta, que estaba justo debajo de un viejo anuncio de sidra Strongbow. Mientras dejaba la prenda, vislumbró al hombre que estaba observándolo detrás de la barra.

Cuando se dio la vuelta, se dio cuenta de que ese hombre, que no era otro que su hermano mayor, Llewellyn, era la única persona que había en el bar.

Llewellyn era su padre con treinta años menos: el mismo gesto severo, la misma nariz romana (bueno, para ser justos, todos tenían esa nariz) y los mismos labios finos. Eso sí, era un poco menos cretino, aunque igualmente comprometido a permanecer en ese pequeño pueblo, donde todo el mundo le tenía miedo, y a regentar un bar al que solo entraban algunos turistas y su hermano.

—Hola, Wells —saludó.

Lo único que obtuvo fue un gruñido de su hermano. Típico de él.

—Veo que el negocio sigue prosperando. —Se acercó a la barra y se hizo con un puñado de cacahuetes que había en un cuenco de cristal.

Al ver que Wells le lanzaba una mirada sombría desde el otro lado de la barra pulida de caoba, esbozó una sonrisa de oreja a oreja y se metió un cacahuete en la boca.

—Venga —dijo con tono zalamero—, reconoce que estás encantado de verme.

—Más bien sorprendido de verte —repuso Wells—. Pensé que esta vez te habías ido para siempre.

—¿Y renunciar a nuestro cálido vínculo fraternal? Jamás.

Wells sonrió de mala gana.

—Papá me dijo que estabas en Nueva Zelanda.

Rhys asintió y tomó otro puñado de cacahuetes.

—Hasta hace un par de días. Una despedida de soltero con un grupo de ingleses que querían disfrutar de la experiencia completa de *El señor de los anillos*.

Su agencia de viajes, Penhallow Tours, había pasado de ser un pequeño negocio gestionado por una sola persona desde su apartamento de Londres, a ser una empresa con diez trabajadores que organizaba viajes por todo el mundo. Sus clientes solían describir sus viajes como los mejores de su vida, y sus reseñas estaban llenas de elogios por no haber tenido ni un solo día de mal tiempo, ningún retraso en los vuelos y ningún caso de intoxicación alimentaria.

Era increíble lo que un poco de magia podía hacer.

—Bueno, me alegro de que estés de vuelta —reconoció Wells, retomando su limpieza—. Porque así puedes ir a hablar con papá y levantarle un poco el ánimo para que no esté así. —Su hermano hizo un gesto hacia la ventana.

Rhys se volvió y vio las malísimas condiciones meteorológicas bajo una nueva perspectiva.

¡No me jodas!

Había tenido razón. No se trataba de una tormenta normal y corriente, sino de una provocada por su padre. Y eso solo significaba una cosa: Rhys debía de haberle cabreado bastante. Sus hermanos nunca habían conseguido que su padre invocara una tormenta.

Rhys, por su parte, había sido el principal culpable de... ¿veinte? ¿Dos docenas? Demasiadas para contarlas.

Se giró de nuevo hacia Wells y se dispuso a hacerse con otro puñado de cacahuetes, pero recibió un golpe en la mano con un trapo húmedo.

—¡Oye! —gritó.

Su hermano le señaló la puerta.

—Ve allí arriba y habla con él antes de que inunde la carretera principal y no vuelva a ver a un cliente.

—¿Y yo no soy un cliente?

—Tú eres un grano en el culo, eso es lo que eres —replicó Wells. Luego suspiró y puso los brazos en jarras—. En serio, Rhys, ve a hablar con él, acaba con esto. Te ha echado de menos.

Rhys soltó un resoplido mientras se levantaba del taburete.

—Te lo agradezco, Wells, pero sabes que lo que acabas de decir es una tontería como la copa de un pino, hermano.

Una hora más tarde, Rhys se preguntaba por qué no se había quedado en el bar el tiempo suficiente para tomarse una pinta. O tres.

Había decidido ir andando hasta la casa en lugar de fastidiar a su padre con el coche (toda una muestra de madurez por su parte), pero cuanto más se acercaba, peor se volvía el tiempo. Llegó un momento en el que el hechizo de protección que se había lanzado a sí mismo estaba teniendo problemas en lograr su cometido.

Durante un instante, se planteó dejarlo sin efecto y permitir que su padre lo viera hecho un asco y calado hasta los huesos, pero no, esa clase de cosas solo funcionaban con los padres que tenían corazón, y estaba convencido de que Simon Penhallow había nacido sin uno.

O quizá se lo extirpó en algún momento de su vida, como una especie de experimento para ver lo cabrón que podía llegar a ser un hombre.

El viento ululó desde la cima de la colina, haciendo que los árboles que bordeaban el camino crujieran y se balancearan. Sabía que su padre era un brujo muy poderoso, pero no entendía por qué era tan partidario de recurrir a los clichés.

Hablando de clichés, algo que también reunía todos los requisitos para considerarse uno era la mansión familiar: Penhaven Manor.

A veces se preguntaba cómo su familia había conseguido eludir la hoguera durante los cinco siglos que llevaban llamando «hogar» a ese imponente montón de piedras que exudaba brujería por todos los lados. ¡Por el amor de Dios! Si solo le faltaba un cartel en el patio delantero que pusiera: «AQUÍ VIVE UNA FAMILIA DE BRUJOS».

La casa no estaba asentada en la colina, sino agazapada en ella. Solo tenía dos plantas, pero su interior estaba lleno de un laberinto de pasillos oscuros, techos bajos y rincones sombríos. Uno de los primeros hechizos que Rhys aprendió a conjurar fue uno básico de iluminación para poder ver por dónde iba cuando intentaba llegar a la mesa del desayuno todas las mañanas.

Otra pregunta que también solía hacerse era si aquel lugar no habría sido diferente, un poco menos... oscuro si su madre hubiera seguido con vida. Según Wells, ella había detestado la casa tanto como Rhys y casi había convencido a su padre para que su mudaran a un sitio más pequeño, algo más moderno y hogareño.

Pero murió pocos meses después de que él naciera y su padre se encargó de zanjar cualquier intento de salir de esa monstruosidad de casa.

Penhaven era su hogar.

Un hogar aterrador, incómodo y de aspecto medieval.

Cuando uno se acercaba por primera vez a la casa, siempre parecía ligeramente torcida, con esas pesadas puertas de madera hundidas bajo los goznes. Mientras subía los escalones de la entrada, soltó un suspiro y movió la mano sobre el aire que tenía delante.

Al instante, la camisa Henley de manga larga que llevaba, los vaqueros y las botas se transformaron en un traje negro con el escudo de la familia bordado en el bolsillo. Su padre prefería que todos llevaran túnica dentro de casa, pero Rhys solo estaba dispuesto a llegar hasta cierto punto en aras de la tradición.

No se molestó en llamar; seguro que su padre había sabido que estaba allí desde el mismo instante en que puso un pie en la colina, tal vez incluso antes, cuando entró en el bar. Allí arriba había hechizos guardianes por todas partes; una fuente inagotable de frustración para Rhys y sus hermanos cada vez que habían llegado un poco tarde al toque de queda.

En cuanto puso la mano en la puerta, esta se abrió con un ominoso crujido y el viento y la lluvia arreciaron con la fuerza suficiente para que, durante un segundo, el hechizo de Rhys no sirviera para nada.

El agua helada le dio de lleno en la cara, resbalando por el cuello de su camisa y echándole el pelo hacia atrás.

—¡Qué maravilla! —masculló—. ¡Qué puta maravilla!

Y entonces entró.

CAPÍTULO 2

Daba igual el tiempo que hiciera fuera, el interior de Penhaven siempre estaba poco iluminado.

Así era como le gustaba al padre de Rhys. Pesadas cortinas de terciopelo cubrían la mayor parte de las ventanas, y las pocas que quedaban al descubierto eran gruesas vidrieras en tonos verde y rojo oscuro que distorsionaban la luz que entraba por ellas, proyectando extrañas formas en la sólida mesa de mármol que había justo frente a la puerta principal.

Rhys se quedó un momento en el recibidor, contemplando la enorme escalera y el retrato al óleo de tamaño natural que colgaba sobre ella de Rhys, su padre y sus dos hermanos. Todos iban vestidos con túnicas y miraban la puerta de entrada con solemnidad. Cada vez que veía ese retrato, recordaba lo mal que lo había pasado cuando tenía doce años, aguantando las interminables horas de posado, completamente quieto, con esa sofocante e incómoda túnica. Siempre le había parecido absurdo que su padre no permitiera que les hicieran una foto y luego pintar el retrato a partir de ella.

Pero a su padre le gustaba seguir sus tradiciones, y por lo visto, sudar la gota gorda mientras posabas sentado para un retrato descomunal estaba al mismo nivel que cortar tu propio tronco de Navidad o ir a la Universidad Penhaven en las cosas que los hombres Penhallow debían hacer.

—No me hagas esperar.

La voz salió de todas partes y de ninguna en concreto. Rhys soltó otro suspiro y se pasó la mano por el pelo antes de subir corriendo la escalera.

Seguro que su padre estaba en la biblioteca, el escenario que siempre había elegido para la mayoría de las confrontaciones que había tenido con sus hijos a lo largo de los años. Cuando abrió las pesadas puertas dobles que daban a esa estancia, se sintió transportado al pasado de inmediato. Y no solo por los recuerdos que tenía de esa habitación, que eran bastantes, sino en sentido literal. Por increíble que pareciera, la biblioteca de su padre tenía un estilo aún más gótico que el resto de la casa. Tenía un montón de madera negra, terciopelo por doquier y candelabros de plata cubiertos de cera derramada durante años. Del techo colgaba una lámpara de araña hecha con cuernos de ciervo que arrojaba una luz lúgubre sobre el suelo de parqué. Rhys jamás había echado tanto de menos la intensa luz de su apartamento en Londres, las ventanas abiertas, la ropa blanca de la cama y los cómodos sofás que no despedían nubes de polvo cada vez que alguien se sentaba en ellos.

No tenía ni un solo objeto con terciopelo, ni siquiera una mísera almohada.

No le extrañaba que siempre se mostrara reacio a volver a Penhaven.

Simon Penhallow estaba de pie frente al gran espejo que usaba para la adivinación y para comunicarse con sus compañeros brujos, con las manos entrelazadas a la espalda y llevando, como Rhys había predicho, sus túnicas. Negras, por supuesto. También tenía el pelo negro, aunque salpicado con algunas canas, y cuando se dio la vuelta hacia él, tuvo la sensación de que estaba un poco más viejo. Vio más arrugas alrededor de sus ojos y su barba un tanto más blanca.

—¿Sabes cuánto tiempo llevas sin aparecer por esta casa? —preguntó su padre.

Rhys se tragó la respuesta sarcástica que le vino a la cabeza.

—No estoy seguro del tiempo exacto.

—Medio año —contestó su padre por él.

¿Por qué no podía decir «seis meses» como todo el mundo?

—Está bien, pero en mi defensa diré que sigo sin superar a Bowen, ¿verdad? —repuso con una sonrisa. Aunque, como de costumbre, no surtió ningún efecto en su padre. Simon era la única persona a la que Rhys no podía engatusar con sus encantos.

—Bowen está implicado en algo que beneficia a nuestra familia. No como tú, que solo te dedicas a disfrutar de tu vida de soltero en Inglaterra.

Su padre solía pronunciar la palabra «Inglaterra» como si se tratara de un sórdido foso de libertinaje y desenfreno. Se preguntó, no por primera vez, si la idea que tenía Simon de cómo era su vida no era mucho más interesante que su día a día real.

Bueno, para ser honestos, sí que había un poco de desenfreno, pero en general, llevaba una vida tan normal como la de la mayoría de los jóvenes de veintitantos años. Dirigía su agencia de viajes, veía los partidos de *rugby* en el bar, con sus amigos, y salía con chicas.

Nada fuera de lo común, salvo el papel que la magia desempeñaba en todas esas cosas.

Sus clientes siempre recalcaban lo tranquilos y cómodos que eran sus viajes. Su equipo favorito siempre ganaba. Y aunque jamás usaba la magia con las mujeres con las que salía, sí se servía de algún que otro hechizo para conseguir una reserva en el restaurante que quería o se aseguraba de que nunca hubiera mucho tráfico en sus citas.

No abusaba de sus poderes, pero sin duda la magia le allanaba el camino; algo que siempre había apreciado.

—Estás desperdiciando tu potencial como hechicero —continuó su padre— dedicándote a todas esas frivolidades.

—Te dije que los *hechiceros* ya no existen, padre. Ahora todos somos brujos. Lo hemos sido durante décadas, literalmente.

Simon hizo caso omiso de su comentario y prosiguió:

—Ha llegado el momento de que cumplas con tu deber para con esta familia, Rhys. Por eso quiero que vayas a Glynn Bedd.

Glynn Bedd.

Graves Glen.

Vivienne.

No pensaba en ella tan a menudo. Habían pasado años. Era cierto que lo que habían compartido había sido muy intenso, pero breve, y desde entonces había tenido otras relaciones más serias.

Sin embargo, de vez en cuando, se acordaba de ella. De su preciosa sonrisa. De sus ojos color avellana. De la forma en que se tiraba de las puntas de su cabello rubio miel cuando estaba nerviosa.

De su sabor.

No, definitivamente no era un recuerdo que le fuera a ser de mucha utilidad en ese momento.

Era mejor recordar sus lágrimas de rabia, sus brazos cruzados o el par de vaqueros que le había lanzado a la cabeza.

¡Dios! Había sido un auténtico cretino.

Sacudió ligeramente la cabeza y se acercó a su padre.

—¿A Graves Glen? ¿Por qué?

Simon frunció el ceño; un gesto que hizo que se le marcaran aún más los huecos bajo los pómulos.

—Es el aniversario de la fundación del pueblo y de la universidad —explicó su padre—, así que es necesario que un Penhallow esté allí. Tus hermanos tienen otras responsabilidades, al igual que yo, de modo que tienes que ser tú. Deberías salir lo antes posible. Me encargaré de que tengan la casa preparada para ti. —Hizo un gesto con su elegante mano de dedos largos—. Puedes retirarte.

—Por supuesto que no —espetó él.

Simon se puso rígido.

Rhys medía más de metro ochenta, pero su padre, al igual que Wells, era un par de centímetros más alto; algo que lamentó profundamente en ese momento. Aun así, se mantuvo firme.

—Papá —dijo, usando el nombre que no había utilizado desde que era pequeño—, ¿eres consciente de que todo eso del «Día del Fundador» ya no tiene nada que ver con nosotros? Se ha terminado convirtiendo en una fiesta de Halloween más. Si hasta venden calabazas,

¡por el amor de Dios! De esas pequeñas pintadas. Creo que también hay murciélagos de peluche. No es nada que requiera nuestra presencia.

—Sin embargo, se notará nuestra presencia porque tú estarás allí —replicó su padre—. Un Penhallow tiene que regresar allí cada veinticinco años para reforzar las líneas ley. Y este año, ese Penhallow serás tú.

¡Mierda!

Se había olvidado de las líneas ley.

Cien años atrás, su antepasado, Gryffud Penhallow, había fundado la localidad de Glynn Bedd en las montañas del norte de Georgia, en una zona donde el velo era débil y la magia era fuerte. Como era de esperar, los lugareños llevaban años recurriendo a los brujos, y su universidad, que llevaba el nombre de la casa de la familia Penhallow, daba clases normales a humanos corrientes, pero también enseñaba las artes arcanas a los brujos.

Eso último era algo que no sabían los estudiantes humanos que asistían a la universidad. Simplemente pensaban que Folclore Histórico y Tradiciones era una carrera de muy difícil acceso, pero en la que se aceptaban a un montón de estudiantes de intercambio.

Rhys había sido uno de esos estudiantes de intercambio hacía nueve años, aunque solo para las clases de verano, y tenía varias razones (más bien una muy grande) para no querer volver.

—Por cierto, ¿y tú cómo sabes todo eso? —preguntó su padre entrecerrando ligeramente los ojos—. Lo del Día del Fundador. La última vez que estuviste allí no te quedaste el tiempo suficiente para averiguarlo.

Porque de vez en cuando me bebo un wiski de más y veo lo que hace la chica que se me escapó, que sigue viviendo allí. Por eso no quiero volver a ese lugar. Esa era la pura verdad, pero tenía la sospecha de que, dadas las circunstancias, no era la respuesta más apropiada.

—Ese sitio es nuestro legado familiar, papá —dijo en cambio—. Me gusta mantenerme al tanto de lo que ocurre allí.

Estaba seguro de que la mirada de su padre no era de orgullo, porque también tenía la certeza de que el hecho de que Simon se enorgulleciera de cualquier cosa que Rhys dijera o hiciera causaría un desgarro en la estructura del espacio-tiempo; aunque por lo menos no lo estaba mirando con gesto irritado, lo que ya era un logro.

Eso sí, odiaba que eso aún le importara. La última vez que había intentado ganarse la aprobación de su padre había pagado un precio muy alto: Vivienne.

Vale, él también había tenido parte de culpa al comportarse como un imbécil y no mencionarle que había estado de acuerdo en que su padre le encontrara a la bruja perfecta, pero en ese momento lo otro le había parecido demasiado lejano, y Vivienne había estado allí, real, en carne y hueso, no como un concepto abstracto de mujer, y le había resultado muy fácil no contárselo de inmediato.

Hasta que no le quedó otra y ella, con razón, le había llamado de todo, incluyendo algunos insultos que no había oído en su vida, antes de marcharse furiosa.

Y ahora su padre le estaba pidiendo que regresara a ese lugar.

—Hazlo por tu familia. Por mí. —Su padre se acercó a él y le puso las manos sobre los hombros—. Ve a Glynn Bedd.

Tenía casi treinta años. Era dueño de un próspero negocio que había empezado desde cero, le encantaba la vida que llevaba y era un adulto que no necesitaba la aprobación de su padre para seguir adelante.

Sin embargo, antes de darse cuenta, estaba diciendo:

—Está bien, iré.

—Te dije que no fueras a ninguna fiesta del solsticio, que solo podían traerte problemas.

Con la cabeza todavía apoyada en la barra, Rhys levantó la mano y sacó el dedo corazón a su hermano.

Llewellyn resopló y añadió:

—Bueno, te lo dije.

—Sí, y yo pasé de tu consejo de hermano, ateniéndome a las consecuencias. Gracias, Wells, muy útil.

Después de hablar con su padre, decidió ir al bar y, en esa ocasión, pudo tomarse la pinta que tanto ansiaba.

Y seguramente esa fue la única razón por la que terminó contándole todo a Wells. No solo que su padre quería que fuera a Graves Glen, sino lo que pasó aquel verano de hacía nueve años.

Lo de Vivienne y cómo había metido la pata con ella.

Levantó la cabeza y vio que Llewellyn se había acercado al grifo de cerveza y estaba sirviendo otra pinta que esperaba con todo su ser que fuera para él. Estaba claro que esa era una conversación de al menos dos pintas.

—¿Estabas enamorado de ella? —preguntó Wells.

Rhys hizo acopio de todas sus fuerzas para no moverse incómodo en el taburete. En su familia no se solía hablar de sentimientos ni cosas similares. En lo que a él respectaba, Wells ni siquiera tenía sentimientos. En cuanto a Bowen, cualquier emoción que pudiera poseer, la había reservado para lo que fuera que estuviera haciendo en las montañas.

—Tenía veinte años —dijo al cabo de un rato, después de apurar lo que le quedaba de la cerveza—. Estábamos en verano y ella era muy guapa.

Era preciosa. Y tremendamente dulce. Cuando la vio en la fiesta del solsticio, de pie, bajo un cielo de color violeta y con una corona de flores torcida en la cabeza, sintió como si alguien le diera un puñetazo en el pecho. Y luego ella le sonrió, y fue...

Instantáneo. Irrevocable.

Un puto desastre.

—Yo... creí... —dijo, sumido en el recuerdo— que sentía algo por ella.

¡Por las pelotas de san Bugi! Pues sí que le había costado soltarlo. ¿Cómo conseguía la gente hablar de eso todo el tiempo?

Wells cruzó los brazos sobre la barra y se inclinó hacia delante. Tenía los mismos rasgos austeros de su padre y una perpetua mirada asesina que a Rhys siempre le había parecido un poco inquietante, pero sus ojos eran del mismo tono azul claro que los suyos.

—Puede que ni siquiera la veas —señaló su hermano—. ¿Cuánto tiempo tienes que estar allí? ¿Un día, dos como mucho? —Esbozó una sonrisa irónica—. Eso es lo máximo que te sueles quedar en un lugar, ¿no?

Ignoró la pulla y asintió.

—Me voy mañana. El Día del Fundador es al día siguiente. Solo tengo que llegar allí, cargar las líneas y salir pitando.

—Entonces lo tienes fácil —dijo Wells, separando las manos.

Rhys volvió a asentir, a pesar de que a su cabeza acudió la imagen del rostro surcado de lágrimas de Vivienne.

—Sí, será pan comido.

CAPÍTULO 3

La pila de papeles que Vivi tenía sobre el escritorio estaba gritando.

Bueno, más bien se trataba de un chillido agudo con tono lastimero.

Frunció el ceño, apartó la vista del ordenador y del correo electrónico que había estado enviando a su jefe de departamento y se fijó en los papeles de la esquina de la mesa que seguían emitiendo ese lamento.

Con los ojos entrecerrados, buscó entre las redacciones, arrojando una tras otra sobre el escritorio hasta que encontró la culpable de todo aquel escándalo. Una redacción que no solo estaba quejándose, sino cuyas letras parecían estar transformándose en sangre que se derramaba.

—Menudo tramposo estás hecho —murmuró mientras leía el nombre escrito en la esquina superior.

Hainsley Barnes.

¡Ah, sí! El señor Lacrosse. No le sorprendía en absoluto. Había faltado a sus últimas clases y, por lo visto, ninguno de sus compañeros del último semestre se había tomado la molestia de avisarle de que a la profesora Jones se le daba muy bien detectar tramposos.

Ser una bruja tenía muchas ventajas inesperadas.

Pasó la mano sobre el papel y retiró el hechizo. Las palabras volvieron a ser negras y el chirriante gemido comenzó a desvanecerse lentamente. Después, pegó sobre él un pósit rojo y lo metió en un cajón.

—¡Por el amor de Dios! ¿Qué era ese ruido?

Alzó la vista y vio a Ezichi, su compañera favorita del Departamento de Historia, parada en el umbral de la puerta, arrugando la nariz con gesto de disgusto mientras el papel seguía gimoteando, aunque ahora a un volumen mucho más bajo. Vivi cerró el cajón con un discreto golpe.

—Una alarma de mi teléfono. —El sonido se interrumpió en seco—. Para recordarme que se suponía que tenía que irme de aquí, hace... —Miró la hora en el ordenador. ¡Mierda!—. Hace media hora.

Era la tercera vez en esa semana que llegaba tarde a las cenas familiares que tanto le gustaban a su tía Elaine. ¡Qué se le iba a hacer! Así eran los parciales.

Se puso de pie y recogió el bolso y la chaqueta que tenía colgada en el respaldo de la silla.

—Señorita —dijo Ezi señalándola con un dedo—, no se te ocurra decepcionar a la mujer que hace mis sales favoritas de baño.

Vivi metió la mano en su bolso y sacó un pequeño saco de muselina.

—Ahora que lo dices, mi tía me ha pedido que te diera esto, así que gracias por recordármelo.

Ezi tomó la bolsa como si contuviera piedras preciosas. Luego la apretó contra su pecho y tomó una profunda bocanada de aire.

—No te ofendas, Vivi, pero quiero a tu tía más de lo que te quiero a ti.

—Lo entiendo —dijo ella—. Mi tía es pura magia.

Literalmente. Aunque Ezi no sabía eso. Cuando terminó el pregrado en la Universidad Penhaven, Vivi decidió que se licenciaría en Historia (Historia normal, humana) y daría clases a estudiantes normales y corrientes, en vez de a los brujos que asistían a las otras clases de Penhaven, un poco más secretas.

Y hasta ese momento había sido una decisión de la que no se había arrepentido, aunque tenía la sospecha de que se trabajaba mucho más enseñando Introducción a la Historia que Fabricación de Velas Rituales.

Mientras subía las escaleras y salía del sótano donde estaban los despachos de los profesores adjuntos del Departamento de Historia, se puso la chaqueta e intentó enviar un mensaje a Gwyn al mismo tiempo.

Llgo trde.

Tan pronto como alcanzó la puerta, le sonó el teléfono en la mano.

Supongo que eso significa que llegas tarde. No mandes ningún mensaje mientras conduces. Ni tampoco mientras andas.

Sonrió y salió al patio. Todavía no había oscurecido del todo. A pesar de que era octubre y estaban en la montaña, hacía una noche bastante buena.

La universidad Penhaven era una pequeña joya de edificios de ladrillo rojo y césped verde, con altos robles y setos perfectamente cortados enclavada en el valle. Adoraba ese lugar más de lo que a una persona debería gustarle su lugar de trabajo.

Pero le encantaba. Sobre todo en esa época del año, a principios de otoño, con las hojas anaranjadas y el cielo púrpura. Penhaven siempre ofrecía una imagen impresionante en otoño.

Al igual que Graves Glen. Vivi se dio cuenta de que ya habían colocado toda la decoración para el Día del Fundador que se celebraría la jornada siguiente, el pistoletazo de salida para la gran temporada de Halloween de la localidad. Había velas LED en el escaparate de El destino Está Escrito, la librería del pueblo, y calabazas de plástico pegadas en la puerta de la cafetería Caldero. Y, por supuesto, Algo de Magia, la tienda de Elaine y Gwyn, también estaba engalanada para la ocasión. Incluso estaba segura de haber visto un murciélago colgando en la oficina de su contable.

Vivi no se había criado en ese pequeño trozo de perfección en las montañas del norte de Georgia. Sus padres habían vivido en Atlanta, y aunque los echaba muchísimo de menos, daba las gracias todos los días por haber terminado en aquel lugar que, de alguna manera, parecía estar hecho a su medida. Un pequeño pueblo en el que podía compaginar su condición de bruja con la de mujer normal y tener lo mejor de ambos mundos.

La casa de su tía estaba situada en lo alto de una colina, al final de una sinuosa carretera. Mientras conducía bajo las deslumbrantes hojas anaranjadas y rojas, con las ruedas crujiendo sobre el camino de tierra, sintió que empezaban a relajársele los hombros. En cuanto vio la cabaña, suspiró de felicidad.

Estaba en casa.

Después de aparcar detrás del viejo Volvo de Elaine, subió corriendo los escalones de la entrada, pasando por delante de sonrientes calabazas, murciélagos colgando y lucecitas moradas con forma de brujas.

Su tía siempre lo daba todo en Halloween.

Cuando entró, se detuvo para acariciar a sir Purrcival, que estaba acurrucado en su cesta. Ahora era enorme, una masa de pelo negro y ojos verdes que adoraba a Gwyn y simplemente toleraba a Elaine y a Vivi. Por lo que se consideró afortunada cuando el animal le dio un golpe perezoso en la mano antes de volver a dormirse.

—¡Ya lo sé! ¡Otra vez llego tarde! —exclamó, mientras le acariciaba una última vez.

Su tía entró en el recibidor con el cabello rubio ceniza recogido sobre la cabeza y su falda negra larga rozando el suelo.

Gwyn siempre decía que su madre era como «Stevie Nicks dando clases de arte en el instituto», y no andaba mal encaminada. Pero en su tía Elaine funcionaba de una forma que Vivi nunca habría podido conseguir. Así que ella seguía aferrada a sus estampados de flores y lunares.

—¿Sabes? —comenzó Elaine, llevándose una mano llena de anillos a la cadera—. Si trabajaras para mí, estarías por aquí siempre y no tendrías que preocuparte por llegar tarde.

Un asunto que su tía traía a colación a menudo, pero que ella solía obviar.

—A las dos os va bastante bien sin mí.

Algo de Magia vendía artículos de brujería de todo tipo, desde velas, hasta bufandas y jabones, e incluso alguna que otra mermelada casera. El volumen de negocio siempre aumentaba en esa época del año, gracias al Día del Fundador, pero tampoco era raro que pasaran días sin realizar una sola venta, por lo que su tía y su prima podían llevarlo perfectamente solas.

—Pero también podría irnos mejor contigo —dijo Elaine mientras Vivi iba por el pasillo en dirección a la cocina.

De todas las estancias de la casa, esa era la que tenía el aspecto más propio de una bruja con sus ollas de cobre colgando de ganchos del techo, pequeñas macetas con hierbas en el alféizar de la ventana y los suministros para hacer velas de Elaine desordenados sobre la mesa.

Lo único que desentonaba ligeramente era su prima Gwyn, de pie junto a los fogones, llevando una camiseta en la que podía leerse: «Bruja, no me cortes el rollo» y comiendo macarrones con queso de una olla.

—El negocio ha aumentado considerablemente durante los últimos años —continuó Elaine, acercándose lánguidamente a la mesa—. Gwyn apenas da abasto con los pedidos *online*.

Su prima asintió. Llevaba el pelo pelirrojo recogido en un desordenado moño que empezaba a soltarse.

—Hoy en día todo el mundo se cree brujo —dijo con la boca llena—. Solo el mes pasado vendimos unas cien barajas del tarot.

Vivi alzó las cejas mientras se dirigía hacia el frigorífico a por una botella de vino.

—¡Dios! ¿En serio?

El negocio de su tía siempre había sido más un pasatiempo que una verdadera fuente de ingresos, pero Elaine se había negado a tener algo parecido a un trabajo de verdad y su prima Gwyn tampoco estaba muy dispuesta a incorporarse al mundo laboral.

—Ya sabes, todo ese rollo del cuidado de uno mismo —explicó, volviendo a dejar la olla sobre el fogón y cruzando los pies. Vivi miró hacia abajo y vio que llevaba los calcetines de rayas verdes y negras que eran el artículo estrella de Algo de Magia—. Cartas del tarot, cristales, velas, grimorios... —Gwyn fue enumerando los artículos con los dedos—. Apenas puedo mantener las existencias. Voy a tener que contratar a alguien solo para llevar la tienda *online*. Tú podrías encargarte de eso sin ningún problema.

—Me gusta mi trabajo —insistió ella. Y decía la verdad. Sí, de vez en cuando le tocaba algún alumno tramposo, pero sabía manejarlos con creces y le encantaba trabajar en la Universidad Penhaven, comer en su gran cafetería y su despacho con sus cómodas sillas. Adoraba compartir su amor por la Historia con sus alumnos. Era un buen empleo y hacía que se sintiera... estable. Segura.

Dos de sus palabras favoritas.

Mientras abría el vino, sonó el teléfono de Gwyn. Su prima soltó un suspiro.

—Os juro por la diosa que si es otro mensaje sobre el Día del Fundador, me voy a poner en plan Carrie y voy a arrasar todo el pueblo.

—La alcaldesa —le explicó su tía entre susurros—. Se ha pasado todo el día mandando mensajes a Gwyn sobre el Día del Fundador porque está loca por ella y es la forma de conseguir que tu prima le preste atención.

—Buena jugada —reconoció Vivi. Se sirvió un poco de vino.

Su prima puso los ojos en blanco.

—Ya me he acostado con ella, mamá, no es eso.

—Sigue siendo una buena jugada. —Vivi alzó su copa y Gwyn brindó con la suya con gesto distraído.

—No, solo está histérica porque es su primer Día del Fundador como alcaldesa y quiere que todo salga bien —dijo su prima, moviendo los dedos a toda prisa por su teléfono—. Es una humana normal, no una bruja, así que es lógico que se estrese por este tipo de cosas.

—¿Sabe que eres bruja? —preguntó ella.

Gwyn hizo una pedorreta.

—¡Dios, no! Esa es una información privilegiada que solo doy después de la cuarta cita.

—Pero si tú nunca llegas a la cuarta cita, cariño —dijo Elaine, alineando sus velas sobre la mesa.

—Exacto —repuso Gwyn con un guiño.

Justo cuando estaba metiéndose el teléfono en el bolsillo, volvió a sonar. Su prima soltó un gruñido de frustración.

—Jane, sinceramente, estás muy buena, pero el sexo no fue lo suficientemente bueno como para... ¡Oh, mierda!

—¿Qué? —preguntaron Elaine y ella al unísono mientras Gwyn miraba el teléfono con los ojos abiertos de par en par.

—Mmm. Nada. No es nada. Me ha mandado una foto desnuda. Me ha sorprendido y escandalizado. La foto.

Su prima se metió el teléfono a toda prisa en el bolsillo trasero, agarró su copa de vino y volvió a prestarle atención.

—¡Bueno! ¿Cómo te va enseñando a los normalitos?

—De eso nada —dijo Vivi, con una mano en la cadera—. Eres la peor mentirosa del mundo, Gwynnevere Jones. ¿Qué te ha dicho Jane para que pusieras esa cara?

Gwyn miró a Vivi y a su madre, que la observaba con las cejas alzadas. Al final, su prima claudicó, gimió y levantó las manos, derramando un poco de vino de la copa.

—Como es el centenario de la fundación del pueblo, van a mandar a un Penhallow.

Durante un buen rato, la cocina se sumió en un silencio sepulcral mientras las tres asimilaban la noticia.

Un Penhallow.

Vivi bebió un sorbo de vino. Había un montón de Penhallow. Bueno, hasta donde ella sabía, solo había cuatro. Simon Penhallow, el Brujo Aterrador, y sus tres hijos.

Y uno de ellos le había roto el corazón en un millón de pedacitos cuando tenía diecinueve años.

Aunque de eso hacía ya mucho tiempo.

Y era algo que tenía completamente superado.

Casi.

—No tiene por qué ser él —dijo por fin Elaine, volviendo a ocuparse de sus velas—. Podría ser esa pesadilla de padre que tiene.

—Podría —coincidió Vivi—. Un centenario es un aniversario muy importante. Y por mucho que Rhys haya cambiado durante estos nueve años, sigo sin verlo como alguien a quien mandarías para encargarse de un evento de tal calibre, ¿verdad?

—¡Oh, por supuesto! —señaló Gwyn, asintiendo y sirviéndose más vino—. A Rhys hay que mandarlo a cosas divertidas como fiestas de solsticio o esos cursos de verano que se imparten en la universidad. No lo envías para cargar líneas ley.

—Claro que no —dijo ella.

—Estoy segura de que ni se les ha pasado por la cabeza hacer tal cosa —declaró Elaine, dando un golpe en la mesa para dar mayor énfasis a sus palabras.

—Aunque —añadió Gwyn lentamente— no nos vendría mal cerciorarnos, ¿verdad?

CAPÍTULO 4

—¡Llevamos años sin hacer cosas de brujas juntas!

Vivi estaba en el dormitorio de Gwyn, con una extraña sensación de *déjà vu*.

Después de aquella tontería que hicieron con lo de Rhys, había estado en esa habitación en un montón de ocasiones. Pero era la primera vez que volvía a encontrarse allí, en una noche de otoño, con un círculo de sal en el suelo y a punto de practicar magia.

—Gwyn, nuestra vida entera está llena de cosas de brujas —le recordó a su prima mientras intentaba sentarse en el suelo con su falda de tubo.

Gwyn se limitó a negar con la cabeza y se dio la vuelta con los brazos cargados con por lo menos tres velas, un paño de altar, un cuenco de plata y una pequeña bolsa negra con un cierre de oro.

—No, me refiero a cosas de brujas de verdad, a brujería real —explicó su prima, sentándose sobre el suelo de madera—. En plan aquelarre, como en la película *Jóvenes y brujas*.

Vivi sonrió, se subió la falda, cruzó las piernas y bebió un sorbo de vino.

—Desde la noche en la que Rhys y yo lo dejamos.

Gwyn le hizo un gesto para que se olvidara de eso.

—Eso no cuenta. No era magia de verdad. La última vez que practicamos algo de magia fue... ¿el último año de universidad? ¿Puede ser? Durante Beltane.

Vivi hizo memoria y asintió.

—Está bien, mientras no volvamos a convocar a un demonio por accidente, me apunto.

—Solo nos pasó una vez. Y en sentido estricto, era un espíritu elemental cabreado.

Miró a Gwyn por encima de su copa.

—¿Recuerdas cuánto tiempo tardaron en crecerme las cejas?

Su prima dejó caer los artículos que traía sobre la pequeña alfombra que había en el centro del suelo y soltó un sonoro suspiro.

—Vivi, como sigas con esa energía negativa, esto no va a funcionar.

—Tengo la sensación de que solo me lo dices para evitar la conversación de las cejas.

Gwyn no le respondió. Abrió la bolsa negra y sacó una baraja de tarot.

—¡Oh! —Vivi trató de alcanzar las cartas, pero su prima le apartó la mano.

—¡No las toques! No hasta que esté lista.

—Pero es la primera vez que veo estas —se quejó ella.

Gwyn sonrió y extendió las cartas sobre el suelo. Incluso bajo la tenue luz de la lámpara, podían apreciarse sus vívidos colores. Vivi atisbó un vaporoso vestido blanco en la Emperatriz y un deslumbrante amarillo en el Sol.

Su prima llevaba años pintando sus propias cartas, desde que eran adolescentes, y al ver el resultado, sintió una pequeña punzada en el corazón. Solía pasarle. No porque las cartas fueran preciosas, que lo eran, sino porque Gwyn parecía estar conectada a su parte bruja de una forma que ella nunca lo había estado. Sí, por supuesto que le gustaba conjurar algún hechizo esporádico, y el pequeño apartamento en el que vivía, encima de la tienda tenía más velas de lo normal, pero nunca había experimentado eso. No como Gwyn y Elaine, que tenían una habilidad extraordinaria para la magia. Ambas lanzaban hechizos, grandes y pequeños, con la misma facilidad con la que respiraban. Ella, sin embargo, cada vez que usaba la magia, incluso para las cosas más simples, como su hechizo contra las trampas, sentía que algo en su interior se... paralizaba.

Se contenía.

Algunas veces, le habría gustado que su madre se mostrara un poco más abierta con todo el asunto de la brujería. Quizá, si hubiera crecido practicando magia, ahora se sentiría un poco más cómoda con ella.

Sacudió la cabeza y dejó de pensar en eso.

En ese momento ya no tenía importancia. Poseía toda la magia que quería, ni más ni menos.

Mientras estaba sumida en sus pensamientos, Gwyn había dejado el cuenco de plata sobre la alfombra y colocado una vela blanca y ancha en el fondo. Ahora estaba pasando las manos por encima de las cartas, tarareando en voz baja mientras extraía una de ellas.

La Maga iba vestida con una túnica de un rojo brillante y una corona blanca de cristal sobre la cabeza. Vivi sonrió al darse cuenta de que su prima se había inspirado en Elaine para esa carta. Incluso pudo ver a sir Purrcival enroscándose alrededor de sus tobillos, con sus relucientes ojos verdes.

—Muy bien —dijo Gwyn antes de beber un sorbo de su vino—. Lo primero que tenemos que hacer es averiguar si ahora mismo tienes mala suerte. Mala suerte, mandan a Rhys. Buena, mandan a uno de sus hermanos o a su padre. O quizá a un primo que esté como un tren.

—Lo más probable es que sea esto —reconoció Vivi mientras Gwyn encendía la vela dentro del cuenco de plata—. Rhys odiaba lidiar con todo lo que tenía que ver con asuntos familiares. No me lo imagino queriendo volver aquí.

No después de que le tiré sus propios pantalones a la cabeza y le llamé... ¿algo muy feo?

—Enseguida lo averiguaremos —indicó Gwyn, sacando cuatro cartas más de la baraja.

Metió la Maga entre ellas. Sus largos dedos barajaron con destreza las cinco cartas, moviéndolas de adelante hacia atrás hasta que no tuvo ni idea de dónde podía estar la Maga.

—De acuerdo. Esta es la parte más sencilla. Da la vuelta a estas cartas de una en una —ordenó su prima, dejando las cartas bocabajo sobre el suelo—. Si la Maga sale entre las tres primeras, mala suerte.

Vivi frunció el ceño y estudió las cartas. Gwyn también había pintado el reverso con un patrón en remolino de espirales en tonos verdes y púrpuras. Acarició con los dedos las cartas antes de dar la vuelta a la primera de ellas.

Se trataba de un hombre al borde de un acantilado, con un pie en alto como si estuviera a punto de saltar. Llevaba un par de gafas de sol, por encima de las cuales podían verse sus ojos azules, y una camisa desabrochada hasta la mitad del esternón.

El corazón le dio un pequeño vuelco en el pecho porque conocía esa cara.

Entonces miró la carta que era.

—¿El Loco? —preguntó, mirando a su prima.

Gwyn se limitó a encogerse de hombros y se apoyó en las manos.

—Me inspiro en todo lo que veo y, cuando llegó el momento de dibujar esta carta, fue... el primero que me vino a la cabeza. ¿Me equivoco?

El Loco tenía que ver con los riesgos y las oportunidades, con saltar sin mirar, así que no, Rhys no era una mala inspiración para esa carta. Aun así...

—¿Pero esto es malo? —quiso saber. Levantó la carta entre el pulgar y el índice, agitándola ligeramente—. ¿Significa que es él el que viene?

—No —respondió Gwyn con firmeza, negando con la cabeza—. Bueno. Probablemente no. No lo sé. Veamos cuál es la carta siguiente.

Vivi dio la vuelta a la siguiente carta.

La Maga, con el rostro sereno de su tía, la miró fijamente.

—¡Por las tetas de Rhiannon! —exclamó Gwyn, incorporándose tan deprisa que casi golpeó su copa con la rodilla—. Viene él.

Ojalá el pulso no se le hubiera acelerado de forma tan repentina al oír eso, ni hubiera tenido ese ligero temblor en la mano cuando la estiró para volver las últimas tres cartas.

La Estrella, que claramente era ella, de pie sobre un escritorio en un aula con un vestido de lunares, una manzana en la mano y un orbe brillante en la otra; la Torre, la cabaña de Elaine, pero con una enorme grieta en el centro y la mitad de la casa deslizándose por un acantilado, y finalmente, la Luna, que era...

—¿Un hombre lobo? —preguntó, levantando la carta hacia Gwyn, que puso los ojos en blanco y se la quitó de los dedos.

—No cuestiones mi visión artística, Vivienne. —Su prima dejó la Luna junto con las otras cuatro cartas y las volvió a meter en la baraja.

Ambas se quedaron sentadas en el suelo, mirando las velas, hasta que Vivi dijo al cabo de un rato:

—Esto es una tontería.

Gwyn la miró.

—¿El qué? ¿Que sea él el que venga? ¿Que nos hayamos enterado de que es él el que viene? ¿Que te dé cosa que venga? ¿Cuántas veces he repetido el verbo «venir»?

—Todas ellas. —Vivi se puso de pie y se estiró la falda—. Mira, esto es algo que iba a pasar. Su familia fundó este lugar y la universidad. La universidad en la que, permíteme añadir, resulta que trabajo. Él es parte de este sitio. Algo que sabía cuando salí con él. ¡Y...! —Levantó un dedo en el aire—. ¡He tenido muchos novios después de él!

—En realidad solo tres.

—¿No dicen que tres son multitud? Pues muchos. Además, Gwyn, ¿tú de qué lado estás?

—Del tuyo —respondió su prima con premura—. Al cien por cien.

—Tampoco es para tanto —continuó Vivi mientras buscaba las botas que había dejado cerca de la cama de su prima—. Llegará, desempeñará su papel del Día del Fundador de «¡Oh, mírame! Formo parte de la *jet set* de los brujos» y se irá por donde ha venido. Y yo podré seguir con mi vida aquí, sin nada que me recuerde a él.

—Salvo por el detalle de que hay una estatua de su ancestro en el centro de la ciudad y que el lugar en el que trabajas lleva literalmente el nombre de su casa.

—Sí, salvo por eso.

—¿Te acuerdas cuando fingimos maldecirlo? —preguntó su prima con una sonrisa de oreja a oreja mientras barajaba las cartas.

Vivi soltó un resoplido.

—Sí, dijimos algo sobre sus hoyuelos y que nunca volviera a encontrar ningún clítoris.

Gwyn ladeó la cabeza.

—Ahora que lo pienso, eso era más una maldición para cualquier mujer con la que saliera que para él mismo. Me arrepiento de esa parte. Ya sabes, por eso de la sororidad.

Vivi negó con la cabeza, riéndose.

—Da igual. Puede que haya echado un vistazo a sus redes sociales de vez en cuando y parece irle... bien.

En realidad mejor que bien. Seguía siendo guapo y, por lo visto, dirigía una agencia de viajes supersofisticada que llevaba a sus clientes por todo el mundo a hacer cosas glamurosas, y seguramente seguía sabiendo dónde estaba exactamente el clítoris. Su prima y ella solo habían sido dos brujas borrachas haciendo el tonto, que habían tenido la suerte de no usar magia de verdad. Estaba claro que lo que quiera que pasó con esa vela, había sido pura coincidencia.

Justo cuando estaba agachándose para ponerse las botas, la puerta del dormitorio de Gwyn se abrió de golpe.

—¡Mamá! —gritó su prima, poniéndose de pie de un salto—. ¿Es que no aprendiste nada del incidente con Daniel Spencer?

Elaine se limitó a hacer un gesto con la mano para restarle importancia mientras sir Purrcival entraba en la habitación maullando de forma airada a todas ellas.

—¿Y bien? —quiso saber su tía.

Vivi se acercó al escritorio de Gwyn y se apoyó en él.

—Las cartas dicen que sí.

Elaine miró un instante al techo y masculló algo en voz baja.

—Pero —intervino Vivi, levantando su copa de vino vacía—, como le estaba diciendo a Gwyn, no pasa nada. Somos personas adultas y no se va a quedar mucho por aquí. Seguro que ni siquiera lo veo.

CAPÍTULO 5

Rhys no sabía muy bien qué podía haberle hecho al universo para merecerse un día así.

Primero había sido el vuelo. Había ido bastante bien, pero le había parecido demasiado largo, y conseguir un coche de alquiler en Atlanta le había resultado frustrante, aunque no más que circular en medio de todo el tráfico de la ciudad para poder llegar al norte. Hubo un momento en el que se sintió tan desconcertado, conduciendo en el lado contrario del coche, en el lado opuesto de la carretera, mirando la parte trasera de un camión que tenía delante, que estuvo a punto de claudicar y llamar a su padre para pedirle a regañadientes una piedra viajera para cuando regresara a casa.

Al final no había terminado sacrificando su orgullo en ese altar particular y había sobrevivido al viaje hasta Graves Glen con la cordura intacta, pero en cuanto había llegado al pueblo todo había ido de mal en peor.

Unos cinco segundos después de atravesar el cartel de bienvenida a la localidad, le habían puesto una multa. Una multa molesta y costosa (y a su juicio, injusta, ya que solo había excedido quince kilómetros de la velocidad permitida y que ese lugar no habría existido de no ser por su familia), pero no con la suficiente entidad como para arruinarle el día.

No, eso había llegado después, hacía una media hora, cuando a medio camino por la colina que le llevaba a la casa Penhallow, había sufrido un pinchazo.

A esas alturas, su paciencia había estado en cotas demasiado bajas como para hacer algo tan contraproducente como cambiar la rueda él mismo, así que había agitado la mano para arreglarla con magia, pero solo consiguió que el neumático se hinchara el doble de su tamaño antes de reventar como un puto globo.

Cuando había intentado sacar la rueda de repuesto del maletero del coche, esta había salido disparada hacia un árbol antes de rodar colina abajo.

Y esa era la razón por la que, en ese momento, estaba atrapado en mitad de un bosque, en plena noche, a menos de un kilómetro de su casa, con sus mejores botas cubiertas de barro y sus poderes mágicos yéndose al garete.

Maravilloso.

Ese, pensó Rhys cuando sacó del asiento trasero su bolsa de viaje, era el motivo por el que debería haberse quedado en Gales. Podía haberse ocupado perfectamente del bar de Llewellyn mientras su hermano se encargaba de todo ese asunto. Wells habría sido más sensato, habría usado una piedra viajera y habría llegado allí en un abrir y cerrar de ojos, y él tal vez hubiera descubierto algún talento innato en servir cervezas. Un talento que incluso podría haberle cambiado la vida.

Pero no, Wells seguía en El cuervo y la Corona y él estaba allí, en medio de una colina de Georgia, con un coche completamente inservible, a punto de llegar a una casa que seguro que su padre no había tenido el detalle de abastecer con ningún tipo de bebida alcohólica.

Cuando empezaba a subir la colina a pie, oyó el sonido de un coche que se acercaba.

Rezó a la diosa para que su suerte mejorara, se echó la bolsa al hombro y agitó los brazos sobre su cabeza, prácticamente cegado por los faros del vehículo aproximándose.

Se cercioró de estar cerca del borde de la carretera y parecer lo más afable posible, sonriendo a pesar de que no tuvo más remedio que entrecerrar los ojos por el resplandor del automóvil. Y continuó sonriendo incluso cuando se dio cuenta de que el coche... no se detenía.

Y no solo eso, sino que pareció desviarse ligeramente hacia la derecha.

Justo donde él estaba.

Apenas le dio tiempo a pensar «Esta persona me va a atropellar y voy a morir en una colina en Georgia. Vaya una forma más penosa de abandonar este mundo», antes de saltar a un lado para salir de la trayectoria del coche. A lo lejos, oyó el chirrido de los frenos y olió a goma quemada, pero como acababa de tirarse por la ladera de una colina empinada, tenía preocupaciones más acuciantes.

Como detener ese deslizamiento hacia la oscuridad y, a ser posible, salvar su chaqueta de cuero.

Segundos después, tuvo claro que la chaqueta no iba a sobrevivir; no después de oír un desgarrón bastante feo cuando sacó el brazo y se agarró a la primera raíz que pudo. No obstante, cuando se detuvo a varios metros de la colina desde la carretera, estaba entero.

Encima de él, pudo ver el brillo de los faros. Oyó abrirse y cerrarse la puerta del coche y después el crujido de las hojas bajo las pisadas de alguien que también se precipitaba hacia el punto en el que se encontraba.

—¡Oh, Dios mío! ¡Oh, Dios mío! —jadeó una voz que le resultaba demasiado familiar.

Cómo no.

Estaba claro que el universo seguía en su contra.

—¡Lo siento mucho! —gritó Vivienne, bajando por la colina.

Rhys volvió la cabeza para verla dirigirse hacia él, con los brazos estirados. Era solo una silueta, una figura oscura en medio de una oscuridad aún mayor, pero aunque no hubiera oído su voz, la habría reconocido, habría reconocido su figura en cualquier lugar del mundo.

Incluso después de nueve años.

Incluso en plena oscuridad.

¡Joder!

Apoyó la cabeza en el suelo y contempló el cielo, mientras esperaba el inevitable momento en el que ella terminaría dándose cuenta de a quién había estado a punto de atropellar para, seguramente, regresar al coche a terminar el trabajo.

—Ni siquiera te he visto hasta que no has saltado —la oyó decir desde muy cerca—. Y me ha pasado una cosa de lo más extraña, como si los frenos se bloquearan y el volante tuviera vida propia... ¡Ay!

Rhys levantó las manos de manera automática cuando Vivienne tropezó con su cuerpo, pero era demasiado tarde para atraparla y ahora tenía que añadir un fuerte codazo en los testículos a su lista de injusticias.

—¡Lo siento! —exclamó ella, luchando por levantarse, con medio cuerpo encima de él. Y eso que Rhys estaba intentando acurrucarse sobre sí mismo por el dolor que sentía.

—No te preocupes —consiguió decir casi sin aliento.

Entonces ella le colocó las manos sobre el pecho y él notó su pelo sobre la cara, rozándole los labios.

—¿Rhys?

La presión sobre su pecho disminuyó cuando Vivienne levantó una mano y, con un chasquido de los dedos, convocó un halo de luz que se cernió sobre ellos en el suelo.

Cualquier esperanza que hubiera podido tener de que lo que había sentido por ella hacía nueve años hubiera sido una alocada mezcla de verano, magia y hormonas se desvaneció al instante en cuanto miró esos ojos color avellana y contempló sus mejillas sonrosadas y sus labios entreabiertos.

Al igual que también murió cualquier ilusión que tuviera de que lo hubiera perdonado en los años transcurridos cuando la vio entrecerrar los ojos y decirle:

—No debería haber intentado ir más despacio.

—Yo también me alegro de verte, Vivienne —la saludó, todavía respirando con dificultad por su caída por la colina y su casi castración.

Vivienne se apartó de él, se puso de pie y empezó a quitarse las hojas y otros restos de suciedad de la falda.

La falda de lunares.

En ese momento se dio cuenta de que todo el vestido era de lunares; un vestido negro con pequeños lunares naranjas.

¿Desde cuándo encontraba los lunares tan instantánea y tremendamente eróticos?

No era algo que se hubiera parado a meditar antes, y lo más seguro era que hubiera sufrido un golpe en la cabeza durante la caída, pero era en lo único en lo que podía pensar ahora. En ese instante, supo que los lunares habían reemplazado al encaje negro y al satén rojo en cualquier fantasía sexual que pudiera tener el resto de su vida.

La luz que ella había conjurado seguía flotando sobre su cabeza, y mientras se retiraba la última hoja de su chaqueta negra, bajó la vista y lo miró.

—¿Qué hacías en la carretera? —preguntó.

Él señaló hacia la colina.

—Un pinchazo.

Vivienne resopló y se ciñó más la chaqueta cuando otra ráfaga de viento agitó los árboles.

—¿Y no has podido cambiarla usando la magia o con tus propias manos?

—Si te soy sincero, estoy teniendo una noche complicada.

—Lo mismo digo.

—¿Y qué haces *tú* en esta carretera, Vivienne? ¿Te has enterado de que iba a venir?

—No te hagas ilusiones. Mi tía sigue viviendo en la misma casa a la que se llega por aquí y volvía a mi apartamento después de cenar con ella y con Gwyn.

—¡Ah, Gwyn! —dijo al recordar a su prima, una bruja de pelo rosa que tenía la sospecha de que lo había odiado nada más verlo.

Chica lista.

—¿Cómo está? —siguió él—. ¿Y tu tía?

Vivienne suspiró, echó la cabeza hacia atrás y miró en dirección al cielo.

—¿Qué tal si pasamos de hacer esto?

Rhys se puso de costado y se apoyó sobre un codo.

—¿El qué? ¿Hablar?

—Mantener una conversación trivial —explicó ella, bajando la vista hacia él—. A ninguno de los dos se nos da bien.

Ambos se miraron fijamente durante un buen rato. Rhys seguía en el suelo, ella de pie, encima de él. Recordó que habían estado en una posición similar la última vez que la había visto, después de que Vivienne saliera a toda prisa de su cama cuando le dijo que tenía que volver a Gales para librarse de un compromiso.

Ahora se daba cuenta de que quizá no había manejado esa conversación de la forma más adecuada, pero había estado convencido de que ella lo entendería. Al fin y al cabo, era una bruja; sabía cómo iba todo el rollo de los compromisos matrimoniales.

Pero tal y como le demostraron sus vaqueros en la cabeza, Vivienne no sabía nada de enlaces, y todo aquel verano mágico se acabó en medio de un mar de gritos.

Hasta ahora.

—He venido por las líneas ley —dijo por fin. Se sentó y se sacudió unas ramitas del pelo.

—Ya lo sé —repuso ella, cruzándose de brazos—. Has venido con el tiempo justo, ¿no? La noche antes del Día del Fundador.

—No quería quedarme mucho por aquí. —Esbozó una sonrisa burlona—. No se me ocurre por qué, teniendo en cuenta la cálida bienvenida que he recibido.

Vivienne puso los ojos en blanco y se dio la vuelta para subir la colina.

—Está bien. Te diría que siento haber estado a punto de matarte, pero ambos sabemos que es mentira, así que me voy para que puedas llegar tranquilamente a tu casa.

—O también podrías ser la chica absolutamente encantadora que sé que eres y llevarme en tu coche —ofreció él, poniéndose de pie.

Ella se volvió hacia él, con ese halo de luz que todavía se balanceaba como una luciérnaga hiperactiva.

—¿Y por qué iba a hacer eso?

—Bueno —Rhys levantó un dedo—, primero, porque he venido con una finalidad completamente altruista que os beneficia a ti y a tu familia. Segundo —alzó otro dedo—, porque cuando estabas encima de mí, no he hecho ningún comentario inapropiado sobre las otras veces que nos hemos encontrado en esa misma posición.

—Salvo ahora, pero continúa.

—Y tercero... —Levantó el último dedo, pero luego se miró la mano y frunció el ceño—. En realidad el tercero iba a ser un comentario inapropiado sobre nuestro pasado, así que quizá sea mejor que me dejes aquí para morir.

Para su sorpresa, ella levantó levemente la comisura de la boca.

No fue una sonrisa, ni por supuesto nada parecido a una risa, pero sí fue algo. Después de todo, él le había caído bien en el pasado. Bastante bien, en realidad.

Y ella también le había caído bien a él. Eso había sido lo peor de todo cuando terminó su relación. Rhys jamás había conocido a ninguna mujer con la que se lo pasara tan bien dentro y fuera de la cama, y eso había hecho que le echara muchísimo más de menos.

Incluso ahora, maltrecho como se encontraba, doliéndole todo el cuerpo, y posiblemente pisando una mierda de ardilla, estaba... feliz. Contento de volver a verla, dejando a un lado el intento de atropello.

Puede que volver a ese lugar no hubiera sido tan malo.

Pero entonces ella se dio la vuelta y soltó:

—¡Me parece una idea estupenda!

El halo de luz que había sobre ella se apagó y Rhys se quedó allí de pie, estupefacto, mientras Vivienne subía la colina sin volver la vista atrás.

Y así siguió cuando la oyó abrir y cerrar la puerta del coche, poner en marcha el motor y el crujir de las ruedas moviéndose por el camino de tierra.

Después, los únicos sonidos que permanecieron fueron el viento ululando una vez más y el leve correteo de algún animal nocturno.

—Bien jugado, supongo —dijo a la oscuridad—. Muy bien jugado.

Volvió a mirar la pendiente con un suspiro, recogió la bolsa de viaje del lugar donde había aterrizado, se la colgó del hombro y alzó la mano para invocar su propia luz.

Pero sus dedos solo emitieron chispas antes de que un súbito rayo saliera disparado de ellos y golpeara la rama del árbol más cercano, que cayó al suelo con un crujido, dejando un olor muy parecido al del pelo quemado.

—Estupendo —masculló mientras pisaba las hojas humeantes.

Entonces notó caer las primeras gotas de lluvia y dio las gracias por esa pequeña bendición.

Cuanto antes se marchara de Graves Glen, mejor.

CAPÍTULO 6

—Así que lo dejaste allí.

—Gwyn, ya te he contado la historia tres veces. Y eso solo hoy. Anoche te mandé un mensaje y te llamé por teléfono.

Vivi levantó la mano y colocó la bruja de papel maché que colgaba sobre la caja registradora de Algo de Magia. Gwyn, detrás del mostrador, se inclinó hacia delante y apoyó la barbilla en las manos.

—Ya lo sé. Pero se ha convertido en mi historia favorita. Quiero que la interpreten tanto en mi boda como en mi funeral. Convertirla en un monólogo dramático en una noche de micrófono abierto. Quiero...

—Lo he captado —dijo ella, riéndose mientras levantaba la mano—, pero, en serio, tampoco fue para tanto.

—Casi atropellaste a tu ex con el coche y después lo dejaste en la cuneta, literalmente. Pues claro que es para tanto. Eres la puta ama.

Vivi volvió a sonreír, aunque, para ser sinceros, todavía se sentía un poco..., bueno, no del todo culpable. Rhys era un brujo muy poderoso y apenas le había faltado un kilómetro para llegar a la casa Penhaven. Era perfectamente capaz de cuidar de sí mismo.

Pero quizá había tenido un poco de mala leche dejándolo allí, sobre todo después de la sorprendente tranquilidad con la que se había tomado lo de su *casi* atropello.

Aunque, si lo pensaba bien, tampoco era tan sorprendente. Al fin y al cabo, Rhys era un tipo muy tranquilo.

Y encantador.

Y la noche anterior se había mostrado realmente encantador.

Reprimió un suspiro, se acercó al expositor de bolas de cristal y pasó las manos por la que tenía más cerca.

La tienda de su tía Elaine era tan acogedora y perfecta como su casa, y siendo como era el Día del Fundador, hoy presentaba su mejor aspecto. Habían encendido velas que desplegaban su olor a laurel y salvia por toda la sala y colocado los cristales sobre tapetes de terciopelo negro que los hacía parecer tesoros recién descubiertos.

Incluso Gwyn tenía un aspecto mágico y místico, con su vestido negro, botas de ante hasta las rodillas y su larga melena pelirroja rizada enmarcándole la cara.

Vivi iba un poco más sobria con unos pantalones negros y un jersey de rayas moradas, pero solo era una mera profesora de historia, no la propietaria de la tienda de brujería del pueblo.

Además, esa mañana había estado distraída.

Se había pasado diez minutos en la ducha, repitiendo en su cabeza la noche anterior y cómo, después de todo el tiempo que había pasado y todas las lágrimas que había derramado por la forma tan horrible como terminaron, en cuanto volvió a ver esos ojos azules, esa mata de pelo oscuro cayendo por su frente y esa sonrisa perezosa, el corazón le palpitó con fuerza en el pecho y se le contrajo el estómago. Mejor no pensar en cómo habían reaccionado otras partes de su anatomía.

Ni que decir tenía que su cuerpo había recordado perfectamente lo mucho que le había gustado el de él; lo que era una absoluta injusticia y un acto de traición en toda regla.

Tomó una profunda bocanada de aire, cerró los ojos y trató de recordarse a sí misma el mantra que no había dejado de repetirse la noche anterior mientras se alejaba por la carretera.

Ese hombre es lo peor, lo peor, lo peor de lo peor.

No era el mantra más agudo del mundo, pero cumplía con su cometido y, cuando volvió a abrir los ojos, le resultó un poco más fácil recordar que había tenido sus buenas razones para marcharse sin ningún miramiento, tanto hacía nueve años como la noche anterior.

—¿Te estabas imaginando acostándote con él?

Vivi la fulminó con la mirada.

—No —mintió. Y se salvó de más preguntas porque sonó la campana de la puerta.

—¡Todavía no hemos abierto! —gritó Gwyn.

Pero quien había entrado no era ningún cliente madrugador del Día del Fundador, sino la alcaldesa del pueblo.

Vivi miró a Jane Ellis, una pequeña morena que tenía los mejores tacones de aguja del mundo. Los de hoy eran de un reluciente naranja que conjuntaban maravillosamente bien con el traje negro que llevaba y sus pendientes de calaveras.

—¿Alguna de las dos ha visto a Rhys Penhallow? —preguntó, moviendo los dedos en el teléfono mientras miraba alternativamente a Gwyn y a Vivi.

—Yo no —respondió su prima despacio antes de mirarla.

Vivi se aclaró la garganta, dio un paso hacia delante e hizo acopio de todas sus fuerzas para no ponerse a juguetear con las manos. Gwyn siempre le decía que ese era un hábito que la delataba.

—Me lo encontré anoche. Iba de camino a su casa.

Jane soltó un resoplido de frustración y miró su teléfono.

—Bueno, tiene que dar el discurso del Día del Fundador en veinte minutos y todavía no se ha registrado en el estand de bienvenida.

Vivi se relajó un poco. Si eso era lo único que le preocupaba a la alcaldesa, entonces quizá Rhys no estaba muerto en una zanja de la ladera de la colina. Lo más probable era que «estand de bienvenida» estuviera al mismo nivel que «responsabilidad fiscal» y «relaciones monogámicas» en cuanto a conceptos de los que Rhys huía como alma que llevaba el diablo.

—No he conseguido contactar con él por teléfono, aunque al ser un número internacional, quizá estoy metiendo la pata al marcarlo —continuó Jane—. En todo caso, el Día del Fundador no puede empezar hasta que no se hayan pronunciado todos los discursos, y él sale en el programa—. Miró a Gwyn con gesto suplicante—. Sale-en-el-programa.

—Seguro que enseguida aparece —le dijo Vivi, poniéndole una mano en el brazo para tranquilizarla. Aunque nada más hacerlo, la quitó y retrocedió un poco. ¡Dios mío! Esa mujer estaba temblando. ¿Cuánto café se había tomado esa mañana?

—Vivi puede ir a buscarlo —comentó Gwyn.

Se preguntó si algunas brujas tenían el poder de matar con la mente, porque en ese momento le habría venido de perlas.

—Lo que quiero decir —continuó su prima, conteniendo una sonrisa a duras penas—, es que tú no lo conoces, Jane, y él y Vivi son viejos amigos.

Vivi resopló y movió una mano.

—¡Oh! De eso hace muchos años, y no nos hemos mantenido en contacto. Como te he dicho antes, vendrá enseguida. Los Penhallow se toman muy en serio eso de cumplir con las tradiciones y él ha viajado desde muy lejos solo para asistir a este acto.

Es imposible que esté muerto porque mi intención no era dejarlo allí para que muriera o se lo comieran los lobos. Seguro que no quedan lobos en Georgia. Osos, sin embargo...

—¿Sabes qué? Voy a dar una vuelta a ver si lo encuentro, ¿de acuerdo?

Mientras salía a toda prisa de la tienda, oyó a Gwyn decir a Jane:

—¿Lo ves? ¡Problema resuelto!

Sí, lo mismo deseaba ella con todas sus fuerzas.

La calle principal del centro de Graves Glen empezaba a llenarse a pesar de que el día estaba nublado y la temperatura había bajado durante la noche, pasando de hacer un agradable fresco otoñal a un frío considerable.

Miró hacia el cielo y vio las nubes moverse rápidamente en torno al pueblo. Esperaba que no se pusiera a llover. Habían tenido Días del Fundador pasados por agua antes, pero normalmente, la magia que flotaba en el ambiente mantenía el mal tiempo a raya.

Una ráfaga de viento sopló por la calle. Las calabazas de plástico que colgaban de las anticuadas farolas de gas se movieron. Tenía que haber sacado el abrigo del almacén de Algo de Magia.

Con un poco de suerte, no tardaría mucho en encontrar a Rhys, lo llevaría al estand de bienvenida y podría pasar el resto del día ayudando a su tía y a su prima en la tienda. No tenía la más mínima intención de quedarse en medio de la multitud viéndole dar su discurso sobre la historia del pueblo, el honor que eso representaba para su familia o lo que quiera que fuera a decir.

Al pasar junto a los miembros de una familia disfrazados de brujos, con gorros puntiagudos incluidos, sonrió. Le encantaba el Día del Fundador, incluso con su ex de por medio. Era el pistoletazo de salida para Halloween y el pueblo se llenaba de gente dispuesta a pasar un buen rato. Según su tía Elaine, antaño el Día del Fundador había sido una celebración un poco más seria, el reconocimiento de los sacrificios que los Penhallow habían tenido que hacer al fundar ese pequeño pueblo escondido entre las montañas. Al fin y al cabo, Gryffud Penhallow había muerto durante su primer año allí, y la leyenda decía que su fantasma seguía vagando por las colinas de la zona.

Sin embargo, en la última década (y tras una serie de alcaldes del estilo de Jane), Graves Glen se había transformado en un reclamo para los amantes de Halloween. Mucho se lo debían al nombre, por supuesto [1], pero también a todo el encanto propio de ser una pequeña localidad, los árboles con esa tonalidad naranja propia de la época y los huertos de manzanos justo en el límite del pueblo. Y como el Día del Fundador se celebraba el trece de octubre, se había ido convirtiendo poco a poco en el punto de partida natural de la temporada con más actividad del año.

¡Lo siento, Gryffud!

Había puestos que vendían de todo, desde manzanas de caramelo, hasta «árboles de Halloween», parecidos a los de Navidad, pero pintados de negro y decorados con calabazas de madera, sombreros de bruja y fantasmas.

---

1. «Graves Glen» en español sería 'Valle de las Tumbas'. (N. de la T.)

Saludó con la mano a varias personas que conocía, incluida Ezi, que estaba comprando una bolsa gigante de palomitas con su novio, Stuart, pero no dejó de estar pendiente en ningún momento por si atisbaba ese andar desgarbado, ese pelo revuelto y esos hombros anchos que tanto recordaba.

Al final, justo cuando empezaba a temerse que pudiera estar en el estómago de un oso en algún punto entre la cabaña de su tía y la montaña, lo vio.

Estaba fuera del Café Cauldron, con un vaso de cartón enorme en la mano. En cuanto empezó acercarse a él, Rhys se pegó más a su café.

—Vivienne, ya he tenido una mañana pésima; si has venido a intentar matarme de nuevo, te advierto que sería muy poco deportivo por tu parte.

A pesar de lo nublado del día, llevaba los ojos ocultos tras unas gafas de sol; algo que habría parecido absurdo en cualquier otro hombre, pero que a él, como era de esperar, le daba un aspecto aún más atractivo.

También ayudaba que el resto de su atuendo fuera magnífico: pantalones grises, camisa blanca desabrochada, un chaleco gris carbón y, en el cuello, una cadena de plata de la que colgaba un joya de color púrpura oscuro.

En ese mismo instante, le asaltó un recuerdo bastante explícito de ese mismo colgante rozándole el pecho mientras él se movía encima de ella, penetrándola. Sintió cómo se le encendían las mejillas.

Antes de conocerlo, nunca le había gustado que los hombres llevaran joyas, pero ese collar le sentaba de maravilla. La delicada cadena resaltaba la anchura de su pecho, haciéndole parecer aún más viril.

Rhys dio un sorbo al café sin decir nada, pero tuvo la sensación de que era muy probable que supiera lo que ella había estado pensando.

Tal vez por eso adoptó un tono un poco cortante cuando le dijo:

—Tienes que ir al estand de bienvenida.

Rhys hizo una mueca.

—¿Qué cojones es eso?

Vivi puso los ojos en blanco, le agarró del codo y lo alejó de la cafetería, conduciéndolo a la hilera de carpas instaladas en la calle lateral que había entre Algo de Magia y la librería.

—La alcaldesa está histérica porque todavía no te has registrado, así que haz el favor de hacerlo.

—¿Y tú? ¿Estabas preocupada? —preguntó. A Vivi no le gustó lo satisfecho que parecía—. ¿Creías que había muerto? ¿Que tus crueles acciones me provocaron la muerte?

—Lo que creo es que tienes que registrarte, dar tu discurso e irte a casa, Rhys.

Él se detuvo en seco, obligándola a hacer otro tanto. Mientras se volvía hacia ella, se bajó las gafas de sol por la nariz.

—Tengo que registrarme, dar mi discurso y cargar las líneas ley. Entonces podré irme a casa.

Vivi sintió que algunas cabezas se giraban hacia ellos. Solo pudo ver a unas pocas brujas entre la multitud; gente que conocía de la universidad. De modo que la mayoría de las personas que los estaban mirando no tenían ni idea de quién era Rhys. Estaba claro que él era uno de esos hombres que llamaba la atención.

Algo que le había gustado mucho de él. En el pasado.

En ese momento, sin embargo, lo único que le provocó fue acercarse a él y decirle:

—Está bien, quizá no sea algo que deberías ir anunciando a voz en grito a todo el pueblo y a la mitad de los turistas de Georgia, pero sí, *eso*, y luego te vas a casa. Y recalco lo de «volver a casa» porque quiero que sea en lo que realmente te centres.

Intentó volver a tirar de él para que reanudaran la marcha, pero Rhys no se movió ni un ápice. Se le había olvidado que para ser alguien que parecía tan espigado era un tipo fuerte.

—Ven conmigo.

Vivi parpadeó sorprendida.

—¿A Gales?

Él esbozó esa lenta sonrisa que la había derretido por completo en el pasado y que ahora le daban ganas de arrancársela de la cara.

O de besarlo.

Lo uno o lo otro.

—Lo cierto es que no le pondría ninguna pega a eso, pero me refería a las líneas. Después de que dé el discurso, cuando termine esta... encantadora festividad.

A Vivi la embargó la emoción; justo lo que menos quería que le sucediera en ese instante. Pero nunca había visto las líneas ley, que se encontraban en una cueva en la montaña opuesta a la de Elaine. Una cueva que era considerada un lugar sagrado y que, hasta donde sabía, solo visitaban los Penhallow.

Habría mentido si dijera que nunca había querido verlas, estar tan cerca de ese tipo de poder.

—Dijiste que querías ir. Antes —continuó Rhys, colocándose de nuevo las gafas de sol.

Y entonces lo recordó. La fiesta del solsticio, esa noche, los dos en una tienda de campaña, con la cabeza dándole vueltas por la magia, el deseo y la excitación que sentía por ese hombre.

—¿Sabes? No estamos muy lejos de las líneas ley —le había comentado él, besándole la punta de la nariz—. La fuente de poder de todo este valle. Mi antepasado las dispuso él mismo.

—¡Oh! No me he dado cuenta de que me estaba besando con la realeza —había bromeado ella. Él había sonreído y la había vuelto a besar.

—Siempre he querido verlas —le había susurrado después, contra la cálida piel de su cuello.

—Te llevaré allí.

Pero no lo había hecho. Su relación no había durado el tiempo suficiente para hacer esa pequeña excursión.

Y ahora se lo volvía a ofrecer.

¿Sería como una especie de ofrenda de paz? ¿O un intento de seducción de lo más desafortunado?

Lo miró a los ojos azules y se dio cuenta de que no tenía ni idea.

Aunque también se dio cuenta de que le daba igual. Acercarse a las líneas ley era un honor que muy pocas brujas tenían y no iba a desaprovechar esa oportunidad.

—Está bien —dijo. Y luego, para que Rhys no se hiciera una idea equivocada, añadió dándole un golpe en el pecho—: Además, me lo debes.

—No te creas que estoy muy de acuerdo con eso. Después de tu intento de atropello, yo diría que estamos, cuanto menos, empate —replicó Rhys. Después, al ver la mirada que le lanzó ella, se bebió de un trago lo que le quedaba del café—. Vale, te lo debo. Ahora, enséñame dónde está ese estand de bienvenida y acabemos con esto.

CAPÍTULO 7

—No crees que tengamos la misma nariz, ¿verdad?

Rhys contempló la cabeza de su antepasado, caída ahora en la base de la estatua. Quienquiera que hubiera esculpido al desafortunado Gryffud Penhallow había puesto mucho cuidado en los detalles: el pelo rizado sobre la frente, el ligero ceño fruncido, la expresión de honorable sufrimiento en los ojos y una nariz absolutamente descomunal.

La alcaldesa, Jane, seguía desenrollando con una mano una cinta amarilla de seguridad alrededor de la estatua rota, y sosteniendo con la otra un teléfono móvil al que no paraba de gritar, por lo que no le respondió.

Rhys soltó un suspiro y se tocó el puente de la nariz.

—Mala suerte, viejo —dijo a la cabeza de Gryffud. Luego volvió a mirar la cima del pedestal.

El discurso había ido bien, dadas las circunstancias. Supuso que el acento le había ayudado mucho, además de la novedad de tener a un auténtico Penhallow, procedente de Gales. Y enseguida se había dado cuenta de que a la gente le gustaba que ese tipo de cosas fueran breves. No servía de nada engañarse, la mayoría estaban allí para comprar manzanas caramelizadas y velas artesanales, no para escucharle parlotear sobre su antepasado muerto.

Así que dio las gracias por la calurosa bienvenida, habló brevemente de lo bonito que era el pueblo, pronunció unas cuantas frases en galés, algo que siempre gustaba a la gente, y dio por finiquitado el discurso. Una tarea cumplida.

E inmediatamente después casi perdió la cabeza por culpa de la estatua de su antepasado.

En cuanto bajó los pequeños escalones que conducían al escenario, oyó un chasquido, seguido por el jadeo de la multitud. Si su instinto no le hubiera instado a quedarse inmóvil, habría terminado directamente bajo la cabeza de piedra de Gryffud Penhallow.

—Lo siento mucho —repitió la alcaldesa por, al menos, trigésima quinta vez—. Ni siquiera sé cómo ha podido ocurrir.

Seguía sujetando la cinta amarilla brillante, con el móvil metido en una funda en la cintura. A pesar de que llevaba tacones, apenas le llegaba a la barbilla, y aunque sospechaba que en ese momento lo único que corría por sus venas era Red Bull, era una mujer atractiva con sus grandes ojos negros y unas mejillas sonrosadas.

Sin embargo, el hecho de estar a punto de morir por segunda vez en veinticuatro horas tenía un cierto efecto amortiguador de la libido, así que no intentó coquetear con ella y dijo:

—No es culpa tuya. Seguro que esta es la forma con la que el viejo Gryffud ha querido dejar entrever que habría preferido a otro Penhallow, lo que es perfectamente entendible. De lo único que me alegro es de que no hubiera nadie más cerca.

Estaba sonriendo mientras hablaba, pero cuando miró alternativamente a la estatua decapitada y a la cabeza en el suelo, sintió un nudo helado en el pecho.

Lo que le había sucedido la noche anterior había sido una serie de percances que podían atribuirse fácilmente a una inusual racha de mala suerte, a que su magia podía haberse visto alterada al cruzar todo un océano.

¿Lo de esa mañana? Tenía la sensación de que eso era... diferente.

Las cabezas no se caían de las estatuas así como así, y menos cuando él pasaba por debajo. De modo que, después de asegurarle a la alcaldesa una vez más que se encontraba bien y que no pensaba cobrarse ninguna venganza absurda por aquel insulto, se dirigió al otro lado de la calle, a la tienda de la familia de Vivienne.

Al abrir la puerta oyó una campana, un sonido un poco desafinado e inquietante. Justo encima de él, vio una especie de pesadilla animatrónica con la forma de un cuervo que empezó a graznar y a agitar las alas con los ojos emitiendo destellos púrpuras.

—Muy sutil —dijo.

Desde la caja registradora, la prima de Vivienne, Gwyn, le sacó el dedo corazón.

—Está cerrado.

—Es evidente que no.

—Está cerrado para todos y cada uno de los ex de Vivi, y tú eres uno de ellos, así queee...

Cerca, un grupo de mujeres jóvenes estaban mirando un expositor con unos cuadernos con tapas de cuero. Se fijó en el cartel pintado a mano en el que podía leerse «Grimorios», pero no detectó el más mínimo indicio de magia en ellos. Seguramente era mejor no vender artículos reales a los turistas. Al echar un vistazo a su alrededor, se dio cuenta de que había muy pocas cosas en la tienda que irradiaran algún tipo de poder, salvo la propia Gwyn, que ese día iba vestida con sus galas de bruja.

La había visto unas pocas veces durante el verano que pasó en Graves Glen, cuando tenía el pelo rosa. Ahora lo llevaba pelirrojo y largo, casi hasta la cintura. Aunque no se parecía mucho a Vivienne, sin duda le estaba lanzando la misma mirada de desprecio que su prima.

—¿No has visto mi casi decapitación ahí fuera? —preguntó, señalando hacia la calle.

Gwyn abrió los ojos de par en par.

—Espera, uno de mis sueños ha estado a punto de hacerse realidad, ¿y me lo he perdido?

—¿Qué sueños?

Vivienne apareció detrás de una cortina de estrellas de un rincón de la tienda, cargando con una caja de lo que parecían ser pequeñas calaveras. Llevaba el cabello recogido en un moño desordenado, y cuando la vio apartarse un mechón de pelo de la cara, el corazón le dio un doloroso vuelco en el pecho.

Ojalá no fuera tan preciosa. Ojalá él no hubiera cometido la cagada del siglo a ese lado del Atlántico hacía nueve años.

Ojalá no sospechara, ni tan solo un poco, que ella pudiera estar detrás de esa súbita racha de mala suerte.

No quería pensarlo, pero durante los últimos minutos, desde que alzó la vista para encontrarse con la nariz de Gryffud acercándose a la suya, la duda había estado ahí, carcomiéndole la cabeza.

Le parecía demasiada coincidencia que, en el mismo instante en que había llegado a Graves Glen, después de nueve años sin estar allí, todo se torciera por completo, y aunque nunca le había dado la impresión de que Vivienne fuera una persona vengativa, la noche anterior lo había dejado solo para que muriera, lo atropellaran o se lo comiera algún animal.

Algo que probablemente se merecía, pero esa no era la cuestión.

La miró y le preguntó:

—¿No venderán por casualidad un espejo de adivinación en esta tienda?

Gwyn soltó un bufido desde detrás del mostrador.

—Sí, claro, lo tenemos justo detrás de los frascos con ojos de tritón. ¿Qué tienes, mil años?

Los espejos de adivinación estaban un poco anticuados, incluso entre los brujos, pero como el padre de Rhys también era un brujo, era una de las mejores formas de comunicarse con él.

—Creo que puede haber uno en la parte de atrás —dijo Vivienne, dejando la caja de calaveras. Mientras lo hacía, varias de esas cosas abrieron la mandíbula y emitieron una especie de gemido estridente que hizo que las chicas que estaban al lado del expositor de grimorios se sobresaltaran y estallaran en risas.

—¿En serio? —preguntó Gwyn, apoyándose en el mostrador—. ¿Tenemos un espejo de adivinación y yo ni siquiera lo sabía?

—Lo encontré en una tienda de antigüedades de Atlanta —respondió Vivienne antes de mirar a las clientas y luego a Rhys. Se acercó un poco más a él y bajó la voz—. No puedes usarlo aquí.

Rhys imitó su susurro y replicó:

—No iba a hacerlo.

Vivienne frunció un poco el ceño. Al ver la arruga en su entrecejo le entraron unas ganas enormes de estirar la mano y alisársela con los dedos.

Pero como era una idea terrible, decidió mantener las manos en los bolsillos.

—¿Estarás bien aquí sola? —preguntó Vivienne a su prima, que levantó el pulgar hacia arriba.

—Ahora que tengo más calaveras estridentes para vendérselas a niños ruidosos, sí.

Vivienne se cruzó de brazos y lo miró un instante. Después, señaló con la cabeza una cortina en un rincón.

—Vamos —le instó.

Rhys la siguió. Cuando la vio descorrer la cortina, esperaba encontrarse con algún tipo de almacén, con estanterías llenas de polvo y un montón de cajas de cartón; algo parecido a la trastienda del bar de Llewellyn.

En su lugar, entró en una sala circular con unas paredes de madera de un cálido color miel y pesados candelabros con velas gruesas que proporcionaban un acogedor resplandor, al igual que varios globos de cristales de colores fijados a las paredes, que proyectaban luces de diferentes tonos sobre las alfombras del suelo de aspecto confortable.

Alrededor de la estancia podían verse una serie de armarios con unas tallas magníficas. Vivienne fue hacia el que tenía más cerca, lo abrió y masculló algo para sí misma.

—Este lugar es... una maravilla —dijo Rhys, echando un vistazo a su alrededor. Cuando Vivienne volvió a mirarlo, su expresión era un poco más suave, más amable.

—A la tía Elaine le gusta que las estancias tengan un aspecto acogedor —explicó ella—. ¿Por qué tener un almacén soso y deprimente cuando puedes tener esto? —Miró a su alrededor—. Sí, a veces tengo la sensación de estar en un videojuego de *El Hobbit,* pero no está mal.

Rhys soltó una carcajada y ella le sonrió.

Solo durante un segundo.

Se fijó en la diminuta muesca que tenía uno de sus dientes delanteros. Se había olvidado de eso. Le encantaba esa pequeña imperfección en su radiante sonrisa.

Luego ella se volvió hacia el armario y Rhys se aclaró la garganta y retrocedió un paso.

—¿Y si los clientes entran aquí?

Vivienne metió la mano en el armario y hurgó en su interior.

—No lo harán —dijo—. Esta zona de la tienda está protegida con un tenue hechizo para repeler. Elaine lo modificó para que los clientes no se sientan incómodos o se asusten; simplemente no quieren entrar.

—Es una idea muy ingeniosa, la verdad —comentó él, impresionado. Una cosa era lanzar un hechizo, pero adaptarlo a las necesidades específicas de cada uno requería bastante habilidad.

Vivienne se giró hacia él, espejo en mano, y alzó las cejas.

—Sí, bueno, no hace falta ser una sofisticada bruja galesa para hacer magia de primera.

—Bueno, en lo que respecta a este sofisticado brujo galés que está comprobando en sus propias carnes lo que puede hacer la magia de primera, no puedo estar más de acuerdo contigo.

Estiró la mano para agarrar el espejo, pero Vivienne no se lo ofreció, sino que se quedó mirándolo con el ceño fruncido.

—¿A qué te refieres?

Rhys soltó un suspiro, dejó caer la mano y se meció sobre sus talones.

—A que cuando un hombre está a punto de morir un par de veces en menos de dos días empieza a pensar que quizá no se deba a una mera coincidencia.

Seguía frunciendo el ceño, pero ahora estaba muy quieta. La observó con detenimiento, en busca de alguna señal... ¿de qué? ¿De culpa? ¿De veras creía que Vivienne estaba intentando vengarse de él después de todos esos años? ¿Por una relación que ni siquiera duró un verano entero?

No. No se lo creía.

O quizá no quería creérselo.

—En cualquier caso, en cuanto tenga eso —prosiguió, señalando el espejo—, podré hablar con mi padre para asegurarme de que cargar las líneas ley sigue siendo una buena idea después de que Gryffud Penhallow haya intentado matarme.

Como Vivienne se lo quedó mirando, la puso al corriente de todo el incidente con la estatua y terminó diciendo:

—¿Lo ves? Si te hubieras quedado a oír mi discurso, no te habrías perdido el espectáculo.

—¿Estás bien? —preguntó ella, mirándolo de arriba abajo, mientras se mordía el labio inferior. La luz de la vela más cercana proyectaba formas rojas y azules sobre su cabello, captando los pequeños destellos de su jersey morado.

Rhys dio un paso hacia ella, estirando la mano.

—Sí. O lo estaré cuando use eso.

Hizo un gesto con la cabeza hacia el espejo. Vivienne se lo entregó; el metal todavía estaba caliente por su toque.

—¿Por qué usas esto para hablar con tu padre? —preguntó con los hombros un poco más relajados. Se fijó en que también había disminuido parte de la tensión de su rostro—. Es para predecir el futuro, no para comunicarse.

Rhys ni siquiera sabía cómo explicarle cómo era su padre o aquella particular excentricidad suya, así que se limitó a encogerse de hombros y decir:

—Cosas de brujos galeses.

—Pues nada, úsalo. Supongo que... querrás un poco de privacidad —señaló ella, metiéndose un mechón detrás de la oreja.

—Si prefieres quedarte y conocer a mi padre…

Vivienne arrugó la nariz.

—Por lo que me contaste sobre él, creo que será mejor que pase de eso. Estaré en la tienda.

Y sin más, se marchó. A Rhys solo le dio tiempo a oír el susurro de la cortina de estrellas antes de quedarse solo, en medio de la estancia, sosteniendo el espejo y temiendo lo que venía a continuación.

Entonces soltó un suspiro, levantó el espejo de adivinación y se miró en él. Estaba frunciendo el ceño, un gesto nada habitual en su rostro. Le sorprendió un poco lo mucho que esa expresión hacía que se pareciera a Wells y a su padre.

Si eso era lo que ese lugar estaba provocando en él, tenía que irse de allí lo antes posible.

Pero antes tenía que hacer eso.

Masculló las palabras en voz baja, apretó la mano que tenía libre sobre el cristal frío y sintió cómo se ondulaba bajo las yemas de sus dedos.

Apenas pasaron unos segundos antes de que el rostro de su padre apareciera entre la neblina gris que se arremolinaba en torno al espejo. Detrás de él podían verse claramente sus estanterías llenas de libros.

—¿Rhys? —preguntó, uniendo sus formidables cejas en una marcada «V»—. ¿Qué pasa?

—Yo también me alegro de verte, papá —farfulló él.

Por imposible que pareciera, su padre frunció aún más el ceño.

—¿Dónde diantres estás? ¿Eso es algún tipo de… teatro? ¿La carreta de una pitonisa? —Su padre acercó la cara al espejo—. Rhys Maredudd Penhallow, como estés confraternizando con alguna pitonisa…

—Papá, tengo poco tiempo, ¿me dejas decirte por qué te he llamado?

Su padre suavizó ligeramente su expresión y se echó hacia atrás esperando su explicación.

Rhys le contó lo más rápido que pudo todo lo que le había sucedido desde que había llegado a Graves Glen, desde el problema con el coche hasta el accidente que había estado a punto de ocurrir con la estatua. Omitió la parte de la falta de agua caliente en su ducha de esa mañana porque estaba convencido de que era un dato que no ayudaba a su causa, pero cuando terminó, tuvo la sensación de que a su padre todo aquello le estaba pareciendo casi... divertido.

¡Qué perspectiva más aterradora!

—No estás maldito, muchacho —le aseguró Simon—. A los hombres Penhallow no se les puede maldecir. Llevamos más de mil años sin sufrir ningún maleficio. —La diversión dio paso a la petulancia cuando añadió—: Sin duda, todo esto es fruto de tu decisión de viajar como un humano normal, en vez de usar una piedra viajera como te sugerí.

—¿La cabeza de la estatua se cayó porque decidí viajar en un vuelo comercial y alquilar un coche? ¿Me estás diciendo eso, papá? Porque no estoy seguro de ver la correlación.

El ceño regresó. Algo que en realidad lo tranquilizó.

—¿Has cargado ya las líneas?

—No, todavía no. Pero esa es la cuestión. ¿Y si estoy maldito y..., no sé, de alguna manera me cargo las líneas ley?

—Aunque no dudo de tu capacidad para, como dices, «cargártelo» todo, te lo estoy diciendo, Rhys, es imposible que estés maldito. Y aunque fuera posible, una chica a la que apenas puede calificarse como una bruja de herbolario no habría podido hacer tal cosa. Ni a ti. Ni a ninguno de nosotros.

—Ella es más que una bruja de herbolario —dijo Rhys, apretando los dedos alrededor del mango del espejo. Pero su padre hizo un gesto de desdén con la mano.

—Sea lo que sea, no hay forma de que te haya lanzado un maleficio. Es... absurdo. Un disparate absoluto.

—Igual que hablar con alguien a través de un espejo —replicó él.

Su padre lo taladró con la mirada.

—Muchacho, haz el trabajo para el que te he enviado y vuelve a casa. No quiero volver a oír de tus labios la palabra «maldito».

CAPÍTULO 8

—Creo que maldijimos a Rhys —dijo Vivi en voz baja, mientras miraba por encima del hombro hacia la cortina del rincón de la habitación.

Rhys llevaba un rato dentro y no podía evitar preguntarse de qué estarían hablando él y su padre. ¿Podría Simon Penhallow conjurar algún tipo de hechizo a distancia y descubrir que, efectivamente, Vivi y Gwyn habían lanzado una maldición sobre Rhys hacía tantos años? ¿Les declararía una guerra de brujos? ¿Dejaría a Graves Glen sin magia? ¿Podría...?

—Vivi, si pudiéramos lanzar maldiciones a la gente, esa zorra que siempre me da leche entera cuando se la pido de soja en el Café Cauldron ahora estaría muerta —señaló su prima, colocando otra calavera de plástico parlanchina en la mesa expositor que había en medio de la tienda. Vendían miles de esas cosas en esa época del año. Los padres estaban encantados de poder comprar algo barato y espeluznante a sus hijos, y los niños felices por perseguir a sus hermanos por el centro del pueblo con una calavera que emitía luces y sonidos.

Vivi agarró una que se había quedado en el mostrador y golpeó los dientes con las uñas, preocupada.

—Está bien, aunque ¿no te parece demasiada coincidencia? Lo del coche quizá no signifique nada, ¿pero lo de la estatua?

—La estatua lleva ahí toda la vida —indicó Gwyn. Al volverse para mirarla se le torció ligeramente el gorro de bruja—. Tal vez, cuando montaron el escenario, le dieron un golpe o algo por el estilo. Mira, la única persona a la que debería preocuparle esa estatua es a

Jane. Y te aseguro que lo estará. Vamos a necesitar al menos dos botellas de vino para que se calme esta noche.

—Pensaba que no seguíais juntas —dijo Vivi mientras la calavera abría la boca y los ojos.

Gwyn se encogió de hombros.

—Somos amigas. Y ya que estamos hablando de esto —añadió su prima, mirándola por el rabillo del ojo—, entre tú y el imbécil parecían saltar chispas.

Vivi dejó la calavera en el mostrador con un golpe y se enderezó.

—¿Perdona?

Gwyn se encogió de hombros y fue hacia el otro lado de la mesa.

—Solo era un comentario. Parece que sigue habiendo química entre vosotros y a *ti* se te ve muy preocupada por él.

—Me preocupa que hayamos hechizado sin querer al hijo de un brujo muy poderoso —arguyó ella.

Gwyn movió una mano con desdén.

—Sí, claro. Creo que todavía sientes algo por el imbécil. O que, al menos, quieres acostarte con él. Lo que es comprensible. Se me olvidó lo mono que era. ¿O se ha vuelto más guapo en los últimos nueve años? —Su prima se acercó al mostrador y la miró, apoyando la barbilla en las manos—. ¿Tú qué opinas?

—Que si lo sigues llamando «el imbécil» no puedes actuar como si fueras la celestina adolescente de una película de Disney.

—Soy una persona muy versátil.

—Gwyn, te juro que... —Empezó ella, pero antes de poder terminar su amenaza, la cortina se abrió, dando paso a Rhys.

Parecía enfadado. Era la primera vez que lo veía así y, por extraño que pareciera, era una emoción que le sentaba... muy bien. El ceño fruncido le marcaba un poco más las arrugas e intensificaba el azul de sus ojos.

Se dio cuenta de que lo estaba mirando demasiado y supo que Gwyn la estaba observando con más satisfacción de la que debería, así que salió de detrás del mostrador y se fue hacia Rhys, estirando la mano hacia el espejo que él todavía sostenía.

—¿Ha funcionado?

Él parpadeó, como si le sorprendiera verla allí.

—¿Mmm? ¡Oh, sí! He podido contactar con él sin problema. Gracias —dijo, entregándole el espejo—. ¿Has dicho que lo encontraste en una tienda de antigüedades?

Vivi asintió mientras miraba su propio reflejo en el espejo. Luchó contra el impulso de sacarse la lengua a sí misma por el rubor que vio en sus mejillas y el brillo de sus ojos. *Contrólate, chica.*

—Sí. Estaba colgado en la parte de atrás. Los dueños no tenían ni idea de lo que era y decidí dejarlo aquí en lugar de en mi casa.

—¿Por qué?

Rhys la estaba mirando, pero mirándola de verdad. ¡Mierda! Esa era otra de las cosas que se le habían olvidado de él. Se le daba de *lujo* escuchar. Y no lo hacía por quedar bien. En realidad le importaba lo que tuviera que decir y siempre quería saber más. Se centraba completamente en ella, pero no de una forma que hiciera que se sintiera expuesta o incómoda, sino de una manera... placentera. Como si la valorara.

Hasta que desapareció de su vida.

Dejó de mirarlo y clavó la vista en el espejo.

—No lo sé —respondió—. Quizá porque era demasiado tentador. Nadie debería estar demasiado pendiente del futuro, ¿no crees? Lógicamente —añadió, sacudiendo ligeramente el espejo—, no tenía ni idea de que también se usaba para hacer llamadas a larga distancia.

—Solo si estás intentando contactar con un cretino particularmente pretencioso —dijo él.

Vivi enarcó ambas cejas.

—Entonces, también podría usarlo si quiero hablar contigo.

Rhys esbozó una sonrisa que se fue extendiendo por su rostro tan dulce y lentamente como la miel. Por encima de su hombro, Vivi vio a su prima sonreír mientras juntaba los dedos y convocaba una pequeña lluvia de luces color púrpura y pronunciaba en silencio: «Chispas».

Si él no la hubiera estado mirando en ese momento, podría haber respondido a su prima con unos cuantos epítetos que tenía en la punta de la lengua.

En su lugar, alzó la cabeza y sostuvo el espejo contra su pecho.

—Bueno, ¿todo bien? ¿Con tu padre?

¿No te lancé ningún maleficio real? Todo esto es producto de la mala suerte y no tiene nada que ver con una bruja adolescente *con el corazón roto que se emborrachó hace diez años, ¿verdad?*

La risa de Rhys se desvaneció al instante, haciendo que el mágico momento que habían compartido hacía unos segundos se perdiera. *Mejor,* pensó ella.

Entonces, para su inmenso alivio, Rhys asintió.

—Eso parece. Ahora solo tengo que cargar las líneas ley y regresar a Gales.

—Está bien, las líneas. ¿Cuándo?

Él se sacó un elegante reloj del bolsillo del chaleco y lo miró.

—La luna sale alrededor de las siete de la noche, así que en algún momento cercano a esa hora.

Gwyn seguía observándolos. Por suerte, en ese instante volvió a sonar la puerta, lo que significaba que llegaban más clientes. Aunque su prima se había enterado de que Vivi iba a acompañar a Rhys a cargar las líneas, nunca oiría el final de aquella conversación.

Por su parte, Vivi todavía quería hacerlo.

Mientras Gwyn se dirigía hacia la entrada, miró a Rhys y asintió con la cabeza.

—Nos vemos aquí a las seis y media.

Solo unas pocas horas más. Entonces ella podría ver las líneas, Rhys podría llevar a cabo lo que fuera que tenía que hacer y podrían poner punto final a todo aquello.

Que, por supuesto, era lo que estaba deseando.

En todas las ocasiones que Vivi había pensado en Rhys a lo largo de esos años (que habían sido más de las que quería reconocer), nunca se lo había imaginado haciendo algo tan sencillo y aburrido como ir con ella en su coche.

Pero ahí estaba, recostado en el lado del copiloto de su Kia, con el asiento desplazado hacia atrás, sus largas piernas estiradas y sosteniendo su taza de viaje, la que tenía chispas verdes y ranas, mientras Graves Glen desaparecía detrás de ellos y subían hacia las colinas.

El crepúsculo empezaba a hacerse más presente, transformando el cielo en un tenue violeta mientras el resto del paisaje se iba oscureciendo. Vivi apretó el volante, intentando con todas sus fuerzas no pensar en la noche en que lo conoció.

Evidentemente no se parecía a esa. Fue en junio, no a mediados de octubre, el aire era más suave y cálido y predominaban colores distintos, pero había sido otra noche mágica, especial. ¿Estaría él también pensando en lo mismo?

Iba callado, algo raro en él, mirando por la ventana y bebiendo algún que otro sorbo de café. ¿Formaba parte eso del ritual? ¿Tenía que ir concentrado antes de utilizar una magia tan potente?

Por primera vez, Vivi fue consciente de que quizá se estaba metiendo de lleno en una situación un poco complicada. No con Rhys, sino con la magia que estaba a punto de presenciar. No solía conjurar muchos hechizos; podía pasarse semanas sin usar sus poderes.

¿Estaba preparada para lo que iba a presenciar?

—Es realmente increíble cómo puedo *oírte* pensar.

Vivi lo miró brevemente antes de volver a estar pendiente de la carretera.

—¿Qué? ¿Lo dices literalmente, en plan leer la mente?

Rhys se rio por lo bajo y dio otro sorbo a su café antes de negar con la cabeza.

—No, no tengo ese poder, y aunque lo tuviera, jamás lo usaría contigo. En serio, uno no puede estar oyendo eternamente cómo le llaman «cabrón». A lo que me refiero es a la mirada que tienes cuando estás concentrada en algo. Es...

—Como digas «adorable» te saco de una patada del coche.

—Ni se me ocurriría. Estaba pensando más en «encantador».

Vivi no pudo evitar mirarlo de nuevo. Estaba esbozando esa sonrisa dulce y cariñosa de la que se había olvidado por completo. En esa ocasión le resultó un poco más difícil volver a centrarse en la carretera.

—Eso me vale —dijo por fin—. Y que sepas que no estaba pensando en que fueras un cabrón. A ver, eso es algo que ronda en mi cabeza en todo momento, pero ahora no estaba cavilando concretamente en eso.

—Me alegra saberlo.

—Estaba pensando en las líneas ley. En lo que implica cargarlas.

Rhys se enderezó en el asiento y dejó la taza de café en el posavasos.

—En realidad es menos de lo que crees. Unas pocas palabras mágicas, algún que otro gesto teatral —estiró las manos, moviendo los dedos— y listo.

—¡Vaya! —repuso ella, hundiéndose ligeramente en su asiento.

Rhys sonrió y volvió a recostarse.

—¿Esperabas algo más impresionante?

—No sé qué esperaba —reconoció ella.

Rhys la miró y se cruzó de brazos.

—Eras toda una Potter, ¿verdad?

Vivi hizo una mueca mientras entraba por el estrecho carril que salía de la carretera; uno que pasaría desapercibido para la mayoría de la gente.

—¿Toda una qué?

—Toda una Potter —repitió él—. No sabías que eras una bruja hasta que fuiste mayor, no te criaste en este mundo. «Eres una bruja, Vivi», ya sabes, ese tipo de cosas.

Como ya no tenía que estar atenta al tráfico que venía en dirección contraria, taladró con la mirada a Rhys, aunque sabía que no sería todo lo intimidante que quería, pues tenía muchas ganas de echarse a reír.

—La gente no va por ahí diciendo «Eres toda una Potter».

—Claro que sí. Solo que no lo sabes porque, como te acabo de decir, eres toda una Potter.

—De acuerdo. Si ahora vuelves a «oírme» pensar, que sepas que en este instante estoy a tope con lo de «cabrón».

Sin dejar de sonreír, Rhys miró por la ventanilla mientras el coche empezaba a bajar hacia el valle. La oscuridad se iba cerniendo sobre ellos, el cielo era más añil que lavanda y la luna se alzaba sobre las colinas, brillante, fría y blanca.

La noche perfecta para practicar brujería.

—Pero tu madre era una bruja, ¿no? —preguntó él, volviéndose hacia ella.

Flexionó un poco los dedos sobre el volante.

—Sí, lo era. Y por lo visto una muy buena, pero... no sé. Supongo que esa fue su forma de rebelarse, rechazar todo lo que tuviera que ver con la magia. —Ya no sufría al hablar de sus padres. Su pérdida le seguía doliendo, pero lo sentía más como un peso en el corazón que como una puñalada. Sin embargo, hacía mucho tiempo que no hablaba de ellos con nadie.

—Me encantan las mujeres rebeldes —indicó él, echándose hacia atrás.

Aunque Vivi tenía la vista fija en el camino, supo que él todavía la estaba mirando.

—Entonces, ¿de pequeña no hiciste nada de magia? —inquirió Rhys—. ¿Ni siquiera sin querer?

—¡Oh! Por supuesto que sí —respondió ella. Sonrió al recordarlo—. Conjuré mi primer hechizo cuando tenía cinco años. Estaba en una cabaña sobre un árbol que me había construido mi padre y estaba haciendo té. O más bien, removiendo barro en una vieja tetera que había encontrado en el garaje.

—Debe de ser la misma en la que mi padre hace el té —bromeó Rhys.

Ella se rio.

—El caso es que, debajo de la cabaña, había unos grandes arbustos de azalea y me pareció que quedaría bien poner algunos pétalos dentro del té, pero no quería bajar toda la escalera, así que me puse a pensar con todas mis fuerzas en que subieran flotando por la ventana. Y entonces... —levantó las manos del volante un instante, agitando los dedos— sucedió.

Miró de nuevo a Rhys, que seguía observándola con esa sonrisa cariñosa que hizo que algo se le contrajera en el pecho de tal modo que tuvo que apartar la vista y volver a concentrarse en la carretera que tenía delante.

—Mi madre se asustó y me dio una charla enorme sobre lo peligroso que podía ser hacer ese tipo de cosas. En realidad tenía razón. Seguro que si mis vecinos me hubieran visto, habría terminado en alguno de esos programas sensacionalistas de la televisión.

Llevaba años sin pensar en aquello, pero en ese momento recordó perfectamente a su madre, sentada en el borde de su cama, con el pelo del mismo color que el suyo, pero más corto, rozándole los hombros, mientras se inclinaba hacia ella oliendo a humo y a especias.

Solo quiero mantenerte a salvo, cariño.

No le había parecido nada malo hacer flotar los pétalos. Al contrario, había sido divertido y... natural.

Pero su madre se había puesto tan seria que fue incapaz de olvidarse de ese día y de dejar de asociar la *magia* con el *peligro*. Incluso en ese momento, con el coche descendiendo, no pudo evitar estremecerse, y no de frío, sino por la expectativa de lo que estaban a punto de hacer.

O quizá porque ya podía sentir la magia flotando en el ambiente.

—Ahora entiendo por qué el viejo Gryffud escogió este lugar —murmuró Rhys para sí mismo, enderezándose para mirar por el parabrisas.

—Tú también lo sientes, ¿verdad? —preguntó Vivi.

Él asintió.

—¿Estamos cerca?

—Justo detrás de esta curva.

Detuvo el coche al lado de un riachuelo. El agua corría y borboteaba sobre las rocas, fluyendo desde una cueva que había delante de ellos, cuya boca parecía bostezar y ennegrecerse bajo el resplandor de los faros de su vehículo.

Cuando cerró el automóvil, se quedaron sumidos en una profunda oscuridad. Rhys se volvió hacia ella y estiró una mano.

—Bueno, Vivienne —dijo—. ¿Vamos?

CAPÍTULO 9

Era una auténtica pena que gran parte de la magia tuviera que realizarse en lugares oscuros y húmedos.

Mientras Rhys ayudaba a Vivienne a pasar por encima de una roca particularmente grande, justo a la entrada de la cueva, se preguntó por qué sus ancestros no podían haber trazado las líneas ley en algún lugar en el que hiciera más calor, que fuera un poco menos húmedo. Seguro que en las playas también hacía falta magia.

Pero no, como su antepasado había debido de ser el tipo de cabrón lúgubre que prefería las cuevas, ahora estaba allí metido, esquivando oscuros charcos de agua y rocas cubiertas de limo.

Eso sí, cuando Vivi volvió a poner su mano sobre la de él, con el pequeño halo de luz que había conjurado encima de ellos, tuvo que reconocer que no podía ponerle ninguna pega a la compañía.

—¿A qué distancia de la cueva están las líneas? —preguntó ella, soltándose de su mano para apartarse el pelo de la cara.

—No muy lejos —respondió él, observando la penumbra que tenía en frente.

Su padre le había dibujado un mapa, lo más seguro que con tinta hecha de sangre de cuervo y sobre un pergamino de quinientos años de antigüedad, pero había decidido no llevarse esa asquerosidad con él, convencido de que podría encontrar las líneas por sí mismo.

En ese momento, sin embargo, a medida que se adentraban en la cueva y las paredes se iban estrechando a su alrededor, no tuvo tan claro que hubiera sido una buena idea. Por supuesto que podía sentir la magia, zumbando como un segundo latido bajo sus pies y poniéndole los pelos de la nuca de punta, pero ¿de dónde venía?

No lo podía decir con exactitud.

Se detuvo y miró a su alrededor. La cámara principal de la cueva terminaba a pocos metros y lo único que podía ver era roca sólida a ambos lados. ¿Señalaba el mapa de su padre alguna entrada secreta? ¿O se trataba de otro golpe más de mala suerte, estropeándole los planes? Aunque su padre le hubiera asegurado que no estaba maldito, Rhys no podía evitar tener la incómoda sensación de que algo no iba bien. Y quizá eso era otra señal más.

—¡Por las pelotas de san Bugi! —masculló.

Vivienne se detuvo y lo miró.

—¿Te has perdido?

—No —contestó él demasiado rápido.

Ella lo miró con los ojos entrecerrados.

—Rhys...

—Que no —insistió él. Giró en un círculo completo, con el halo de luz cerniéndose sobre él—. Solo... necesito orientarme un poco.

—Mmm. —Vivienne se cruzó de brazos—. ¿Y tu sentido de la orientación no te ha dicho que hay una abertura oculta justo detrás de tu hombro izquierdo?

Rhys se dio la vuelta y miró en esa dirección con los ojos entrecerrados. Al principio solo vio más roca húmeda y resbaladiza.

Y entonces... ahí estaba. Una ligera sombra en medio de toda esa oscuridad, hábilmente escondida en la roca.

Se volvió hacia Vivienne y enarcó ambas cejas.

—¿Has estado aquí antes?

Ella negó con la cabeza.

—Nunca. Es cierto que sabía dónde estaba la cueva, pero mi tía Elaine siempre fue muy estricta al respecto y no dejaba de decirme que era un espacio sagrado del que debía mantenerme alejada. —Frunció el ceño e hizo un gesto de negación con la cabeza—. Sin embargo, cuando hemos llegado aquí me ha pasado algo curioso. Ha sido como si supiera dónde estaba esa abertura antes de verla. Como si supiera que si miraba en esa dirección, la vería.

Rhys no estaba seguro de qué pensar. Tal vez a ella se le daba mejor que a él percibir la magia en esa zona, sin importar el linaje, o quizá Vivienne había visto algo antes y no se acordaba. En cualquier caso, ya no tenía que quedarse allí pareciendo un completo imbécil, así que hizo un gesto hacia la abertura y dijo:

—Adelante.

En cuanto entraron por ella, el aire que los rodeaba pareció cambiar. La temperatura bajó de inmediato, tanto que Rhys se estremeció por dentro y deseó haber llevado una chaqueta.

El pasaje era tan estrecho que tuvieron que caminar en fila india, con las paredes de roca húmeda rozándoles los hombros. Cuanto más avanzaban, más intenso se volvía el zumbido de la magia. Sintió como si se le hubiera metido algodón en los oídos y se le puso toda la piel de gallina.

A su espalda, podía oír cómo la respiración de Vivienne se aceleraba y supo que ella debía de estar sintiendo lo mismo.

Pero eso no fue nada comparado a lo que experimentó cuando el angosto pasaje se abrió a otra cámara y las líneas ley brillaron ante él.

Toda la cueva estaba iluminada con un suave color púrpura y ríos de pura magia fluían a lo largo del suelo. En cuanto lo vio, se le secó la boca y le temblaron las rodillas.

Por desgracia, eso no fue lo único que sintió.

Se volvió y vio a Vivienne de pie en la entrada, con los ojos abiertos de par en par y el pecho subiendo y bajando. Cuando lo miró, Rhys pudo ver en su cara la misma mezcla de sorpresa y excitación.

¡Joder, gracias! O esto habría sido de lo más vergonzoso.

—Bien —empezó él, aclarándose la garganta—, parece que esto va a ser un poco incómodo. Seguro que esta es la razón por la que normalmente se hace este tipo de cosas solo.

Debería haberlo previsto, o más bien su padre debería haberle advertido. No, mejor no, sin duda esa conversación habría sido lo suficientemente espantosa para provocarle la muerte. De modo que sí, eso había sido lo mejor.

La magia siempre tenía efectos secundarios. Algunos hechizos te dejaban agotado, otros mareado. Otros te hacían llorar sin razón aparente.

Y otros, por el motivo que fuera, te excitaban.

Por lo visto las líneas eran de este último tipo, y teniendo en cuenta la intensidad de la magia que había en la cueva, el efecto era... igual de poderoso.

Puede que incluso más, ya que estaba compartiendo el mismo espacio con una mujer con la que había tenido un sexo espectacular. Algo en lo que no debería estar pensando justo en ese momento, ni siquiera lo *más mínimo*.

Pero en cuanto cerró los ojos, todas las imágenes acudieron en tropel a su mente como si se tratara de los mejores momentos de una película porno: las piernas de Vivienne alrededor de su cintura, su pelo contra su pecho, su pezón bajo la lánguida caricia de su pulgar, la respiración entrecortada de ella cuando deslizaba la mano entre sus piernas, cómo se reía cuando alcanzaba el orgasmo; una risa que siempre le había parecido maravillosa, perfecta y jadeante contra su oído...

—Rhys.

Cuando abrió los ojos y se la encontró de pie, muy, muy cerca de él, emitió un sonido muy parecido a un chillido, aunque no exactamente uno, y cometió el error de ponerle las manos en los brazos para no perder el equilibrio por el sobresalto.

Sintió de inmediato el calor de su piel a través de su jersey. La miró a los ojos y vio que tenía las pupilas tan dilatadas que casi había desaparecido el círculo color avellana que las rodeaba.

—Esto está relacionado con la magia, ¿verdad? —preguntó ella con un jadeo.

El asintió y le acarició los brazos con las manos, cuando lo que *tenía* que haber hecho era alejarse de allí a toda prisa y volver a la cámara principal de la cueva, a meter la cabeza en agua fría.

Vivienne enroscó los dedos en la parte delantera de su camisa.

—Rhys —repitió ella con voz tranquila y firme, a pesar de que clavó la vista en su boca y se humedeció los labios.

Rhys apenas logró contener un gemido. Bajó las manos por su brazo hasta su cintura. ¿Sería tan malo que la besara en ese momento? ¿No podían tomárselo como una mera formalidad, como un último beso antes de separarse para siempre?

A él le parecía un gesto romántico. Incluso épico.

¿Acaso no podía un hombre dejar salir su lado romántico más épico en una cueva mágica?

Inclinó la cabeza, acercándose a ella. ¡Dios! Olía tan bien... A algo dulce. Vainilla, quizá. Iba a probar cada centímetro de ella hasta dar con la procedencia de ese aroma.

Vivienne cerró los ojos y dejó escapar un tembloroso suspiro.

Y entonces se tensó, puso los brazos rígidos y lo empujó con tanta fuerza que llegó a tambalearse un poco.

—¿De verdad me has traído a una cueva mágica sexual? —preguntó entre dientes.

Vivi vio cómo Rhys parpadeaba mientras ella retrocedía un paso. En ese momento, le estaba costando horrores no abalanzarse sobre él y cruzarle la cara. Esa estúpida y atractiva cara que mostraba una mezcla de indignación y confusión.

—¿Perdona? —dijo él al cabo de un rato.

Vivi se apartó aún más, con los brazos cruzados. En ese instante sentía tal deseo por ese hombre que prácticamente estaba temblando, le daba vueltas la cabeza y el corazón le latía con fuerza en el pecho, en los oídos y en su sexo.

Se alejó otro paso más. Rhys la miró con los ojos abiertos y se puso rígido.

—No creerás que sabía que esto iba a pasar, ¿verdad? Ni que te he traído aquí a propósito. A ver..., sí te he traído a propósito, pero no tenía ni idea de...

Vivi negó con la cabeza; un gesto que también la ayudó a despejarse un poco.

—Por supuesto que no, no seas tonto. Lo único que digo es que quizá deberías, no sé, haber preguntado a tu padre, a tus hermanos o a alguien dónde te estabas metiendo exactamente.

—¡Ah, sí! La vieja charla de «Oye, papá, esto que me has encargado hacer no tendrá nada que ver con una cueva mágica sexual, ¿verdad?». ¡Qué descuido más imperdonable por mi parte!

—No seas tan cretino.

—Pues no seas tú tan absurda. No, no pregunté los pormenores de este encargo. Y hasta donde yo sé, nadie más ha estado aquí con su ex, así que puede ser la primera vez que esté pasando esto, Vivienne.

Parte de la neblina de deseo empezó a disiparse y Vivi sintió que su respiración comenzaba a normalizarse y su pulso ya no latía con tanta fuerza. ¿Había neutralizado la magia por lo irritada que estaba o se le estaba pasando el efecto?

Debía de tratarse de eso último porque Rhys ya no la estaba mirando como si quisiera darse un festín con ella. Ahora solo se le veía enfadado y algo más que ligeramente ofendido. Se dijo a sí misma que esa era la opción más segura, dadas las circunstancias.

—El caso —dijo ella con tono más firme— es que parece que no tenías ni idea de lo que ibas a encontrarte aquí dentro, o que no te lo advirtieron debidamente. Ni siquiera te molestaste en preguntarlo, ¿no?

Rhys no respondió, simplemente se metió las manos en los bolsillos y contrajo un músculo de la mandíbula.

—¿Y si se hubiera tratado de magia negra? —continuó ella—. ¿De algo que nos hubiera compelido a matarnos el uno al otro en vez de...?

Fue lista y se detuvo a tiempo. Todavía le ardía la cara y sentía un hormigueo por la piel.

—Pero ese no ha sido el caso —dijo Rhys.

Por primera vez, se percató de que el colgante que pendía de su garganta estaba brillando tenuemente con el mismo tono púrpura de las líneas del suelo.

—Pero podría haberlo sido —replicó ella.

Él soltó un suspiro y echó la cabeza hacia atrás para contemplar el techo.

—Me pediste que viniera sin saber a qué nos íbamos a enfrentar exactamente —concluyó Vivi.

Rhys emitió un gemido de protesta y alzó una mano.

—¡Y tú estuviste de acuerdo en venir!

—Cierto, porque por lo visto no debí de aprender la lección sobre confiar en ti hace nueve años.

De pronto, mientras estaban allí de pie, mirándose fijamente el uno al otro, lo único que quiso hacer Vivi fue regresar a casa, plantarse el pijama, sentarse en la cama y ponerse al día con las evaluaciones, mientras Rhys Penhallow volvía a convertirse en un vago recuerdo de un verano echado a perder.

Entonces Rhys resopló y se encogió de hombros.

—Está bien —dijo él—, como de costumbre, soy un imbécil irresponsable que se lanza a hacer cosas sin pensar. Así que déjame que siga con esto y termine de lanzarme del todo, ¿de acuerdo?

—Rhys —empezó ella, pero él ya se había dado la vuelta y estaba agachado sobre las líneas ley con los brazos estirados.

Vivi tragó saliva con fuerza.

Eso era lo mejor. Tal vez no fuera un «imbécil irresponsable», pero siempre había sido un temerario, que saltaba a ciegas.

Se acordó de la carta que Rhys había inspirado a su prima. El Loco. La carta de las oportunidades y de los riesgos.

Y Gwyn la había dibujado a ella como la Estrella, la carta de la paz, de la serenidad, de la perseverancia.

Ella y Rhys habían estado condenados desde el principio.

Al menos esta vez no habría gritos ni llantos. Podrían seguir sus propios caminos, tal vez no como amigos, pero al menos sí como dos personas adultas que sabían quiénes eran, qué querían y a dónde pertenecían.

Algo que desde luego no harían juntos.

Vio cómo Rhys flexionaba los dedos y sintió cómo algo cambiaba en el ambiente. El aire ya no era tan frío, sino más cálido, como si alguien acabara de abrir la puerta de un horno.

Notó cómo se le apartaba el pelo de la cara. Rhys bajó la cabeza, y con las manos aún estiradas sobre las latentes líneas púrpuras, movió los labios, pero el zumbido de la magia era demasiado fuerte como para que pudiera entender una sola palabra.

Bajo sus pies, el suelo tembló ligeramente y de los dedos de Rhys salió disparado un destello de luz.

Vivi se estremeció y se abrazó a sí misma. Sentía su propia magia hormigueando en sus venas mientras contemplaba la luz recorriendo los ríos de color púrpura.

Durante unos segundos, el brillo de las líneas se volvió más intenso; tanto que incluso hacía daño a la vista y tuvo que levantar la mano para protegerse los ojos.

Pero entonces se produjo un súbito crujido y una lluvia de guijarros cayó sobre ellos mientras Rhys se ponía de pie.

Vivi miró hacia abajo.

Las líneas seguían siendo púrpuras, pero ahora se estaban oscureciendo. Una masa negra rezumaba lentamente por los laterales, borrando cualquier rastro de color.

El suelo seguía temblando.

Miró a Rhys confundida. La temperatura de la cueva había vuelto a caer en picado. En esta ocasión hacía tanto frío que casi dolía. Las líneas comenzaron a retorcerse en el suelo como serpientes. Rhys la agarró de la mano y le gritó:

—¡Corre!

No hizo falta que se lo dijera dos veces.

Salieron como alma que lleva el diablo por el estrecho pasaje hacia la cámara principal, con el suelo temblando bajo sus pies, mientras veía las líneas de vapor púrpura y negro llegando al manantial de agua.

Cuando salieron bajo el cielo nocturno, ambos contemplaron la magia pasar a su lado.

En dirección a Graves Glen.

Los temblores cesaron y, en medio de todo aquel caos, la noche se quedó muy tranquila de repente y los únicos sonidos que se podían oír fueron el ocasional ulular de un búho y las respiraciones jadeantes de ambos.

Rhys se puso delante de ella y se quedó mirando la colina, pasándose una mano por el pelo.

—¿Qué diablos ha sido eso? —dijo entrecortadamente, antes de volverse hacia ella—. Puede que tuvieras razón en lo de que no tenía claro lo que estaba haciendo, pero estoy seguro de que eso —señaló con un dedo en dirección al arroyo— ha sido la cagada del siglo.

Vivi miró el arroyo y luego el cielo. Ahora la luna parecía más grande y brillante y le recordó aquella noche con Gwyn, con la misma luna y la llama de la vela disparándose en lo alto, y una especie de frío helado se instaló en su pecho.

¡Por las tetas de Rhiannon!

—Esto... Rhys.

Él volvió a mirarla. Todavía tenía los ojos muy abiertos y respiraba con dificultad. Vivi esbozó una sonrisa temblorosa.

—Tengo que contarte algo que te va a hacer mucha gracia.

CAPÍTULO 10

Ella lo había maldecido.

Mientras Vivi regresaba a toda velocidad a Graves Glen, Rhys iba sentado en el asiento del copiloto, con la mirada perdida en la oscuridad, intentando asimilarlo.

—Así que te diste un baño —dijo él despacio.

A su lado, Vivi soltó un gemido de frustración.

—Ya te lo he dicho. Me di un baño, encendí algunas velas y luego Gwyn y yo soltamos un montón de tonterías sobre tu pelo y los clítoris, que evidentemente no eran ninguna maldición real. Tu pelo está genial, por cierto, y no quiero saber nada sobre el resto. Y en un momento dado, una llama se disparó y puede que dijera «Te maldigo, Rhys Penhallow», pero no iba en serio.

Rhys vio cómo agarraba con fuerza el volante. Tenía los ojos muy abiertos.

—¿Tú... dijiste literalmente «Te maldigo, Rhys Penhallow» y ahora te sorprende que yo, Rhys Penhallow, esté maldito? ¿Y qué es eso de los clítoris?

Vivi puso los ojos en blanco y volvió a concentrarse en la carretera.

—El caso es que estábamos borrachas e hicimos una tontería. En ningún momento quisimos lanzar una maldición real.

—Pero eso es exactamente lo que pasó —masculló él, recostándose en su asiento.

Todavía le picaba la piel por la carga de las líneas, sentía un hormigueo en los dedos y tenía una extraña sensación de frío en la nuca.

¿Eso era lo normal o solo una señal más de lo tremendamente mal que había ido la cosa?

Entrecerró los ojos y miró hacia la oscuridad, como si fuera capaz de atisbar esa chispa de magia que aún se abría paso por la montaña. Sin embargo, lo único que puedo ver fue la línea de la carretera que se desplegaba frente a ellos. Durante un segundo, apenas un instante, se permitió pensar que no había pasado nada. Al fin y al cabo, su padre había estado muy seguro de que no lo habían maldecido, ¿y cuándo se había equivocado Simon Penhallow? Tal vez siempre pasaba lo mismo cuando se cargaban las líneas.

Entonces el teléfono de Vivi sonó.

En realidad cantó. El tema de *Witchy Woman* de The Eagles retumbó desde su bolso, que estaba metido entre los asientos delanteros. Vivi apenas lo miró y se agarró con más fuerza al volante.

—Es Gwyn —dijo, aunque no agarró el bolso—. Lo más probable es que no sea nada.

—Seguro —señaló Rhys, deseando como nunca en su vida que fuera cierto—. Querrá que lleves *pizza* y hamburguesas con queso para la cena. —Vivi lo miró—. ¿Qué? —preguntó, encogiéndose de hombros—. Estamos en Estados Unidos, ¿no?

El teléfono dejó de sonar y Rhys tuvo la sensación de que Vivi había estado conteniendo el aliento.

¡Joder! Incluso él lo había contenido.

Entonces la canción volvió a empezar.

Vivi hurgó en el bolso, sacó el teléfono, deslizó el pulgar por la pantalla y, antes de que se lo llevara a la oreja, Rhys pudo oír el caos. Gritos, alguien chillando y Gwyn llamando a voces a su prima. Se echó hacia atrás en su asiento y se cubrió los ojos con la mano.

—¡Gwyn, tranquilízate! —le pidió Vivi—. No consigo entenderte...

Ahora tenía el teléfono pegado a la oreja. La miró y vio literalmente cómo toda la sangre desaparecía de su rostro mientras decía:

—Estaremos allí en un par de minutos.

Dejó que el teléfono se deslizara entre su mejilla y su hombro y apretó aún más el volante.

—¿Qué sucede? —preguntó él.

Vivi solo negó con la cabeza y preguntó:

—¿Tienes el cinturón abrochado?

—Por supuesto. No soy imbécil, Vivienne —respondió, incorporándose un poco solo para volver a caer en el respaldo del asiento cuando ella pisó el acelerador a fondo—. ¿Tan malo es? —inquirió con gesto sombrío.

—Peor —contestó ella con una expresión igual de funesta.

Vivienne no había exagerado en lo de que se abrochara el cinturón para regresar a Graves Glen. Según las cuentas de Rhys, después de la llamada de Gwyn, solo tardaron noventa y tantos segundos en llegar a Algo de Magia.

En cuanto terminó de aparcar el coche, Vivienne salió corriendo por la acera.

Él fue un poco más lento. Con la mano apoyada en la parte superior de la puerta abierta del vehículo, intentó asimilar lo que estaba sucediendo al otro lado del escaparate de la tienda.

No le costó mucho divisar a Gwyn, de pie, encima del mostrador, sujetando una escoba y en el rincón del fondo a un trío de chicas, agachadas y apoyadas contra la pared con las caras pálidas y los ojos abiertos como platos.

Y entre Gwyn y ellas, el suelo estaba lleno de... calaveras.

Calaveras pequeñas, del tamaño de una pelota de béisbol.

A esas alturas, Vivienne ya estaba dentro de la tienda. La vio detenerse en seco con un grito cuando todas las calaveras se volvieron hacia ella como si fueran una sola, abriendo y cerrando sus bocas.

Oyó a Gwyn gritar algo, pero como ya estaba entrando en la tienda y el absurdo cuervo había graznado al abrir la puerta, no entendió lo que dijo.

La magia se extendía con fuerza por el interior del local, tan densa que le dolían los dientes y le vibraba la piel, pero había algo debajo de todo ese poder. Algo oscuro y desagradable; una intensa sensación de maldad que se cernía sobre toda la tienda.

Rhys jamás había sentido nada parecido.

Las calaveras recorrieron el suelo, batiendo las mandíbulas e impulsándose por la madera a una velocidad sorprendente. Tenían los ojos iluminados, pero en lugar del tono púrpura que Rhys recordaba de antes, ahora eran de un rojo intenso. Había un sinfín de ellas.

Algo le golpeó en el tobillo. Miró hacia abajo y vio a una de las calaveras de plástico sonriéndole.

—Tranquilo, amigo —murmuró. Aunque no supo si se lo dijo a la calavera o a sí mismo.

Y entonces esa cosa le clavó los dientes en la pernera de los pantalones.

No se sintió en absoluto orgulloso del sonido que salió de su boca mientras echaba la pierna hacia atrás y empezaba a patear en el aire, intentando quitarse de encima esa monstruosidad.

Como no funcionó, no se lo pensó dos veces y lanzó un rayo de magia desde la planta del pie hasta la punta de los dedos, convirtiendo esa maldita cosa en confeti de plástico.

—¡Rhys!

Alzó la vista. Vivienne seguía de pie con su prima, armada ahora con una de las pesadas bolas de cristal que había visto antes. Lo estaba mirando fijamente e hizo un gesto significativo hacia el grupo de clientas agachadas en el rincón, que lo miraban con los ojos abiertos como platos.

Apenas pudo evitar soltar un bufido mientras respondía:

—¿Qué se suponía que debía hacer, Vivienne?

Le llegó un olor a chamuscado, un leve toque a pelo quemado. Se dio cuenta de que, con el pequeño hechizo que acababa de lanzar, se había hecho un agujero en los pantalones y casi se había quemado la pierna. Soltó una palabrota y se acarició el humeante agujero, al mismo tiempo que daba otra patada a un pequeño cabrón de plástico para alejarlo de él.

—¡Esto es una ridiculez! —masculló.

Pisó una calavera, luego otra y, finalmente, le tendió la mano a Gwyn.

—Dame la escoba —le pidió.

Ella se la lanzó.

Él la agarró al vuelo y con un movimiento que seguramente fuera uno de los más satisfactorios de su vida, empezó a barrer las calaveras que tenía justo en frente en un amplio arco hacia la pared.

Ninguna de ellas se rompió, pero comenzaron a moverse como si estuvieran borrachas, dando vueltas y chocándose entre sí. Rhys continuó avanzando por la estancia, barriendo de un lado a otro y abriendo un camino hacia las tres chicas del rincón.

—Señoritas —dijo con una sonrisa enorme cuando llegó a ellas—, ¡espero que todos hayamos aprendido una valiosa lección sobre las consecuencias de pedir artículos en páginas web de dudosa reputación! —Siguió sonriendo mientras las jóvenes lo miraban fijamente. Vio que una de ellas se fijaba en el agujero de sus pantalones e, indicándoles que lo siguieran, exclamó—: ¡Menos mal que llevaba un mechero encima!

Teniendo en cuenta que estaba maldito, sabía que era peligroso usar la magia con ellas. Sin embargo, hacía tiempo que se había dado cuenta de que usar su encanto también podía surtir el mismo efecto que un hechizo. De modo que, al tiempo que barría las calaveras y dirigía a las chicas hacia la salida, mantuvo una especie de charla insustancial sobre lo importante que era comprobar las pilas de las cosas antes de ponerlas en el suelo de la tienda, el acalorado correo electrónico que iba a escribir al fabricante y el descuento que en Algo de Magia les harían la próxima vez que se pasaran por allí.

Para cuando llegó a la puerta, estaba harto de escucharse, pero las clientas parecían menos asustadas. Una de ellas incluso se dio la vuelta para comentarle:

—Una vez pedí un iPod por internet, pero en una web rara, no era de la marca Apple, y empezó a echar humo cuando lo llevaba en el bolsillo.

—De todos modos —prosiguió Rhys, acompañándolas a la acera—, gracias por comprar en Algo de Magia. ¡Volved pronto, por favor!

El cuervo de la puerta chilló mientras Rhys la cerraba con un firme portazo y estiró la mano para bajar la pequeña pantalla que había sobre el cristal.

En cuanto la tienda estuvo cerrada, miró a Gwyn y a Vivienne.

Gwyn seguía sobre el mostrador, con las manos juntas mientras una luz verdosa chisporroteaba entre sus dedos.

—Bien hecho, imbécil —dijo. Y antes de que Rhys pudiera protestar (lo que sin duda quería hacer, y a gritos) hizo un gesto de asentimiento en dirección a Vivienne.

Oye, tú, pedazo de pervertido, no te fijes en el buen aspecto que tienen sus piernas mientras pisa esos trozos de plástico poseídos, se dijo a sí mismo, pero no tuvo éxito. Puede que esa mujer lo hubiera maldecido, que fuera la causante de todos los infortunios que le habían pasado desde que había puesto un pie en ese pueblo, pero estaba claro que su pene no había captado el mensaje.

Vivienne se acercó al escaparate con una mano en alto de la que brillaba una luz blanca. Ahí fue cuando Rhys se dio cuenta de que iba a usar su magia para correr las enormes cortinas de terciopelo que lo cubrían, pero antes de que le diera tiempo a advertirla, la luz salió disparada de su mano hasta la cortina, prendiéndole fuego.

Vivienne chilló cuando una de las calaveras se abalanzó sobre la punta de su zapato. Rhys atravesó la tienda y dio una patada al juguete mientras levantaba la escoba, intentando apagar las llamas.

El olor a plástico quemado al chamuscarse las cerdas de la escoba inundó la estancia. Por el rabillo del ojo, pudo ver a Gwyn apuntando su magia hacia el escaparate.

—¡No! —gritó.

Para su inmenso alivio, la joven bruja bajó las manos.

Pero el alivio le duró poco, pues enseguida se dio cuenta de que fuera, en torno al escaparate, se estaba congregando una pequeña multitud cada vez más numerosa dispuesta a presenciar tanto el caos que había en el interior como toda la magia que estaban usando para tratar de detenerlo.

Estupendo.

A su alrededor, las calaveras seguían moviéndose, abriendo y cerrando las bocas. Estiró la mano hacia Vivienne.

—¡Al almacén! —gritó por encima de todo el castañetear de mandíbulas.

Vivienne asintió y agarró su mano.

Sobre el mostrador, Gwyn apartó la vista del escaparate y los miró, antes de volver a centrarse en el cristal.

—¿Entonces qué? —preguntó—. ¿Nos limitamos a ocultarnos de *La noche de los juguetitos vivientes* y esperamos a que se cansen?

—¿Se te ocurre algo mejor? —inquirió Vivienne.

Sin embargo, antes de que su prima pudiera responder, la puerta de la tienda se abrió de repente, golpeando con fuerza la pared.

Rhys se volvió un poco para ver quién había conseguido entrar (estaba seguro de que había cerrado la tienda), pero antes de que pudiera girarse del todo, se produjo una explosión casi ensordecedora y un destello de luz azul que lo obligó a levantar la mano que tenía libre para protegerse del resplandor.

Cuando la bajó, vio que lo único que quedaba de las calaveras eran unos pocos trozos de plástico echando humo y un ojo rojo parpadeante que se apagó y encendió unas cuantas veces más antes de dejar de funcionar.

En el silencio que siguió, fue plenamente consciente de la humareda que todavía envolvía la tienda, de las marcas de quemadura en el suelo que tenía delante y de que Vivienne seguía agarrada a su mano.

Miró sus dedos entrelazados, notó su palma caliente contra la de él y después contempló su cara. Tenía las mejillas sonrosadas, los ojos abiertos y, cuando sintió que él la estaba observando, también se fijó en sus manos unidas.

Ruborizada, bajó la suya y se alejó de él mientras su tía entraba en la tienda.

—¿Qué habéis hecho ahora? —inquirió la tía de Vivienne, subiendo y bajando el pecho por su agitada respiración.

CAPÍTULO 11

Puede que esas calaveras nos hayan matado de verdad y ahora mismo estemos en el infierno, pensó Vivi mientras se sentaba en su silla favorita del almacén; un butacón de terciopelo dorado en el que había pasado tanto tiempo sentada que seguro que el cojín tenía impresa la marca de su trasero.

Aquello le parecía una buena explicación a por qué se sentía como si estuviera atrapada en una noche que no tenía fin. Primero, la cueva con Rhys, luego esa pesadilla allí, en la tienda, y ahora, a pesar de que ya tenía casi treinta años, estaba confesándole a su tía Elaine que había desoído una de sus reglas más sagradas de la brujería porque un tipo había herido sus sentimientos.

Un tipo que además estaba presente.

—Fue un accidente —repitió por vigésima vez—. Solo estábamos... haciendo el tonto.

—Con la magia no se puede hacer el tonto —sentenció la tía Elaine con una severidad como nunca le había oído. Estaba situada frente a uno de los armarios, con los brazos cruzados y el pelo retirado de la cara. En su oreja izquierda brillaban varios pendientes y de la derecha le caía un largo mechón de cabello gris. En conjunto tenía todo el aspecto de la poderosa bruja que era—. Os lo he estado advirtiendo a ambas constantemente —continuó antes de sacar una camiseta del armario. ¿Qué pone aquí? —preguntó, agitando la prenda.

Vivi vio a su prima poner los ojos en blanco desde el baúl en el que estaba sentada con las piernas cruzadas.

—Mamá... —empezó Gwyn.

Elaine levantó una mano.

—De eso nada, no me vengas con mamá, jovencita.

Rhys, que había estado inusualmente callado desde que todos habían entrado allí, se acercó a Elaine y le quitó la camiseta de las manos.

—«Nunca mezcles la magia con el vodka» —leyó antes de asentir—. Buen consejo.

—Mira, no —Gwyn se levantó del baúl. Se le había corrido la máscara de las pestañas y tenía una carrera en las medias; salvo por ese par de detalles, y teniendo en cuenta todo lo que había sucedido esa noche, tenía un aspecto bastante decente—. No tienes nada que decir al respecto. No cuando todo esto es por tu culpa.

—¿Por qué fui yo el que lanzó una maldición? —preguntó él, enarcando una ceja mientras le devolvía la camiseta a Elaine—. ¿Por eso tengo la culpa?

Gwyn puso los brazos en jarras y se enfrentó a Rhys.

—En primer lugar, tienes la culpa de que tuviéramos que maldecirte. Si no le hubieras roto el corazón a Vivi...

—Yo no rompí nada —se defendió él con un resoplido.

Pero entonces Vivi vio cómo se detenía a pensarlo y se le aceleró el corazón. Instantes después, Rhys la miró con esos ojos azules y le preguntó:

—Vivienne, ¿te rompí el corazón?

Ahora no solo estaba en medio de una noche que parecía no tener fin, sino que probablemente sería una de las *peores* de su vida.

—No —respondió a toda prisa, desesperada por salvaguardar algo de su dignidad.

Lo que quizá habría logrado si Gwyn no hubiera existido.

Su prima la miró con la boca abierta y dijo:

—Pues claro que te lo rompió. ¿No te acuerdas de todo ese llanto? ¿Ni del baño? ¡Si hasta conjuraste el olor de su colonia, por el amor de Dios!

Vivi se puso completamente roja y se hundió más en su asiento.

—No hice nada de eso —masculló, mientras Rhys la miraba con evidente estupefacción.

—Me llamaste *bragadicto,* que ni siquiera es una palabra que exista —le recordó—. Y me tiraste los pantalones a la cabeza. No tenías el corazón roto, estabas cabreada.

—Claro, porque ninguna mujer ha sentido jamás ambas cosas a la vez —ironizó Gwyn.

Vivi por fin se puso de pie y se pasó las manos por la cara.

—¿Podríais dejar de tratarme como si fuera una víctima despechada de una tragedia? Era una adolescente borracha, haciendo el tonto con una prima que también iba bebida. No fue para tanto. —Hizo una pausa y luego puso los ojos en blanco—. Está bien, puede que *esto* sí sea para tanto. Pero en *ese* momento no pensamos que estuviéramos haciendo nada grave y estáis siendo bastante absurdos al respecto. —Se dirigió a Rhys—. ¿Me estás diciendo que no hiciste ningún drama ni cometiste ninguna tontería de joven?

—«Drama» y «tonterías» son las palabras que pueden resumir toda mi adolescencia, así que no, no te lo puedo negar.

—¿Y tú, Gwyn? —preguntó, volviéndose a su prima.

Gwyn torció el gesto y dijo:

—Vivías conmigo de adolescente. Ya sabes la respuesta.

Vivi asintió y se centró en su tía Elaine, que siguió mirándola con el ceño fruncido durante unos segundos antes de levantar las manos y espetar:

—Sé que vas a sacar a colación lo de Led Zeppelin, así que mejor lo obviamos, llegamos a la conclusión de que todos hemos cometido alguna estupidez en nuestro pasado y dejamos a Vivi tranquila con el motivo que la llevó a hacer lo que hizo.

—Gracias —dijo ella—. Y ahora que ya nos hemos puesto de acuerdo en que el *por qué* no tiene importancia, ocupémonos del *qué*. O lo que es lo mismo, lo que esta maldición puede suponer para Graves Glen.

Elaine soltó un suspiro, levantó una mano y se tiró de un pendiente.

—Supongo que la maldición se ha extendido a las líneas ley —señaló—, y teniendo en cuenta que las líneas alimentan toda la magia del pueblo, ahora esa magia está... corrupta.

Eso explicaba lo de las calaveras poseídas. Y aunque siempre se había enorgullecido de ser una persona optimista, no era tan ingenua como para pensar que ese iba a ser el único desastre que se iba a producir. ¿Quién sabía qué más cosas podían desencadenar unas líneas ley malditas?

—Necesito hablar con mi padre —indicó Rhys, ahora apoyado en el armario y lanzándose de una mano a otra una de las calaveras que habían sobrevivido al hechizo de Elaine.

Cada vez que oía castañetear la mandíbula, a Vivi se le ponían los pelos de punta. Era una pena que no pudieran volver a vender esas cosas, porque seguro que habrían triunfado. Pero revivir la pesadilla de hacía unos minutos no merecía unos cuantos dólares de más.

—¿Quieres que traiga el espejo? —preguntó a Rhys.

Él levantó la cabeza, sorprendido.

—He dicho que *necesito* hablar con él, no que vaya a hacerlo ahora mismo. —El joven Penhallow se estremeció—. La noche ya está siendo bastante horrible por sí sola.

—Simon tiene que saberlo —concluyó tía Elaine con un suspiro, dejándose caer en el butacón del que Vivi se acababa de levantar—. Y no me apetece lo más mínimo ver su reacción.

—¿Y qué puede hacer? —quiso saber Gwyn—. Aparte de comportarse como un imbécil.

Rhys se apartó del armario y soltó una carcajada desprovista de humor.

—¡Ah! La de veces que me he preguntado: «¿Qué otra cosa puede hacer mi padre aparte de ser un imbécil?», solo para descubrir las innumerables posibilidades.

Vivi ya estaba preocupada (el que un montón de juguetes cobraran vida solía tener ese efecto en una chica), pero en ese momento empezó a asustarse de verdad.

El padre de Rhys.

—¿Va a venir tu padre —le preguntó— a regañarnos?

Rhys esbozó una tenue sonrisa.

—Si te soy sincero, la palabra «regañar» me hace gracia cuando se refiere a la mayor parte de la gente, pero en el caso de mi padre...

La sonrisa se desvaneció y con ella la esperanza de Vivi. Pensó en la carta del tarot que su prima había sacado: la cabaña de la tía Elaine como la Torre, partida en dos y deslizándose por un acantilado.

¿Y si había sido alguna especie de profecía?

—Te estás poniendo verde —dijo Gwyn, atravesando la estancia para colocarse a su lado—. Vamos a solucionar todo este embrollo. —La agarró de los hombros con ambas manos y le dio una ligera sacudida—. Somos unas brujas cojonudas, ¿recuerdas?

—Tú eres una bruja cojonuda —señaló ella—. La tía Elaine también. Yo soy una profesora de Historia.

—Puedes ser ambas cosas. —Apretó aún más las manos—. Y esto no es culpa tuya. Fui yo quien tuvo la idea de maldecirlo.

—Pero fue mi magia la que lo hizo —replicó Vivi, recordando la llama y cómo se había sentido al pronunciar aquellas palabras, como si tuvieran más peso y estuvieran cargadas de poder.

Para un hechizo potente que lanzaba en su vida, iba a destrozar todo su mundo.

Típico.

—Si se me permite intervenir como parte maldita que soy —comenzó Rhys, metiéndose las manos en los bolsillos—, ¿no creéis que es posible que estemos exagerando un poquito todo esto? Sí, es obvio que la noche está siendo una mierda. Y sí, todos estamos un poco asustados, es lógico, pero por ahora, lo único preocupante con lo que hemos tenido que lidiar han sido esos pequeños bichos. —Señaló con la cabeza la calavera que había arrojado a la silla.

—Eso y mi sencillo hechizo de «cierra las cortinas» que terminó en un incendio —le recordó Vivi.

Rhys se encogió de hombros.

—Tú misma me dijiste que tu magia siempre había sido un poco... ¿Cuál fue la palabra que usaste? ¿Inestable?

—Bueno, la mía no es nada inestable —terció la tía Elaine, con las manos en las caderas—, y el hechizo que he usado para limpiar la tienda ha sido bastante más poderoso de lo que pretendía.

Rhys asintió.

—Buenos argumentos todos ellos, pero ninguno es una prueba fehaciente de que todo se esté yendo a tomar por culo, con perdón de la expresión, señora Jones.

—Tengo culo, así que creo que puedo soportar que se pronuncie esa palabra en mi presencia, señor Penhallow —dijo la tía Elaine con un gesto de la mano para restar importancia al asunto antes de soltar un suspiro y llevarse los dedos a la boca.

Algo que nunca había presagiado nada bueno. La última vez que Vivi había visto hacer ese gesto a su tía fue cuando Gwyn se había comprometido brevemente con ese adivino de la feria renacentista que se hacía llamar «Lord Falcon» a pesar de que, según su carné de conducir, su verdadero nombre era Tim Davis.

Pero en ese momento, la tía Elaine se limitó a tomar una profunda bocanada de aire y decir:

—Puede que estés en lo cierto. Quizá esto no sea tan malo como parece.

—Tiene pinta de ser bastante malo, mamá —repuso Gwyn con el ceño fruncido—. Te lo digo como alguien que ha estado a punto de ser devorada por unos cacharros de plástico.

—No, Rhys tiene razón —reconoció Vivi, sorprendiéndose a sí misma... y a él, por la forma en que alzó las cejas—. No sabemos si esto terminará convirtiéndose en algo de gran calado o solo ha sido una simple anécdota. En todo caso, sea lo que sea, no vamos a solucionarlo esta noche.

Cuanto más hablaba, mejor se sentía. Obviamente, necesitaban un *plan*.

Y a ella se le daban de fábula los planes.

—Esto es lo que vamos a hacer: nos vamos a ir todos a casa, vamos a dormir un poco y, mañana, veremos cómo están las cosas. Rhys, tú hablarás con tu padre. —Él frunció el ceño, pero como no se opuso, continuó—: Y a ver si puedes encontrar algo sobre cómo romper una maldición. —Se volvió hacia su prima—. Tú limítate a seguir llevando la tienda y a asegurar a la gente que lo que ha pasado esta noche formaba parte de la fiesta del Día del Fundador.

—Me gusta que mi cometido sea el único que conlleva una amenaza real de peligro —dijo Gwyn, pero al ver la mirada que le lanzó Vivi, alzó las manos a la defensiva—. Vale, vale, me pongo con la operación «Calmar a los *muggles*[2]».

—Bien —concluyó Vivi—. Pues ya está. Tenemos un plan. Algo a medias, pero un plan al fin y al cabo.

—Más que a medias, yo creo que solo un cuarto —masculló Rhys, aunque al final hizo un gesto de asentimiento—. Desde luego, mucho mejor que nada. —Al percatarse de que ella lo miraba fijamente, suspiró—: Por lo menos podré ver cómo sigue Graves Glen después de todos estos años. —Cuando Vivi continuó taladrándole con la mirada, se apresuró a añadir—: Porque tampoco hace falta que me enclaustre en casa hasta que todo esto termine.

Tenía razón. Vivi lo sabía. Resolver aquello significaba que Rhys se quedaría allí unos días.

En su pueblo.

Trabajando codo con codo con ella.

Entonces él le sonrió y le guiñó un ojo y, a pesar de todo, de la maldición, de la vergüenza y de esas malditas *calaveras de la muerte* de plástico, el corazón le dio un pequeño vuelco en el pecho.

Sí, está claro que estoy en el infierno.

---

2. En el universo de Harry Potter, los muggles son las personas que no tienen ningún poder mágico. (N. de la T.)

CAPÍTULO 12

Cuando Vivi se despertó, lo primero que vio fue a sir Purrcival mirándola.

Lo que tampoco era nada extraño; al animal le gustaba encontrar a quienquiera que fuera la última persona en permanecer en la cama por las mañanas y acurrucarse junto a ella, y como Gwyn y la tía Elaine solían levantarse pronto, casi siempre había terminado con ella cuando vivía allí.

Lo que no fue normal fue que el gato parpadeara con sus ojos amarillo verdosos, bostezara y dijera:

—Chuches.

Ahora fue ella la que parpadeó sorprendida.

—Debo de estar soñando —murmuró para sí misma. Al fin y al cabo, la noche anterior había sido bastante traumática. Era lógico que pudiera estar en medio de un sueño muy profundo y estrambótico, que pareciera real, pero que no lo fuera.

—Chuches —volvió a decir sir Purrcival, golpeando la cabeza contra el brazo de Vivi.

De acuerdo, sí era real.

Ahora tenían un gato que hablaba.

—¡Gwyn! —gritó, retrocediendo ligeramente en la cama. El gato continuó moviéndose en círculos con una constante retahíla de «¡Chuches, chuches, chuches!» saliendo de sus labios bigotudos.

Oyó pasos en las escaleras y, en cuestión de segundos, su prima estaba allí, todavía en pijama y con una diadema de colores brillantes que le mantenía el pelo apartado de la cara.

—¿Qué pasa? —preguntó Gwyn.

Vivi hizo un gesto hacia sir Purrcival.

—Ahora habla.

Gwyn parpadeó estupefacta, luego miró al gato y soltó un chillido de alegría mientras se ponía a aplaudir.

—¿En serio? —Atravesó corriendo la habitación, agarró al animal y se lo puso frente a la cara—. ¿Qué ha dicho? Siempre he querido tener un gato que hablara, y creo que si hay uno que podría ser un gran conversador sería precisamente...

—Chuuucheees —graznó sir Purrcival de nuevo, antes de empezar a retorcerse en los brazos de su prima—. Chuches, chuches, chuches, chuches.

—Es lo único que dice —explicó Vivi, retirando las mantas.

Gwyn miró al gato con el ceño fruncido.

—Bueno, puede que cuando consiga las chuches quiera decirnos algo más. —Dejó al animal encima de la cama y salió a toda prisa de la habitación, para volver instantes después con una bolsa enorme de golosinas para gatos. Sacó unas pocas y se las ofreció. Sir Purrcival las devoró en un abrir y cerrar de ojos—. Ahora da las gracias, colega —le instó Gwyn.

El gato se relamió los labios y le dio un cabezazo en la mano.

—Chuches, chuches, chuches —empezó de nuevo.

—Tal vez es lo único que puede decir —sugirió Vivi.

—¡Chuches, chuches, chuches, CHUCHES, CHUCHES, CUCHES!

—He cambiado de opinión —indicó su prima, apresurándose a dar más golosinas al animal—. Los gatos que hablan no molan. —Miró a Vivi, que estaba saliendo de la cama—. Esto es por lo que Rhys le ha hecho a las líneas, ¿verdad? Como lo de anoche con las calaveras.

—Es por lo que *yo* le hice a Rhys —la corrigió ella con un suspiro. Miró la bolsa de viaje que había preparado a toda prisa en su casa la noche anterior. No sabía muy bien por qué había decidido dormir en casa de su tía Elaine, solo que no le había apetecido nada pasar la noche en el apartamento de encima de la tienda en el que vivía. Ahora, mientras Gwyn le murmuraba algo al gato, sacó la falda y la blusa que había doblado con cuidado hacía unas horas—. Lo que significa que teníamos razón; todavía nos queda mucha mierda por tragar.

Gwyn la miró, metiéndose a sir Purrcival debajo de la barbilla.

—Esto no es ninguna mierda —arguyó, pero en cuanto el gato volvió a reclamar golosinas se encogió de hombros—. Está bien, puede que no sea algo increíble, pero tampoco creo que sea una prueba fehaciente de que estamos bajo los efectos de una maldición horrible—. Sonrió a Vivi antes de dirigirse a la puerta con Purrcival—. Ya te lo he dicho, Vivi, encontraremos la manera de solucionarlo.

¡Cómo le habría gustado tener la misma confianza que su prima!

Y también le habría encantado no sentirse tan tremendamente... avergonzada por todo aquello. Por eso apenas había dormido la noche anterior. Se había quedado despierta hasta pasadas las dos de la mañana, mirando al techo. Por supuesto que en su interior bullían la culpa, el miedo y la preocupación, pero por encima de todo eso estaba la idea de que ahora Rhys sabía que le había roto el corazón.

Y no solo eso, sino que sabía que se lo había roto hasta el punto de tener que usar la magia.

Por otro lado, era evidente que a él su ruptura no le había afectado de la misma forma, ya que ni siquiera se le había pasado por la cabeza que ella se hubiera quedado tan destrozada.

Lo que demostraba, como siempre había sospechado, que su pequeño romance había significado mucho más para ella que para él. Seguro que él apenas había pensado en ella durante esos nueve años, ni mucho menos la había buscado en Google después de emborracharse con una botella de vino.

De todos modos, aunque estaba claro que todavía se sentían atraídos el uno por el otro, Vivi ahora era mayor.

Más sabia.

Y lo último que estaba dispuesta a hacer era volver a enamorarse de Rhys Penhallow.

Un cuarto de hora después, bajaba por las escaleras, con el pelo todavía húmedo recogido en un moño, la chaqueta colgando de los hombros y tan concentrada en salir por la puerta que tardó un instante en percatarse de que estaba oyendo voces en la cocina.

Y no cualquier voz.

Dobló la esquina y ante su vista apareció la coqueta mesa de su tía, esa en la que Elaine hacías velas y arrancaba pétalos de flores para sus sales de baño y en la que nunca, *jamás,* desayunaban, con Rhys sentado frente a una taza de café y con un untuoso bollo en la mano, sonriendo a su tía.

Que le devolvía la sonrisa casi con... cariño. Con indulgencia.

Y entonces se dio cuenta de que la cocina no desprendía su habitual aroma a mezcla de hierbas y humo, sino a azúcar y a canela.

—Tía Elaine —preguntó, ignorando deliberadamente a Rhys—, ¿has estado... cocinando?

Su tía se ruborizó un poco.

—No sé por qué te escandalizas tanto, Vivi —dijo, agitando la mano mientras se levantaba de la mesa y atravesaba la cocina hacia la cafetera—. Ya sabes que soy perfectamente capaz de cocinar. Solo que no suelo hacerlo.

—Lo que es un delito y todo un pecado —comentó Rhys antes de lamerse un trozo de glaseado del pulgar. Un gesto que hizo que ahora fuera ella la que se sonrojara.

¿Cómo podía tener tan buen aspecto después de la noche que habían pasado? Vivi tenía unas ojeras tan grandes que merecían su propio código postal, y cuando miró hacia abajo, se dio cuenta de que se había abrochado mal la blusa. Sin embargo, allí estaba él, con unos vaqueros oscuros, un jersey gris carbón y con un pelo que seguía haciendo esa *cosa,* a pesar de la maldición que le habían lanzado y que, evidentemente, había sido muy real. Durante un segundo, se planteó volver a maldecirlo.

En vez de eso, se dirigió a la cafetera y agarró una taza del estante superior. Era una de las que vendían en la tienda, blanca, con la silueta morada de una bruja que se alejaba sobre una escoba, con la frase impresa de: «Vive como una bruja y volarás» en letra rizada bajo el borde.

—¿Qué haces aquí, Rhys? —preguntó en cuanto sintió la cafeína corriendo por sus venas. En un primer momento, quiso resistirse a los bollos, pero olían demasiado bien, así que alcanzó uno todavía caliente de la sartén, con cuidado de que no le goteara en la falda cuando se sentó a la mesa.

Rhys se echó hacia atrás, cruzó las manos sobre su estómago y la miró.

—Bueno, Vivienne, no sé si te acuerdas, pero resulta que estoy bajo los efectos de una horrible maldición, así que...

Vivi puso los ojos en blanco y alzó la mano con la que aún sostenía el bollo.

—Sí, ya lo sé. Podemos saltarnos lo del sarcasmo. Lo que quiero saber es qué haces en la cocina de mi tía en este preciso instante.

—Estamos investigando sobre las maldiciones —explicó su tía, que se unió a ellos en la mesa e hizo un gesto hacia una libreta amarilla y un libro enorme abierto que, no sabía cómo, había pasado por alto.

Vivi se chupó los dedos y lo agarró.

Pesaba lo suyo y tenía una encuadernación antigua y con grietas. Apenas pudo distinguir las letras doradas en relieve del lomo, y cuando lo hizo, no se trataba de ninguna palabra que reconociera.

—Supongo que es mucho pedir que aquí encontremos un ritual para romper maldiciones preciso y fácil de hacer, ¿verdad? —preguntó ella, pasando las páginas con cuidado. El papel era tan grueso que crujía ligeramente y contenía unas ilustraciones hechas a mano bastante espeluznantes.

Se detuvo en una que mostraba a un hombre colgado por los tobillos de la rama de un árbol, con todas las entrañas por fuera.

—¡Qué asco! —masculló.

De pronto, tenía a Rhys inclinado sobre su hombro, mirando el dibujo en cuestión.

—¡Ah, sí! «El juicio de Gante». Tuvimos un antepasado que intentó hacerlo, pero no terminó bien. Básicamente, tienes que sacarte las entrañas y después...

—No quiero saberlo —sentenció ella, pasando a toda prisa la página e intentando ignorar lo bien que olía Rhys.

No puedes ponerte cachonda cuando acaba de pronunciar la palabra «entrañas», se dijo a sí misma.

—Por ahora no hemos tenido mucha suerte —dijo Elaine—, pero sí creemos haber encontrado un detalle positivo. Puede que gracias a que Rhys usó su magia para cargar las líneas ley, se drenara la mayor parte de la maldición de su cuerpo. —Golpeó la tapa de otro libro—. La ley de la transmutación. Rhys estaba maldito, pero al canalizar su magia en otra fuente de poder...

—Pasé parte de la maldición a las líneas ley —terminó él—. Así que sigue siendo una maldición, pero diluida. Aunque tampoco lo sabemos a ciencia cierta, porque la mitad de esa página en concreto está arrancada, de modo que solo estamos especulando.

—Estupendo —murmuró Vivi.

Y sí, aunque era una buena noticia que Rhys pudiera pasearse por el pueblo sin ser un imán para los desastres, la culpa seguía carcomiéndola por dentro.

—Una pregunta —intervino Gwyn, entrando en la cocina. Todavía llevaba el pijama y se había echado su larga melena pelirroja sobre un hombro.

—¿Solo una? —inquirió ella, alzando ambas cejas.

—De acuerdo, tengo un montón, pero solo una para empezar. —Señaló a Rhys—. Su pelo. Sigue haciendo esa *cosa*; una cosa que ha estado desplegando sus efectos desde que llegó al pueblo.

Rhys frunció el ceño y se llevó una mano al pelo.

—¿Qué cosa?

—¡Oh, cómo si no lo supieras! —dijo Gwyn.

Rhys la miró con más desconcierto si cabía.

—En serio, ¿qué...?

La tía Elaine levantó una mano, interrumpiéndolos.

—Supongo que las dos precisasteis algo sobre el pelo de Rhys durante la maldición, ¿no?

Rhys dejó de tocarse el pelo y clavó la vista en ella y en su prima.

—¿Intentasteis fastidiarme el pelo?

—Las maldiciones no funcionan de ese modo —continuó la tía Elaine, ignorándolo—. En general empiezas a tener mala suerte o, si la cosa se pone muy negra, te mueres. Pero nada tan pequeño o concreto.

—Bien —dijo Gwyn—. Así ya no tendremos que sentirnos mal por lo de los clítoris.

—¡Chuuucheees!

¡Por Dios!

Vivi alzó la vista y se encontró a sir Purrcival entrando en la cocina y enroscándose en los tobillos de la tía Elaine, mientras ella lo miraba fijamente.

—¡Ah, sí! —Cerró el libro—. Mmm. Ahora habla. Pero solo dice eso.

Vio a Rhys y a Elaine intentando asimilar la noticia antes de que él asintiera y concluyera:

—Claro, ¡cómo no!

Su tía se agachó para agarrar al gato y la miró.

—¿Por qué te has arreglado tanto? —preguntó.

Vivi bajó la vista y frunció el ceño.

—No lo he hecho —señaló—. Solo voy a trabajar.

—¿A la universidad? —Las cejas de la tía Elaine desaparecieron bajo su enmarañado flequillo—. ¿Hoy?

—Sí, hoy. —Vivi se puso de pie y se alisó la chaqueta—. ¿Por qué no iba a ir?

—Porque hoy tenemos cosas importantes que hacer. —Su tía se colocó una mano en la cadera, mientras sostenía un cucharón de madera con la otra—. Cosas de brujas.

—Y yo tengo una clase a las nueve de la mañana —replicó ella—. Que no puedo cancelar sin más. Lo hablamos anoche.

—Hablamos de que Gwyn abriría la tienda como si no hubiera pasado nada —replicó Elaine—, no de que fueras a dar clase. Ahora mismo, esto —dio un golpe al libro que tenía en frente— es lo más importante.

—Puedo ocuparme de ambas cosas —dijo ella—. ¿O acaso no recuerdas que Penhaven también es una universidad de brujería? Puedo dar clases y luego ir a la biblioteca para ver si hay algún libro que nos pueda venir bien.

Le costó mucho no fruncir el ceño mientras decía aquello. Se había esforzado mucho en mantener separados su profesión de su faceta como bruja; por eso casi nunca se ocupaba de nada que tuviera que ver con las clases más secretas de Penhaven. Pero cuando tenías un problema relacionado con la brujería, era una tontería no echar mano de ese recurso.

Incluso aunque dicho recurso oliera a pachulí.

Rhys tomó su chaqueta del respaldo de la silla.

—Voy con ella.

Vivi lo miró fijamente.

—¿A la universidad?

Él se encogió de hombros.

—¿Por qué no? Al fin y al cabo soy uno de sus antiguos alumnos.

—Viniste a un cursillo de verano al que no creo que asistieras a más de, ¿cuántas?, ¿cinco clases?

Rhys le guiñó un ojo.

—¿Y de quién fue la culpa?

De acuerdo, estaban entrando en terreno peligroso. Se apartó para sacar las llaves del bolso, rompiendo el contacto visual antes de hacer algo tan embarazoso como sonrojarse.

Otra vez.

—Además —continuó Rhys—, teniendo en cuenta que ahora estoy maldito, está claro que no es seguro que me dedique a hacer cosas por mi cuenta, así que más me vale quedarme cerca de la persona que lanzó la maldición.

—Jamás lo vas a olvidar, ¿verdad?

—Será algo de lo que hablaremos durante una temporada, sin duda.

Vivi lo miró con cara de pocos amigos y estuvo a punto de volver a recalcar que no habría existido ninguna maldición si no se hubiera comportado como un auténtico imbécil hacía nueve años, pero antes de poder hacerlo se percató de las sombras que tenía bajo los ojos y de la tensión de sus labios, aun cuando estaba intentando esbozar su habitual sonrisa traviesa. Por horrible que pareciera, le reconfortó saber que Rhys estaba asustado por todo lo que estaba pasando y que todas esas bromas y el estar allí comiendo bollos era solo una tapadera para no mostrar lo que realmente sentía.

¿Siempre había hecho eso?

No podía recordarlo.

Aunque también era cierto que solo lo había conocido unos pocos meses hacía casi una década. ¡Qué curioso que alguien que había ocupado un lugar tan importante a nivel sentimental durante tanto tiempo fuera prácticamente un extraño!

Se obligó a dejar de pensar en eso y se apartó de él.

—Está bien. Ven conmigo. Yo daré mis clases y tú podrás echar un vistazo a la colección especial de la biblioteca de la universidad.

—¿Es un eufemismo? —preguntó él—. Espero de corazón que lo sea.

—No —replicó Vivi, mientras sacaba el teléfono para enviar un correo electrónico a la directora de la biblioteca de Penhaven—. Es exactamente lo que parece.

CAPÍTULO 13

La Universidad Penhaven era mucho más pequeña de lo que Rhys recordaba.

A medida que Vivi y él atravesaban el campus, se percató de lo extraño que resultaba que un lugar que llevaba el nombre de su lúgubre y deprimente hogar fuera tan luminoso y desprendiera tanta alegría. Allá por donde mirara, podía ver edificios de ladrillo rojo con ventanales y cornisas de estuco blanco, céspedes relucientes y hojas otoñales de colores llamativos.

—¡Qué lugar más bonito para trabajar! —le dijo a Vivienne, que iba medio metro por delante de él, con sus zapatos de tacón bajo resonando en la calzada pavimentada.

—Lo es —replicó ella, aunque se notaba que estaba distraída, echando rápidas ojeadas a su alrededor.

Rhys apresuró el paso para ponerse a su altura.

—¿Qué sucede? —preguntó en voz baja—. ¿Algo va mal?

Ella negó con la cabeza.

—No, nada que me llame la atención ahora mismo, pero...

—Pero estás atenta.

—Exacto.

Rhys también miró a su alrededor, aunque no estaba seguro de lo que estaba buscando. No había estatuas que pudieran desplomarse encima de él, ni ningún coche cerca que lo atropellara. Pero ¿y si de pronto se abría un socavón en el suelo o caía del cielo una rama arrancada de algún árbol?

Cuanto antes lo solucionaran, mejor.

Además, tal vez cuando ya no estuviera maldito, dejara de sentirse como un auténtico bastardo.

Sabía que Vivienne se había enfadado con él, más bien se había puesto furiosa, y que se lo había merecido. Pero que le hubiera hecho tanto daño como para hacerle eso...

¡Joder! Eso le molestaba un montón.

Vio delante de él unos escalones de hormigón que bajaban hacia un edificio blanco en la base de una pequeña colina. Vivienne se detuvo justo en el primero de ellos y se dio la vuelta para mirarlo.

—Ten cuidado.

—¿Por... cinco escalones?

Ella frunció el ceño y se llevó una mano a la cadera.

—¿Hace falta que te recuerde lo que está pasando?

—No —le aseguró él—, pero ya oíste lo que dijo Elaine. Lo más seguro es que ahora la maldición esté afectando al pueblo, no a mí. Además, ¿en serio crees que estos escalones pueden acabar conmigo? ¿Quieres darme la mano mientras los bajo?

Vivienne murmuró algo entre dientes y luego bajó los escalones, dejando que Rhys la siguiera.

Con cuidado.

No sabía cómo había esperado que fuera el despacho de Vivienne, pero mientras iba detrás de ella por el pasillo del luminoso, espacioso y bien ventilado edificio en el que se ubicaba el Departamento de Historia, se dio cuenta de que no había pensado mucho en todo lo relacionado con la Vivienne adulta.

Era como si se hubiera quedado congelada en su memoria con diecinueve años. Pero ahí estaba, convertida en toda una mujer, con una profesión y una carrera. De pronto, sintió una acuciante necesidad de saberlo todo de ella.

—¿Por qué Historia? —preguntó cuando se detuvieron frente a una puerta blanca con un vidrio esmerilado en la mitad superior en el que podía leerse «V. Jones» en letras negras—. ¿Y por qué Historia normal?

Ella lo miró mientras abría la puerta con llave.

—¿Por qué no Historia de la Brujería, quieres decir?

Rhys se encogió de hombros y se apoyó en la pared.

—Me ha parecido una buena pregunta.

Vivienne se detuvo, con la llave todavía dentro de la cerradura. Durante un instante, creyó que no le iba a responder.

Pero luego soltó un suspiro y dijo:

—Lo creas o no, me gusta la Historia «normal». Además..., no sé..., supongo que como me he pasado la mayor parte de mi vida siendo más o menos una persona normal, creo que me siento más cómoda así.

Y con eso, empujó la puerta y entró.

Rhys la siguió adentro.

El despacho era minúsculo; apenas había espacio para un escritorio, dos sillas y una estantería ligeramente torcida, pero, al igual que la trastienda de Algo de Magia, era íntimo y acogedor. Había plantas, coloridos pósteres de tapices medievales, un hervidor de agua eléctrico de flores grandes y, sobre el escritorio, unas cuantas fotos de ella con Gwyn y Elaine y con algunas personas que no conocía.

Le habría gustado decir que no comprobó si entre esas personas había algún hombre, pero habría mentido como un bellaco. Es más, no hizo otra cosa que fijarse en si había alguna foto en la que Vivienne saliera con sus prendas de lunares y con algún cretino rodeándole la cintura con el brazo.

Pero no, no encontró ninguna.

—¿Qué tipo de Historia enseñas? —Dirigió su atención a la estantería. ¡Dios! La estancia olía a ella; a ese dulce y suave aroma que, o había dejado de recordar, o era nuevo. Otra parte de la nueva Vivienne que estaba deseando conocer.

—Conceptos básicos —respondió ella distraída, buscando algo en su escritorio—. Introducción a la civilización occidental.

—Así que das clase a los de primer año.

—Sí, a los novatos, como los llamamos aquí. Y es algo que me gusta mucho. —Alzó la vista y le sonrió—. Es bonito enseñar a los alumnos algo que te encanta.

Tal y como se lo dijo, se la imaginó perfectamente dando clase. Cómo se sonrojarían sus mejillas cuando abordara un tema que la apasionaba, el brillo en sus ojos... Sus alumnos debían de adorarla.

—Te entiendo —dijo, asintiendo—. Es como cuando organizo un viaje a un lugar en el que mis clientes no han estado nunca. Me encanta verles las caras cuando vuelven, los millones de fotos que han hecho con sus teléfonos. Bueno, vale, eso último no me gusta, pero disfruto mucho cuando me cuentan sus experiencias.

Ella sonrió aún más.

—Seguro que sí.

Durante un instante, pensó que bien podían ser dos extraños. Dos personas hablando de sus trabajos y quizá intentando conocerse.

Y de nuevo tuvo la inquietante sensación de que, en cierto modo, eran eso.

Salvo que ella nunca podría ser una extraña, jamás sería solo una mujer que le gustara. Tenía que dejar de distraerse con esos ojos preciosos y su adorable pelo y recordar que ahora estaba maldito.

Se aclaró la garganta y se volvió hacia la estantería.

Sí. La maldición. Hay que resolver ese problema. Céntrate en eso.

—Tienes un montón de libros sobre Gales.

¡Mierda!

Cuando la miró de nuevo, se dio cuenta de que Vivienne ya no lo estaba mirando, sino que estaba concentrada en algo que tenía en el escritorio.

—Sí, bueno. Es... mmm... mi especialidad. En la facultad. Llewellyn el Grande, Eduardo I, todo eso. —Lo miró—. Por la historia del pueblo.

—Evidentemente.

—No tiene nada que ver contigo.

—Jamás me atrevería a pensarlo.

Volvió a centrarse en la estantería. Cuando estaba hojeando un libro sobre los castillos fronterizos de Gales, Vivienne le preguntó de sopetón:

—¿No te gusta?

Rhys dejó el libro en su sitio y se volvió hacia ella.

—¿El qué? ¿Gales?

Al ver que ella asentía, suspiró, se cruzó de brazos y se apoyó en la estantería. ¡Por las pelotas de san Bugi! ¿Cómo podía explicarle lo que sentía por su hogar?

—Me encanta —dijo al cabo de un rato—. Es el sitio más bonito del mundo, en serio. Las montañas, el mar, la poesía, el rugby. ¡Si el animal nacional es el dragón, por el amor de Dios! ¿Cómo no va a gustarme?

—Pero te has buscado un trabajo con el que siempre estás viajando —comentó ella, enderezándose—. Y hace años... cuando estuvimos... mmm... —Se metió un mechón de pelo detrás de la oreja, ruborizada—. Cuando estuvimos juntos, dijiste que nunca te apetecía ir al pueblo donde te criaste.

—Bueno, es verdad, pero es más por mi padre que por el pueblo en sí —respondió, con lo que esperaba fuera una sonrisa pícara. La conversación estaba empezando a tocar temas en los que procuraba no pensar, así que vio bien quitarle un poco de hierro al asunto.

Y debió de funcionar, porque Vivienne le miró con los ojos entrecerrados, pero no insistió más y, al cabo de un rato, sacó algo de debajo de una pila de papeles.

—Muy bien, he encontrado mi carné de la biblioteca. Vamos para allá. Está de camino a mi primera clase.

Dieron otro paseo por el campus, aunque más corto que el anterior ya que la biblioteca estaba subiendo la cuesta del edificio de Historia. Sin embargo, en esa ocasión Rhys tuvo una sensación... distinta.

Esa parte del campus tenía el mismo aspecto que el resto del complejo universitario (los ladrillos, la hiedra y todo lo demás), pero podía sentirlo en el aire.

Magia.

Antes de que le diera tiempo a hablar, Vivienne asintió.

—La otra zona de la universidad está ahí. En esos edificios. —Hizo un gesto hacia cuatro bloques de aulas más pequeños, agrupados bajo un bosque de robles enormes, que proyectaban sus sombras sobre ellos incluso en un día tan soleado como aquel.

—Cuando estuve aquí, las clases de brujería estaban mezcladas con el resto, en los mismos edificios —comentó él.

Vivienne puso los ojos en blanco.

—Sí, bueno, eso solo duró hasta la primera vez que un estudiante normal cruzó el pabellón, entró en una clase de augurios e intentó hacer un vídeo con su teléfono. Hace un par de años, ubicaron todas las clases de brujería en esos edificios.

—Tiene sentido. ¿Y los estudiantes que se acercan más de la cuenta? —preguntó mientras observaba a un par de chicas con vaqueros y jerséis, subiendo las escaleras de uno de los edificios en los que se impartían clases de magia.

—Se mantienen alejados con el mismo tipo de hechizo de repulsión que protege el almacén de la tienda —respondió ella—. Aguanta mejor y es mucho más fuerte cuando se lanza sobre una única zona y no sobre un montón de clases dispersas. Además, esta disposición los mantiene alejados de todo el mundo.

En ese momento estaban en la biblioteca, un edificio en el que desde luego no había puesto un pie en su anterior estancia en Penhaven y que tenía un aspecto apropiadamente gótico, con enormes columnas blancas y ventanas ojivales.

Rhys se detuvo un instante y señaló con la cabeza la zona mágica de la universidad.

—¿Nunca te juntas con ellos? ¿A pesar de que también son brujos?

Vivienne miró en la misma dirección e hizo un gesto de negación con la cabeza.

—No, son... Mira, si quieres, puedes conocerlos. Tú verás.

—¡Vaya! Eres toda una clasista.

Ella soltó un resoplido y le indicó que la siguiera.

—¡Venga! Puede que no vayamos a hablar con ellos, pero definiti-vamente vamos a usar algunas de sus fuentes.

CAPÍTULO 14

A Vivi nunca le había gustado la biblioteca de Penhaven. Quizá porque estaba demasiado cerca de la zona mágica o tal vez porque, a diferencia del resto del campus, era oscura y tenía un aspecto lúgubre, casi medieval, con todas esas ventanas estrechas, paredes de piedra oscura y estanterías altísimas que bloqueaban la escasa luz que lograba entrar. Incluso con las filas de ordenadores situadas en el centro de la primera planta, cuando entraba allí, siempre tenía la sensación de haberse transportado al siglo XII. En ese momento, mientras llevaba a Rhys hacia la parte trasera, se estremeció un poco y se ajustó más la chaqueta.

—¡Joder! —masculló él a su lado—. ¿Aquí se dedican a conservar carne?

—No suele hacer tanto frío —repuso ella, frunciendo el ceño. Y lo decía en serio. Puede que la biblioteca no fuera su lugar favorito, pero nunca había hecho tanto frío, ni le había parecido tan asfixiante. Miró a su alrededor y se dio cuenta de que los pocos estudiantes que se encontraban allí a esa hora de la mañana debían de estar teniendo esa misma sensación, porque estaban encorvados sobre sus pupitres, con los hombros echados hacia arriba, cubriéndose las orejas.

—Seguro que no han encendido la calefacción —dijo antes de mirar a Rhys—. Menos mal que te has traído la chaqueta.

—También ayuda el hecho de que vengo de un país en el que «frío» y «humedad» deberían venir bordados en la bandera o incluirse en alguna especie de lema nacional —señaló él.

Vivi abrió la boca para preguntarle algo más sobre Gales, pero la cerró con la misma rapidez mientras continuaban su camino hacia la colección especial. Ya era lo suficientemente malo que Rhys se hubiera enterado de que se había especializado en la historia de Gales. No necesitaba entablar más conversaciones en las que le revelara más detalles de su vida de forma inconsciente.

Desde luego que no se había vuelto una experta en la historia galesa por Rhys. Ni siquiera un poco. Sí, sin duda todo lo que él le contó de su país aquel verano despertó su interés, pero una no dedicaba años de su vida a estudiar una materia concreta porque un tipo con el que salió durante tres meses le hablara de ello.

Tampoco tenía nada que ver con él el hecho de que no hubiera visitado Gales. Era cierto que era un país pequeño, ¿pero qué posibilidades había de que se topara con él en...?

—Vivienne —susurró él, acercándose tanto a ella que notó su cálido aliento en la oreja. Ahora la carne de gallina ya no era debido al frío—, estamos en la biblioteca.

Se detuvo confundida y lo vio llevarse un dedo a los labios.

—Estabas pensando en voz alta.

Como no tenía claro si quería reírse o sacarle el dedo corazón, optó por ignorarlo y seguir andando.

Aunque tuvo mucho cuidado de que no viera la tenue sonrisa que esbozó cuando le dio la espalda.

Algo no iba bien ahí dentro.

Rhys no había estado en muchas bibliotecas a lo largo de su vida, pero sí en las suficientes como para saber que uno no tenía esa sensación dentro de ellas. ¡Joder! Si ni siquiera se sentía así en la casa de su familia, el lugar más aterrador del mundo en lo que a él respectaba.

No se trataba solo del frío que hacía, aunque mientras Vivienne y él atravesaron un par de puertas pesadas de madera que conducían a la parte trasera, se alegró de haberse puesto su chaqueta de cuero esa mañana.

Era algo... anormal. Algo fuera de lugar.

Una sensación que se extendió por toda su piel de una forma que no le gustó.

Vivienne también lo estaba sintiendo. Se dio cuenta porque no dejaba de mirar a su alrededor. Pero como no le dijo nada, decidió permanecer callado, aunque sabía que ambos se estaban preguntando lo mismo: ¿Tendría aquello algo que ver con la maldición y las líneas ley?

Pasaron a través de largas filas de estanterías. El espacio entre ellas se fue estrechando hasta que tuvieron que ir de uno en uno, con Vivienne a la cabeza. Ese día llevaba el pelo recogido en un moño suelto en la nuca. A pesar de todo, le entraron unas ganas enormes de estirar la mano y soltárselo.

¿Cómo reaccionaría ella si lo hiciera?

Dándote una patada en las pelotas, que es lo que te mereces, se recordó a sí mismo. Apartó esos pensamientos de su cabeza y continuó siguiéndola a través del laberinto de estanterías.

Al cabo de un rato, el pasillo entre las estanterías por fin se hizo más amplio hasta desembocar en una sala circular con una mesa de roble inmensa en el centro y tan alta, que a pesar de lo que medía Rhys, la barbilla apenas le llegaba al borde. Vivienne, que tampoco era baja, tuvo que ponerse de puntillas.

—¿Doctora Fulke? —llamó ella en voz baja.

De pronto, detrás del escritorio, apareció un rostro arrugado y enjuto.

—¿Señorita Jones?

Vivienne sonrió aliviada, se balanceó sobre sus talones y se ajustó el bolso al hombro.

—Sí, soy yo. Y este es... mi ayudante —explicó, señalándolo con el pulgar.

Rhys miró a la anciana de detrás de la mesa, preguntándose si aquello daría resultado. Si esa mujer era una bruja y trabajaba en Penhaven, era más que probable que supiera quién era él.

Pero a la anciana del escritorio pareció no importarle mucho, porque solo lo miró por encima antes de asentir y teclear algo en un ordenador que tenía delante.

—Dos horas —dijo.

Después, oyó el ligero zumbido de una máquina imprimiendo una etiqueta que la mujer entregó a Vivienne y que, a su vez, ella le pasó.

En la etiqueta podía leerse: «Invitado de V. Jones», junto con un registro de tiempo.

Frunció el ceño.

—Es bastante más... prosaico de lo que me esperaba.

—Estamos en el siglo XXI —indicó la doctora Fulke desde su posición, cruzando los brazos sobre su estrecho pecho—. Perdónenos por no escribir su nombre con pluma en un pergamino.

—Bueno, tampoco hace falta un pergamino, pero lo de la pluma habría estado...

—Gracias, doctora Fulke —se apresuró a decir Vivienne, apartándolo de la mesa.

—¿Tu ayudante? —preguntó él mientras se dirigían a las estanterías.

—Ha sido lo primero que se me ha ocurrido —susurró ella—. Además, tampoco es *completamente* falso.

Cuando llegaron al fondo de la sala, Vivienne se detuvo e hizo un gesto hacia una serie de puertas.

—Mete todo lo que encuentres de interés en una de esas salas. Volveré dentro de una hora, en cuanto salga de clase. Si necesitas ayuda, puedes preguntar a la doctora Fulke o a cualquiera de los otros bibliotecarios, pero no...

—Vivienne —la interrumpió él, acercándose a ella. Su primer impulso fue ponerle las manos en los hombros, pero luego se lo pensó mejor y se apartó—, soy un hombre adulto. Creo que soy perfectamente capaz de pedir ayuda sin desvelar lo que está pasando.

Por la forma en que apretó los labios no debía de estar muy segura de eso, pero asintió de todos modos.

—Bien. Te echaré una mano cuando vuelva.

Y dicho eso, se giró con su mata de pelo rubio y su falda negra y lo dejó solo en una biblioteca absolutamente espeluznante.

Y no solo espeluznante, también *opresiva*. La magia antigua, la auténtica magia ancestral, vibraba por la estancia como una corriente eléctrica; el tipo de magia que hacía que uno se sintiera incómodo, con la piel demasiado sensible y dolor de dientes.

Hizo una mueca y se metió de lleno en la tarea que le habían encomendado.

Quince minutos después (y sin ayuda de nadie, *muchas gracias, Vivienne Jones*), Rhys iba cargado con una pila de libros en brazos y se dirigía a una de las puertas del fondo.

La sala de estudio era diminuta, casi claustrofóbica, sin ventanas y con la única luz de una pesada lámpara de cristal en el techo. Solo había una mesa de madera en el centro, una vieja tabla de roble que también parecía poseer cualidades mágicas. Cuando apoyó la palma de la mano en la superficie, sintió una ligera vibración.

Con un suspiro, abrió el primer libro de la pila.

Casi todo estaba escrito en latín. A medida que iba leyéndolo, sintió cómo iba despertando poco a poco una parte de su cerebro. No le había dado mucho uso al latín desde que terminó sus estudios, y siempre había sentido una especie de orgullo perverso por no dominarlo como su padre y sus hermanos; era de los que pensaban que cualquier magia que requiriera tanto esfuerzo no merecía la pena.

Puede que ahora se arrepintiera de eso.

Solo un poquito.

Mientras leía, no pudo dejar de pensar en su padre. Tendría que estar llamándolo en ese momento, en ese preciso instante. En realidad hacía horas que tendría que haberse puesto en contacto con él.

Simon sabría qué hacer al respecto. Siempre lo sabía. Pero eso no significaba que él estuviera listo para hablar con su progenitor sobre ese asunto.

¿Porque tenía miedo de cuál sería la reacción de Simon cuando se diera cuenta de que se había equivocado en algo?

¿O por Vivienne?

Soltó un gruñido de frustración y cerró el libro antes de frotarse los ojos con una mano.

En menudo lío estaban metidos.

¿Cómo iba a explicar a su padre que aquello no se trataba de una declaración de guerra por parte de Vivienne, sino de una adolescente dolida (porque él se había comportado como un auténtico imbécil) y un hechizo que se le había ido de las manos? Simon no lo entendería. En lo que a él respectaba, su padre ni siquiera había sido un adolescente. Seguro que había surgido de alguna nube oscura, cayendo sobre la tierra en forma de un adulto aterrador.

Ahí fue cuando se dio cuenta de a quién podía llamar.

Simon estaba descartado, pero había una versión más joven y un poco menos siniestra de su padre.

Sacó el teléfono, hizo un cálculo rápido de la hora que era en Gales y marcó.

Cinco minutos después, se estaba arrepintiendo profundamente de haber tomado esa decisión.

—Tienes que volver a casa.

—¿Volver a casa? ¿Maldito como estoy? Wells, ya sé que no soy tu persona favorita del mundo, pero desearme la muerte me parece un poco excesivo.

—No estoy deseando que te mueras, imbécil, pero está claro que no puedes quedarte ahí, con un aquelarre de brujas que te maldijo.

Rhys soltó un suspiro, cerró los ojos y se apretó el puente de la nariz con el pulgar y el índice. Estaba pasando precisamente lo que se había temido.

—Haces que parezca peor de lo que es. No fue así. Lo que sucedió...

—Me da igual lo que pasara —lo interrumpió su hermano. Rhys se lo imaginó detrás de la barra del bar, frunciéndole el ceño al móvil—. Tienes que volver a casa y contárselo a papá.

—O... —sugirió él— tengo un segundo plan, igual de sólido: no hago nada de lo que me has dicho y tú me ayudas a pensar en alguna forma de romper la maldición sin meter a papá de por medio.

Al otro lado de la línea, Llewellyn soltó una profunda bocanada de aire que Rhys prácticamente sintió.

—Puedo hacer algunas preguntas.

—Discretamente.

Wells resopló indignado.

—El día que necesite indicaciones tuyas para ser discreto me tiraré de la cima del monte Snowdon.

—Estoy deseando ver eso —replicó Rhys con tono alegre.

Ambos se quedaron callados un instante, antes de que Wells continuara:

—En serio, hermano, ten cuidado. Si te pasara algo... Sé que no estamos muy...

Rhys se enderezó en la silla y miró horrorizado el móvil.

—Wells, ¡por Dios!, para.

—Tienes razón —convino Wells. Se aclaró la garganta—. De todos modos, intenta no morir. Como tu hermano mayor, tengo derecho a ser el primero en acabar contigo. Y Bowen va en segundo lugar. No sería justo que fallecieras en las tierras salvajes de América, sin darnos la oportunidad de hacer uso de ese privilegio.

Aliviado de volver a sus pullas habituales y dejar a un lado los sentimientos, Rhys hizo un gesto de asentimiento y dio un golpecito a la mesa con el bolígrafo.

—Me parece bien, viejales.

Colgó y volvió a meterse el teléfono en el bolsillo. Le habría gustado poder sentirse mejor con todo ese asunto. Tener a Wells de su lado era una ventaja, pero no bastaba con eso. Necesitaba averiguar cómo romper la maldición lo antes posible y, por el momento, los libros no le estaban sirviendo de mucho.

Por supuesto que contenían información sobre maldiciones, pero en su mayoría sobre cómo lanzarlas. Por lo visto, ningún brujo había querido nunca romper una maldición.

Típico.

Una hora después, cuando Vivienne se reunió con él en la sala, a Rhys le dolían los ojos de tanto intentar descifrar todas esas letras minúsculas, le salía humo por el cerebro de tanto traducir y tenía la mano entumecida por apuntar cualquier información que pudiera serles de utilidad.

Pero seguía sin tener la sensación de haber aprendido algo que no supiera antes de entrar allí.

—Supongo que no habrás traído café —preguntó a Vivienne, sin levantar la vista. En ese momento estaba enfrascado en la lectura de una historia sobre un granjero escocés que creía que sus cultivos estaban malditos y había intentado revertir el hechizo.

A juzgar por la ilustración, parecía que había terminado convirtiéndose en un gato enorme. Aun así, eso era mejor que nada.

—Si intentara traer café a esta zona de la biblioteca, la doctora Fulke me colgaría de los dedos de los pies, así que no —contestó ella, acercándose para sentarse en el borde de la mesa.

Rhys volvió a percibir su aroma; ese dolor dulce, casi azucarado que impregnaba su piel. Apretó con los dedos la pluma que estaba sosteniendo.

—¿Cómo vas?

Vivienne se inclinó para ver lo que estaba escribiendo. Él se recostó en el respaldo de la silla y giró los hombros para aliviar parte de la tensión que se le había acumulado en esa parte del cuerpo.

—No muy bien —reconoció—, pero para ser justos, solo llevo un rato con esto. Y como no puedo comentar al resto de brujos lo que estoy buscando, voy un poco a ciegas.

Vivienne frunció el ceño. Al ver la arruga que apareció en su nariz, quiso estirar la mano y alisársela con el pulgar. Pero entonces ella se levantó.

—Bueno, pues ya estoy aquí y puedo ayudarte. ¿A qué libros no les has echado un vistazo todavía?

Media hora después, Vivienne suspiró y cerró un libro, cuyo lomo emitió un ominoso crujido.

—Este no sirve para nada. —Se inclinó sobre la mesa y se dispuso a tomar otro de la pila. Pero antes de que tocara la portada, Rhys le hizo un gesto de negación con la cabeza.

—A ese ya le he echado un ojo.

—¿Y este? —preguntó ella, golpeando con los dedos otro libro.

Rhys apenas lo miró antes de negar con la cabeza.

—Tampoco dice nada.

Vivienne se enderezó en la silla.

—¿Así que todo este esfuerzo no está sirviendo para nada?

Rhys por fin la miró.

—¿Acaso pensabas que iba a ser fácil?

Vivienne se levantó de la silla y se frotó la nuca.

—No, pero... tampoco debería ser tan complicado romper una maldición. Sobre todo una tan tonta como esta. —Alzó ambas manos—. ¡Si casi no fuimos nada!

Rhys estaba cansado. De mal humor. Y estaba maldito, literalmente hablando. Puede que por eso le... molestaron tanto sus palabras.

En realidad fue más que una simple molestia.

Se puso furioso.

—Fuimos lo suficiente para que me maldijeras cuando me marché.

Vivienne lo miró con cara de pocos amigos con la mano todavía en la nuca.

—No te marchaste sin más —le recordó ella—. Te *dejé* después de que te acordaras de pronto de que estabas comprometido.

Rhys echó la cabeza hacia atrás para mirar al techo y soltó un resoplido.

—No estaba *comprometido*, estaba *prometido*, que no es...

—Sí, ya lo sé —señaló ella—. No es lo mismo. Eso intentaste explicarme ese día, pero tengo que decirte, Rhys, que en ese momento no estaba de humor para mantener una discusión sobre semántica, como tampoco lo estoy ahora mismo.

¿Se había olvidado de lo frustrante que podía llegar a ser, o era un rasgo nuevo, otra faceta más de la Vivienne adulta que todavía no conocía?

Se levantó de la silla y fue hacia ella. De pronto, fue muy consciente de lo pequeña que era la sala de estudio y de lo cerca que estaban.

¡Dios! Lo mejor que podía hacer era irse a casa. A Gales. Mandar todo aquello a la mierda y marcharse.

En vez de eso, dijo:

—Ese verano fue importante para mí, Vivienne. Significó algo.

Ella entreabrió los labios. Estaba respirando de forma entrecortada. Se moría por tocarla, aunque su mente no dejaba de gritarle que se apartara.

Entonces Vivienne entrecerró los ojos y dio un paso hacia él.

—Solo fue una aventura de tres meses que apenas recuerdo.

—No digas tonterías.

—No es ninguna tontería.

Rhys se acercó aún más. Ella lo estaba fulminando con la mirada, con los puños a los costados.

—¿Entonces no recuerdas la primera vez que nos besamos?

Él sí se acordaba. Lo recordaría hasta el día de su muerte. Habían estado sentados en la cima de una colina, bajo un cielo nocturno de un suave tono violeta y rodeados del olor a hogueras y a verano. Cuando le preguntó si podía besarla, estuvo a punto de contener la respiración, esperando que aceptara. Jamás había deseado algo con tanta fuerza en su vida.

—He besado a muchos chicos desde entonces —dijo ella, enco-giéndose de hombros—. Después de un tiempo, los recuerdos se en-tremezclan.

—Cierto —repuso él.

En ese momento estaban muy cerca el uno del otro, lo bastante como para que él viera que se le habían dilatado las pupilas y el rubor que ascendía por su cuello.

—Sí —convino ella. Vio cómo le miraba la boca—. Supongo que deberías haberte esforzado más para permanecer en mis recuerdos.

—¿Crees que si te besara ahora —dijo él, con un tono más bajo, sin dejar de mirarla—, te ayudaría a recordar?

Seguro que iba a mandarlo a freír espárragos. O a darle una bofetada. Tal vez una patada en las pelotas. Estaba preparado para todas esas posibilidades.

Pero lo que jamás se esperó, fue que Vivienne se acercara hasta que sus cuerpos quedaron alineados, pecho con pecho, cadera con cadera y le soltara:

—Prueba a ver.

CAPÍTULO 15

En el momento en que sus labios se encontraron, Vivi se dio cuenta de que había cometido un error tremendo.

Por supuesto que le había mentido al decirle que no recordaba su primer beso con él. Recordaba todo lo que respectaba a Rhys. Cada beso, cada caricia.

Esos meses con Rhys Penhallow habían sido fuente de sus fantasías durante años, su propio álbum de recortes erótico.

Aunque quizá no había mentido del todo, porque mientras la besaba, se dio cuenta de que no había recordado lo bueno que era. Lo bien que se le daba aquello.

La besó como si eso hubiera sido lo único que hubiera querido hacer durante esos nueve años, con un gruñido bajo que retumbó en su pecho cuando su lengua invadió su boca; un sonido que la estremeció por completo.

Rhys le acunó la cara con las manos, ladeó la cabeza y profundizó el beso mientras ella se agarraba a sus hombros, deseando, necesitando estar lo más cerca posible de él.

Cuando Rhys retrocedió, arrastrándola con él, rozó la mesa con la cadera. Vivi oyó caer una pila de libros al mismo tiempo que se daba la vuelta y se apoyaba en el borde de la mesa. No apartó las manos de él ni un segundo, tenía los ojos cerrados y sentía tal ardor en la sangre que le sorprendió no estar echando humo por cada poro de su cuerpo.

—¡Dios! Lo había olvidado —murmuró él con sus cálidos labios contra su cuello—. ¿Cómo he podido olvidarme?

Vivi solo pudo sacudir la cabeza, porque a ella le había sucedido lo mismo. Bueno, quizá «olvidarse» no era la palabra adecuada. Había borrado de su memoria el recuerdo de esa conexión, de esa pasión, junto con todo lo relativo a Rhys. No se había permitido recordar las chispas que saltaban entre ellos porque eso habría significado que una aventura de verano a los diecinueve años había superado al resto de relaciones que había tenido en su vida de adulta, y eso era algo demasiado deprimente.

O tal vez tuviste miedo, le dijo una vocecita en su cabeza. *Porque si él era el hombre de tu vida, lo perdiste demasiado pronto.*

Rhys le recorrió las caderas con las manos, subiéndole la falda. Aunque sabía que acostarse con su ex en una *biblioteca* era una auténtica locura, no lo detuvo. Todo lo contrario, subió las manos a la solapa de su chaqueta, dispuesta a quitársela de los anchos hombros mientras se acomodaba mejor en el borde de la mesa.

Rhys se había colocado entre sus piernas y podía sentir su miembro duro y caliente a través de la tela de sus vaqueros, presionando contra sus muslos mientras continuaban besándose. Vivi apoyó una mano sobre la mesa detrás de ella para afianzarse y pegarse a él más todavía.

El sonido que salió de los labios de Rhys cuando giró las caderas contra él le recorrió la espina dorsal. Ladeó la cabeza para permitirle un mejor acceso a su cuello. Cerró los ojos y se agarró a su chaqueta.

Entonces él volvió a besarla, acariciándole la lengua con la suya y presionó las caderas contra ella de una forma que la volvió loca.

—Vivienne —volvió a murmurar contra su cuello, acariciándole el muslo.

Ella asintió. Estaba desesperada por sus caricias. Lo deseaba.

—Tócame —se oyó decir—. Rhys, por favor...

Llevaba medias, pero podía sentir la presión de sus dedos a lo largo de la costura entre sus piernas. Se arqueó hacia él con un jadeo.

—Vale, esa parte de la maldición tampoco funcionó —murmuró.

Rhys levantó la cabeza, con la mirada empañada por el deseo.

—¿Qué?

—Nada —dijo ella, negando con la cabeza—. Solo vuelve a hacer eso.

Él obedeció y Vivi bajó la frente hasta su hombro y se agarró a su camisa con tanta fuerza que le sorprendió que la tela no se rompiera.

Aquello era una locura. Una irresponsabilidad. Una estupidez.

Pero iba a hacerlo de todos modos.

Cuando oyó el primer grito, lo primero que se le ocurrió, aturdida y perdida en el deseo como estaba, fue que alguien había entrado y los había descubierto.

Pero cuando el mismo grito volvió a sonar, se dio cuenta de que no venía desde tan cerca.

Rhys también se había quedado inmóvil, con la cabeza ligeramente vuelta hacia la puerta.

—Supongo que eso no es algo que se suela oír mucho en una biblioteca.

Todavía sin ser consciente del todo de lo que estaba pasando, negó con la cabeza y parpadeó.

—No, se trata de un...

El tercer grito vino seguido de un estruendo bajo. Vivi se puso de pie al instante, se alisó la falda con una mano mientras Rhys le agarraba la otra y la arrastraba hacia la puerta.

—Vamos.

Cuando salieron de la sala de estudio, la doctora Fulke ya había bajado de su inmenso escritorio y estaba mirando a través de las estanterías hacia la parte normal de la biblioteca con el rostro contraído por la preocupación.

—Algo va mal —dijo, sacudiendo la cabeza.

Vivi tuvo la sensación de que la doctora Fulke ni siquiera les estaba hablando a ellos.

Entonces Rhys volvió a llevarla a través de las estanterías, en la dirección por la que habían venido esa mañana, acercándose cada vez más hacia esos espantosos gritos.

Lo curioso era que cuanto más se aproximaban al origen del sonido, el corazón le latía con más fuerza, y no solo por el miedo que tenía, sino por la misma sensación abrumadora de la presencia de magia que había experimentado antes; una fría sensación de maldad que había percibido en todo su ser desde el instante en que habían entrado en la biblioteca.

En cuanto abandonaron el laberinto de estanterías, casi se quedó sin aliento. Antes había hecho frío. En ese momento, la temperatura había descendido tanto que dolía. Miró a su alrededor con los ojos muy abiertos.

Vio a varios estudiantes agazapados bajo las mesas, acurrucados en los rincones y en el centro de la estancia.

—¿Eso es...? —preguntó Rhys.

Vivi solo pudo asentir, estupefacta.

—Es un fantasma.

Rhys se quedó mirando la aparición que tenían delante, preguntándose cómo era posible que alguien que se había criado en un lugar como él no hubiera visto nunca ningún fantasma.

Aunque si era sincero, tampoco se había creído que esos malditos entes existieran de verdad, porque, de existir, no había mejor sitio para ellos que la mansión Penhaven.

Ese fantasma, sin embargo, parecía muy real.

Era una mujer que brillaba en un tono azul verdoso, estaba mirando a todo el mundo con los ojos muy abiertos sobre un rostro pálido y levitaba a unos centímetros del suelo. Lo más extraño de todo era cómo iba vestida. Llevaba unos vaqueros, una camisa de franela sobre una camiseta, un par de zapatillas Converse altas con dibujos en las puntas e iba con el pelo recogido en una coleta desordenada.

Fuera cual fuese la fecha de su muerte, no había sido hacía mucho tiempo. Un detalle que le resultaba más inquietante de lo que podía explicar.

Un alumno que estaba cerca de ellos, un chico alto y delgado con una sudadera con capucha de la universidad y unos vaqueros, que se había agachado en el suelo y tenía las manos sobre la cabeza, como si se estuviera protegiendo de un golpe, le preguntó:

—¿Qué demonios es eso?

¿Y yo qué *mierda* sé?, le entraron ganas de responderle.

Vivi se acercó un poco más a la aparición.

—¿Qué es lo que está buscando? —inquirió.

El espectro parecía moverse de un lado a otro, oscilando la cabeza y, sí, definitivamente estaba buscando algo en las estanterías con el ceño fruncido en su pálido rostro.

Y entonces lo miró.

—¡No me jodas! —masculló Rhys entre dientes.

—Creo que está buscando... —empezó Vivienne, pero antes de que pudiera terminar la frase, oyeron otro grito tipo *banshee* y el fantasma voló hacia él.

Durante un instante, el frío que había sentido antes pareció cernirse sobre él, envolviéndolo como si se hubiera caído al mar.

Segundos después, estaba volando.

Bueno, no volando, más bien deslizándose unos centímetros por encima del suelo hasta chocar dolorosamente con la espalda en una estantería. Oyó el suave crujido del mueble y el tambaleo que se produjo, los gritos de los estudiantes en la biblioteca, el sonido de pasos corriendo y a Vivienne llamándolo por su nombre. Pero por encima de todo eso, seguía escuchando el estridente chillido del fantasma, como si del silbido de la tetera de Satanás se tratara. Intentó sentarse, pero hizo una mueca de dolor y se llevó las manos a las costillas. No creía que se hubiera roto ninguna, pero sí se había hecho daño. Si esa cosa decidía volver a lanzarlo por los aires...

En ese momento, el fantasma estaba de espaldas a él y estaba prestando atención a la estantería que tenía delante. Vio cómo estiraba sus dedos espectrales para sacar un libro, pero aulló de frustración cuando su mano atravesó lo que estaba tratando de agarrar. Lo intentó una y otra vez, con movimientos cada vez más bruscos y desesperados. Rhys tragó saliva y procuró levantarse de nuevo.

Vivienne seguía de pie, frunciendo el ceño a esa cosa. Cuando la vio dar un vacilante paso hacia el espectro, levantó la mano para detenerla.

—¡Vivienne! —gritó.

El fantasma volvió la cabeza y entrecerró los ojos.

Pudo sentir cómo acumulaba energía. La temperatura de la estancia bajó todavía más. Ahora hacía tanto frío que podía ver el vaho de su respiración. Tenía todos los pelos del cuerpo de punta.

Apretó los dientes y se preparó para otro ataque.

Pero el fantasma se detuvo y luego flotó levemente hacia la derecha para mirar a Vivienne, que seguía de pie, contemplándolo como si fuera un rompecabezas que no pudiera resolver.

Con un sonido entre un suspiro y un lamento, el espectro bajó la cabeza y desapareció con la misma rapidez que el estallido de una pompa de jabón.

La sala se caldeó al instante y Rhys miró a su alrededor.

Los pocos estudiantes que habían estado en la biblioteca habían salido corriendo, dejándolos solos a él y a Vivienne entre todas esas mesas volcadas, libros abandonados y folios y cuadernos desparramados por el suelo. Después de todo aquel caos, reinaba un silencio sepulcral.

Fue hacia Vivienne y le tomó las manos entre las suyas. Las tenía heladas. Le frotó los dedos con las palmas.

—¿Estás bien? —preguntó en voz baja.

Hacía unos momentos, se habían estado besando. Más que besándose en realidad. Sabía perfectamente cuándo un beso era solo un beso y cuándo era el preludio de algo más. Y lo que habían estado haciendo en esa sala de estudio había sido lo último. Todavía tenía su sabor en la lengua y seguía sintiendo la húmeda calidez que había acariciado entre sus piernas.

Pero ahora ella apartó las manos y retrocedió, con la mirada un poco distante.

—Sí —respondió ella—. ¿Y tú?

Rhys volvió a tocarse las costillas con cuidado.

—Nada que un baño caliente y un buen wiski no puedan arreglar.

Vivienne asintió con la cabeza y se fijó de nuevo en la estantería que había llamado la atención del fantasma.

—¿Qué estaba buscando?

—¿Eso es lo que te preocupa? —inquirió él, enarcando ambas cejas—. ¿No el hecho de que los fantasmas existan?

—Bueno, eso también —repuso ella, yendo hacia la estantería. Escudriñó los títulos con la frente arrugada—. ¿Habías visto alguno antes?

—¡Claro que no! —dijo él. Se metió las manos en los bolsillos y se estremeció por dentro. Todavía podía sentir la frialdad sobrenatural del espíritu cerniéndose sobre él y cómo había perdido el control de su propio cuerpo.

Había sido una experiencia absolutamente horrible.

Pero no solo había sido el frío. Había notado que esa cosa estaba enfadada con él. ¿Por qué?

—Señorita Jones.

Vio a una mujer de pie en el umbral que separaba la biblioteca normal de la colección especial. La doctora Fulke se removía nerviosa detrás de ella. Debía de tener entre cincuenta y ochenta años. Era como si fuera eternamente joven y anciana a la vez. Tenía el pelo blanco y brillante y una piel oscura y, por lo que pudo ver, llevaba como unas sesenta y ocho bufandas encima.

A su lado, Vivienne soltó un profundo suspiro.

—Doctora Arbuthnot —dijo. Luego lo miró—: Es la jefa del Departamento de Brujería.

CAPÍTULO 16

Vivi nunca había estado en el Departamento de Brujería y le sorprendió ver que era muy parecido al resto de los edificios normales del campus, incluso más bonito. Los suelos eran de mármol en lugar de linóleo, las paredes estaban empapeladas con un patrón de damasco verde oscuro y las sillas del despacho de la doctora Arbuthnot tenían cojines forrados de terciopelo, en lugar de plástico duro y poliéster.

Pero el despacho seguía siendo pequeño, solo disponía de una ventana y, cuando la doctora Arbuthnot le pasó una taza de té, se fijó en que también tenía una pila de exámenes en el borde del escritorio, esperando a que los calificara.

—¿Serían tan amables de decirme qué estaban buscando en la colección especial? —preguntó la doctora Arbuthnot antes de sentarse al otro lado de la mesa que Rhys y ella tenían delante.

No sabía si le sucedía lo mismo a Rhys, pero ella se sentía como si la hubieran llamado al despacho del director. Dio un sorbo al té e intentó recomponerse un poco. Entre el beso y el fantasma, parecía como si el cerebro le hubiera explotado en mil pedazos y sabía que iba a necesitar cada trozo para enfrentarse a la jefa del Departamento de Brujería.

—Hemos tenido una especie de percance mágico —explicó Rhys con una sonrisa, mientras se llevaba la taza a los labios—. Como miembro de la familia fundadora de este pueblo, es mi responsabilidad cargar la líneas ley y algo salió mal mientras lo hacía.

El encanto y la autoridad solían ser una combinación ganadora, pero Vivi se percató de que la doctora Arbuthnot endurecía el gesto.

—Un percance —repitió con voz inexpresiva. Luego se puso a recoger los papeles que tenía sobre el escritorio—. Bueno, por lo visto ese percance ha liberado a un fantasma de un hechizo de retención muy poderoso, así que le sugiero que lo solucione lo antes posible.

—¿Un hechizo de retención? —Vivi se inclinó hacia delante. Había oído hablar de ese tipo de hechizos con anterioridad, pero requería una magia muy potente, mucho más seria que cualquier cosa que hubiera intentado antes—. ¿El fantasma que hemos visto hoy estaba atado?

La bruja mayor apretó los labios, pero terminó asintiendo.

—Piper McBride, en 1984. Una de nuestras mejores alumnas. Por desgracia se mostró demasiado interesada en las artes oscuras y cuando intentó contactar con el más allá, acabó sacrificándose por accidente. Por eso nos mostramos tan estrictos con ciertos tipos de magia que tenemos prohibidos. Quien juega con fuego, termina quemándose, como Piper aprendió, por desgracia. —La jefa de departamento volvió a dejar los papeles sobre la mesa con expresión distante—. Y cuando una bruja muere a consecuencia de la magia negra, no nos queda otro remedio que atar su espíritu.

Era la primera vez que lo oía, pero tenía sentido. La magia era energía, más o menos. Si usabas demasiada, podía drenarte la fuerza vital. Y si morías haciendo algo particularmente peligroso, esa energía tenía que ir a alguna parte.

Como por ejemplo, creando un fantasma.

—Pero ahora —continuó la doctora Arbuthnot, recuperando un tono más enérgico—, la magia que ataba al espíritu de Piper se ha roto, y se ha liberado para causar los estragos que se le antojen. Lo que, como es obvio, nos preocupa.

La bruja entrelazó los dedos, colocó las manos sobre el escritorio y los contempló a ambos.

—La parte normal de la universidad y la parte más... especializada conviven en armonía, como bien sabe usted, señorita Jones. Pero un fantasma en la biblioteca va a enfadar mucho a la administración.

Sintió como si un pedacito de su alma cayera fulminado bajo la mirada de la doctora Arbuthnot.

—Por supuesto —convino—. Por eso...

—Por eso van a solucionarlo —la interrumpió la jefa de departamento con firmeza.

Vivi asintió con tanto entusiasmo que estuvo a punto de derramar el té.

—Sí, sí, por supuesto.

—Bien. —Los miró fijamente unos segundos más y luego hizo un gesto con la mano hacia la puerta—. Ahora pueden irse.

Rhys y ella dejaron las tazas en la mesa con tanta prisa que ambas tintinearon y abandonaron el despacho.

En cuanto atravesaron el campus y regresaron a salvo al despacho de Vivi, Rhys respiró hondo y se dejó caer sobre la silla situada frente a su escritorio.

—Ahora entiendo a lo que te referías.

—Gracias. —Se llevó una mano al pecho como si con eso pudiera impedir que el corazón se le desbocara—. Son intensos, ¿verdad?

—Mucho. ¿Y cómo se supone que vamos a volver a atar a un fantasma?

Vivi negó con la cabeza y se sentó en su silla.

—Ni idea. Pero tenemos que hacerlo. —Entonces sintió como si una bombilla se encendiera encima de su cabeza y se le ocurrió una idea—. Rhys —dijo, apoyando las palmas de la mano sobre la mesa.

Él la miró con recelo.

—¿Sí?

—Esto es lo que vamos a hacer. Nos va a llevar un tiempo averiguar cómo romper la maldición, pero mientras tanto, podemos ir solucionando todos los problemas que vayan surgiendo. Como hicimos anoche con las calaveras en la tienda.

Ahora Rhys la miró como si le hubiera crecido otra cabeza.

—Anoche no solucionamos nada. Lo hizo tu tía.

Vivi se limitó a sacudir la cabeza y por fin empezó a dejar de sentirse tan culpable. Entre los dos podían conseguirlo. Enmendar los males que habían provocado sin querer.

—Pero fuiste capaz de convencer a esas chicas de que no estaba ocurriendo nada fuera de lo normal en la tienda. Podría haberse convertido en un puto espectáculo, pero no fue así.

—En primer lugar, sí fue un puto espectáculo. —Rhys se quitó la chaqueta y la colgó en el respaldo de la silla—. Y en segundo lugar, Vivienne, no podemos ir apagando incendios de un lado a otro. Sobre todo cuando no sabemos qué aspecto pueden tener dichos incendios.

—Tal vez no —dijo ella, recostándose—. Pero podemos intentarlo.

—Me encanta tu optimismo, Vivienne, en serio.

Ella hizo una mueca.

—No seas cínico, Rhys. No con esto.

—No suelo serlo —se defendió él. Luego soltó un suspiro y se pasó una mano por el pelo, que volvió a parecer recién peinado. La *cosa* desplegando todos sus efectos.

Vivi gruñó de frustración. No era justo. ¿Todas las partes *malas* de la maldición, pero ninguna de las tonterías? ¿Qué tipo de equilibrio era ese?

Una mierda como una catedral de grande, en lo que a ella respectaba.

El teléfono de Rhys sonó de repente. Se lo sacó del bolsillo y, frunciendo el ceño, masculló.

—¡Ah, no me jodas!

—¿Qué pasa?

—Un problema en el trabajo —explicó él, sin apartar la vista del teléfono mientras movía los pulgares sobre la pantalla a un ritmo frenético.

Vivi sintió una súbita sensación de frío en la boca del estómago.

—¿Es por todo esto? ¿Por mi culpa?

—Por supuesto que no —replicó él de inmediato. Levantó un instante la vista del teléfono para esbozar una sonrisa—. Siempre pasan cosas en las agencias de viaje.

Vivi sabía que estaba mintiendo. Primero porque no se le daba muy bien; no sabía cómo explicarlo, pero sus ojos lo delataban, y segundo, porque la suerte era una parte importante de la magia de Rhys. ¿Qué podía haber mejor que eso a la hora de organizar viajes para los clientes? Si algo iba mal era por la maldición y, por tanto, por culpa de ella.

Rhys tenía todo el derecho del mundo a culparla; sin embargo, estaba intentando que se sintiera mejor.

Algo que también le parecía tremendamente injusto.

—¡Colega! —dijo él con tono jovial al teléfono. Pero aunque su voz era todo encanto y desenfado, se le veía tenso—. Me han dicho que estás en una situación complicada.

¿Situación complicada?, pronunció ella en silencio. Rhys puso los ojos en blanco y se encogió de hombros mientras cambiaba de postura en la silla.

—No, no, sin problema —continuó Rhys, buscando con desesperación en su escritorio.

Vivi le entregó una libreta y un bolígrafo. Él levantó el pulgar a modo de respuesta y se puso a escribir.

—Puedo solucionártelo, no te preocupes.

Durante los siguientes minutos, Vivi permaneció sentada al otro lado de la mesa, observando cómo Rhys pasaba de ser el tipo encantador y despreocupado que conocía al profesional más competente del planeta.

Hizo las llamadas pertinentes. Tomó las notas necesarias. Continuó llamando y envió varios correos electrónicos. En un momento dado, se remangó, con el teléfono pegado a la oreja y apoyó los codos en los muslos separados. Vivi estuvo a punto de desmayarse.

Cuando por fin terminó con todas las llamadas, correos, notas y quién sabía más, se echó hacia atrás y se recostó tanto que apoyó la cabeza en el respaldo de la silla. Vivi tuvo que hacer un enorme esfuerzo de contención para no ponerse de pie de un salto y sentarse a horcajadas sobre su regazo.

Aunque algo debió de notarse en su expresión porque Rhys la miró con curiosidad y preguntó:

—¿Qué?

Vivi sacudió la cabeza, se aclaró la garganta y agarró el objeto menos sensual que se le ocurrió: una copia de su plan de estudios.

—Nada.

CAPÍTULO 17

—Un fantasma —dijo Gwyn, mirando por encima del hombro a Vivi.

Estaban en Algo de Magia, pero su prima había colgado el cartel de «cerrado» en cuanto ella había entrado por la puerta y ahora estaba reponiendo las estanterías de diarios de cuero y grimorios.

Vivi asintió y apoyó los codos en el mostrador.

—Un fantasma.

—¿Como Casper?

Vivi negó con la cabeza.

—Te aseguro que daba mucho más miedo.

Le hizo un resumen de todo lo que había pasado en la biblioteca y luego añadió:

—Lo peor es que...

—¿Puede haber algo peor que un puto fantasma?

—Mmm. Los brujos de la universidad ahora están en el ajo.

Ahora fue el turno de Gwyn de poner los ojos en blanco.

—Esos bichos raros.

Los brujos que trabajaban en Penhaven siempre se habían mantenido alejados de Vivi y de su familia, seguramente porque la mayoría de ellos no eran originarios de la zona y también, según sospechaba desde hacía tiempo, porque no les gustaba la tienda. Se morirían antes que poner un pie en ella. Eran demasiado serios y se tomaban la magia de una forma demasiado intelectual como para sentirse cómodos allí.

Ellos se lo pierden, pensó mientras contemplaba un montón de cristales amontonados en un tapete de terciopelo púrpura que había en el mostrador.

—El caso es que quieren que lo *solucionemos*. Igual que yo.

Gwyn resopló.

—Cuéntales lo de la maldición. La semana que viene seguro que tienes un informe de cincuenta páginas sobre maldiciones, pero ninguna solución real.

—Rhys ha dicho que estamos siendo unas clasistas.

Gwyn soltó una carcajada.

—¡Ay, Dios mío! Un brujo Penhallow llamando «clasista» a alguien, ¡lo que me faltaba por oír! ¿Y no le dijiste que ellos fueron los primeros que no trataron bien a mi madre?

—Lo intenté —repuso ella—, pero tampoco quise entrar mucho al trapo. ¿Sabes? Cuanto menos hablemos Rhys y yo, mejor.

No añadió que cuando no estaban hablando se dedicaban a besarse, lo que ya era un problema de por sí.

Sinceramente, seguía sin creerse que hubiera sucedido aquello. Es más, en ese momento incluso tenía la sensación de que había sido un sueño o algo que le había pasado a otra persona. Era imposible que hubiera sido tan estúpida como para enrollarse con Rhys por... ¿qué? ¿Por un reto? ¿Una apuesta?

Por eso estaba como estaba. Solía ser una persona racional y tranquila, pero Rhys Penhallow conseguía que perdiera la cabeza. Tenía que romper la maldición y mandarlo a paseo antes de cometer una auténtica locura, como acostarse con él.

Otra vez.

Gwyn terminó con su tarea, se dio la vuelta y se limpió las manos en los muslos.

—Bueno —empezó—, mamá va a estar contentísima de...

Se detuvo al instante y la miró fijamente.

—¿Qué? —preguntó ella.

Gwyn entrecerró los ojos y se inclinó sobre el mostrador, acercándose.

—Vivienne Jones, ¿qué ha pasado hoy entre tú y Rhys?

—Nada —respondió ella de inmediato, pero el hecho de sentir que se ponía roja literalmente no la ayudó en nada.

Y Gwyn la conocía lo bastante como para soltar un chillido y dar una palmada.

—¿Te lo has tirado en tu despacho?

—¿Qué? ¡No!

—¿En la biblioteca?

—No. —Se apartó del mostrador. De pronto sentía un enorme interés por el expositor de cartas del tarot—. No hubo sexo.

Lo que era cierto. Lo único que Rhys y ella habían hecho fue darse un beso. Estrictamente hablando.

¿Pero y si no los hubieran interrumpido?

Nunca había sido de las de mantener relaciones sexuales en público, pero había olvidado cómo la hacía sentir Rhys, como si fuera a morirse si no lo tenía en ese mismo instante. Como si tuviera la piel demasiado tensa y la de él estuviera demasiado lejos, como si lo único que quisiera fuera meterse dentro de ese hombre.

Por eso era tan peligroso. Ya se había dejado llevar una vez estando con él, y mira cómo había terminado.

—Chica, si besarlo hace que tengas esa cara, ya no me sorprende tanto que te quedaras tan hecha polvo cuando lo dejasteis. De hecho, ahora entiendo perfectamente lo de la maldición.

—Ja, ja —replicó ella antes de cubrirse la cara con las manos y soltar un gruñido—. Fue una... completa estupidez.

—Cariño, estoy harta de decírtelo, tenías diecinueve años, estabas cabreada y...

—No, eso no. Bueno, sí, eso está en uno de los puestos más altos de la escala de estupideces, pero me refería a haberlo besado hoy. Lo complica todo más.

—¿Cómo?

Cuando Vivi la miró, Gwyn alzó ambas manos.

—No, en serio, ¿cómo? Ya no tienes diecinueve años. No estás pensando que es el hombre con el que vas a casarte en una colina llena de conejitos.

—¿Conejitos?

—Olvídate de eso. Eres una mujer adulta que está pasando por una situación de mucho estrés, y ahora tu ex, que está buenísimo, ha vuelto y quiere darse un festín contigo. Pues aprovecha y que te quiten lo bailado, nena.

Vivi no pudo evitarlo y sonrió mientras alcanzaba uno de los cristales del mostrador.

—Esa ha sido siempre tu filosofía de vida, Gwyn, pero yo no soy así.

—Pero podrías serlo —insistió su prima—. Además, ¿por qué no?

Se dio cuenta de que en realidad no tenía una respuesta para eso. El beso de ese día había estado bien. Demasiado bien.

¿Por qué no volver a hacerlo si le apetecía?

En ese momento, oyeron graznar al cuervo sobre la puerta. Ambas se dieron la vuelta y vieron a Rhys entrando en la tienda. No iba vestido igual que esa mañana, aunque seguía llevando su habitual atuendo de vaqueros con jersey (verde en esa ocasión). Tuvo que hacer acopio de todas sus fuerzas para no soltar un suspiro.

Sin embargo, Gwyn se dio cuenta y la miró antes de continuar reponiendo los estantes.

—Hola, imbécil —le saludó.

Rhys levantó una mano.

—Yo también me alegro de verte, Gwyn. Supongo que Vivi ya te ha contado lo de esta mañana.

A Vivi se le resbaló el cristal de los dedos, que cayó al suelo con un estruendo que contrastó con el silencio que reinaba en la tienda. Gwyn la miró por encima del hombro y esbozó una sonrisa que demostró que estaba disfrutando de lo lindo con aquello.

—¡Oh, sí! Me lo ha contado.

—Gwyn —siseó ella, pero Rhys se acercó al mostrador sin inmutarse.

—Reconozco que nunca creí que vería un fantasma —continuó él.

Por supuesto. Se refería al fantasma, no a lo que había sucedido entre ellos.

Pero entonces se colocó a su lado, apoyó los codos en el mostrador y creyó verlo esbozar el atisbo de una sonrisa.

—No se me ocurren muchas cosas más deprimentes que acechar una biblioteca —dijo Gwyn—. Al menos, si estás en un cementerio o algo parecido tienes cosas que hacer. Mantener una imagen. ¿Pero quedarte atrapada en una biblioteca porque se te olvidó pagar la sanción por retraso en 1994? Es una faena.

—Creo que estaba buscando algo —señaló ella, intentando ignorar lo cerca que tenía a Rhys y lo bien que olía. ¿Se había afeitado después de salir de la universidad? Seguro que sí. O tal vez olía así de bien todo el...

De acuerdo, tenía que empezar a calmarse.

Se aclaró la garganta y se apartó del mostrador.

—También es raro que haya aparecido ahora.

—Es por la maldición, ¿verdad? —preguntó Gwyn, bajando de la escalera.

Rhys asintió y se volvió un poco para mirar a Vivi.

—O por las líneas ley, para ser más específicos.

—¿Qué más pueden provocar las líneas ley malditas? —inquirió su prima. Los observó a ambos con el ceño fruncido—. Juguetes demoníacos, fantasmas...

—No lo sabemos —admitió ella con un suspiro—. Y ese es el problema. La magia del pueblo parece haber enloquecido y volverse... aleatoria. Así que puede ocurrir cualquier cosa.

Pensó de nuevo en el rostro frenético de la estudiante fantasma de la biblioteca, en cómo había movido los ojos con desesperación por las estanterías. Parecía confundida y asustada, y eso era culpa suya.

Su maldición había hecho aquello.

Una maldición que seguía sin tener ni idea de cómo romper.

CAPÍTULO 18

Después del día que habían tenido, Rhys necesitaba un poco de cafeína, y como la cafetería estaba al lado de Algo de Magia, sugirió a Vivienne que fueran a tomar algo.

Mientras se dirigían allí, tuvo que reconocer que Graves Glen era un sitio muy bonito. El sol se estaba poniendo detrás de las montañas bajas, tiñendo el cielo de un intenso color púrpura. Las hileras de luces que habían colgado entre las farolas titilaban, y en cada escaparate podía verse algún adorno propio de las fechas: un montón de calabazas, brujas de cartón volando en sus escobas, más luces de colores.

—Es como estar en una postal —comentó él—. Saludos desde villa Halloween.

Vivienne se rio y se cruzó de brazos.

—Sin duda.

—Entiendo por qué te gusta vivir aquí.

—Desde luego es un buen sitio para ser una bruja. Incluso una encubierta.

—En teoría, todos somos brujos encubiertos —dijo él—, aunque sé a lo que te refieres.

La noche se había vuelto fría, pero era el tipo de frío suave y plácido que solía darse en esas noches otoñales perfectas; todo lo contrario a la frialdad sobrenatural de la biblioteca. En Gales también tenías noches como esa, aunque a principios de temporada y no tan templadas.

Aun así, mientras recorrían las calles adoquinadas, sintió una extraña nostalgia por su hogar que le llegó al alma. Vivienne pertenecía a ese lugar, encajaba perfectamente en él.

¿Cuál era el suyo?

Como no quería ponerse sensiblero, le dio un codazo y dijo:

—¿Y cómo funciona exactamente? Lo de ser una bruja encubierta. Sobre todo en la universidad. Puedes detectar a otros brujos, ¿verdad?

Vivienne se encogió de hombros y se metió un mechón de pelo detrás de la oreja.

—Normalmente, sí. Si te soy sincera, no cuesta tanto mantener oculto algo a la gente como crees. Hoy en día, a muchas personas les atrae la brujería, así que no es tan raro que a uno le interesen este tipo de cosas.

—O que tengas una tienda.

—O eso.

—Pero los otros alumnos de la universidad siguen sin saber que estudian con brujos, ¿no?

—Exacto —le confirmó ella al llegar a la cafetería. Al igual que el resto de las tiendas y restaurantes de la calle principal, estaba decorada con motivos de Halloween, con diseños de calabazas pegados en el ventanal delantero y una guirnalda de luces con forma de calderos diminutos enmarcando la puerta.

Mientras entraban, Rhys sostuvo la puerta abierta a una familia con un cochecito con un bebé que iba balbuceando feliz. Cuando pasaron, sonrió al pequeño. Al alzar la vista, se dio cuenta de que Vivienne lo estaba mirando con una expresión extraña en el rostro.

—¿Qué? —preguntó, pero ella se limitó a sacudir la cabeza y le hizo un gesto hacia la barra.

—¿Un té?

—Sí —confirmó él.

Después de pedir (él la típica mezcla de tés negros inglesa y ella algo con miel y lavanda), se dirigieron a un reservado que había al fondo. En ese momento fue consciente de lo acogedor que era el local, casi... íntimo.

—Pues bueno...

—Pues bueno...

Estaban sentados frente a sus tazas de té humeantes, pero ninguno de los dos hizo nada por beber. En vez de eso, Rhys clavó la vista en ella y Vivienne se dedicó a mirar a todos los lados excepto a él, retorciendo las manos en los guantes sin dedos que llevaba y tirando de los bordes con nerviosismo hasta que Rhys creyó que terminaría deshaciendo el punto.

Estiró la mano y cubrió la de ella. ¡Mierda! A pesar de la lana de los guantes, a pesar de que apenas le rozó los nudillos desnudos con la palma, sintió su tacto hasta en la planta de los pies y su piel se incendió al reconocer de quién se trataba.

—Creo que tenemos que hablar de lo que ha pasado en la biblioteca.

Antes de que le diera tiempo a terminar la frase, Vivienne ya estaba negando con la cabeza, con el pelo rubio cayéndole por los hombros.

—No, no, no, no, no. De ningún modo. Es algo de lo que no hace falta hablar.

—Vivienne.

—Fue una estupidez. Solo un beso —continuó ella.

Rhys enarcó ambas cejas.

—¿Solo un beso? ¿En serio?

Aunque la vio empezar a ruborizarse, Vivienne retiró la mano de debajo de la suya y repitió:

—Sí, solo un beso.

Habían estado separados mucho tiempo, pero reconoció la expresión de su cara y supo que era un tema zanjado y que no iba a conseguir nada presionándola.

Así que volvió a colocar las manos en su lado de la mesa, apoyándolas en el borde y tamborileó con los dedos, mirando a su alrededor.

—Es un sitio muy concurrido.

Vivienne asintió, aliviada por el cambio de tema, y tomó su taza de té.

—Siempre está lleno. Hemos tenido suerte de encontrar una mesa.

Rhys se inclinó hacia delante e hizo un gesto sutil con la cabeza hacia la camarera; una chica bajita, con el pelo teñido de un turquesa brillante y un par de gafas de montura gruesa.

—¿Es una bruja? —preguntó en voz baja.

Vivienne ni siquiera tuvo que mirar para saber de quién hablaba.

—Sí. Aquí solo trabajan brujos. Normalmente alumnos de la universidad. Es una de las razones por las que la cafetería va tan bien. Está bajo los efectos de un encantamiento ligero que hace que los pedidos nunca vayan mal, que a nadie se le caiga un vaso y cosas similares.

Ambos parecieron darse cuenta al mismo tiempo de lo que eso implicaba y bajaron lentamente la vista hasta sus tazas.

—Entonces, la magia ayuda a llevar este local.

—Ajá.

—Y ahora la magia es... mala.

—Puede que aquí no suceda nada.

Notó que Vivienne se ponía en guardia mientras tomaba su taza de té. Él ya tenía una mano estirada y estaba a punto de pronunciar su nombre cuando ella cerró los ojos, se llevó la taza a los labios y le dio un buen sorbo.

Los dos se quedaron sentados, inmóviles. Entonces Vivienne tragó y, para su inmenso alivio, esbozó una sonrisa que le llegó hasta sus magníficos ojos color avellana.

—Tiene buen sabor —dijo ella, dejando la taza en su sitio—. Se trata de un té normal y corriente. No hay ningún desaguisado mágico.

Rhys dio un sorbo a su propio té. Vivienne tenía razón, sabía bien y no notó ningún atisbo de magia en él.

—Es verdad. —Chocó ligeramente su taza contra la de ella—. Es posible que este lugar haya escapado a los efectos de la maldic...

Se detuvo al oír unos cristales rompiéndose. Mientras se giraba despacio para ver de dónde provenía el ruido, sintió un horrible pinchazo en la nuca.

Junto a la puerta, había una mesa volcada y vasos y tazas rotos en el suelo. En medio de todos esos cristales vio un cuerpo.

Se puso de pie de inmediato y fue hacia el hombre, un tipo mayor con pantalones caquis y mocasines, que yacía en el suelo con los dedos de una mano todavía doblados, como si estuviera sosteniendo una taza, y un rictus de sorpresa en el rostro.

—Está respirando —informó Vivienne a su lado, apretando la muñeca del hombre con los dedos—. Y su pulso está bien. Solo está...

—Congelado —terminó él con gravedad, sin dejar de mirar los ojos abiertos como platos y la boca entreabierta del hombre.

Entonces se dio cuenta de que la taza que debía de haber estado sujetando antes de que le sucediera aquello estaba tirada en el suelo, a su lado, y su contenido se extendía lentamente por el suelo de madera.

Puede que su té o el de Vivienne no hubiera estado bajo el influjo de ningún tipo de magia, pero era evidente que lo que fuera que hubiera estado bebiendo ese hombre, sí. Casi podía ver el hechizo, flotando como un efluvio maligno sobre el líquido derramado. Miró hacia la barra.

La mujer a la que Vivienne había señalado como la propietaria estaba hablando al teléfono, mirando alternativamente al hombre y a la multitud de curiosos, pero en su rostro solo se percibía preocupación. Ni culpa, ni miedo.

Entonces desvió la mirada hacia la derecha, al lugar en el que estaba la chica del pelo turquesa, de pie, con los brazos cruzados y mordiéndose el labio inferior.

En cuanto notó que Rhys la estaba mirando, se sobresaltó ligeramente, abrió la puerta de detrás de la barra y se metió en el almacén.

—Vivienne —dijo en voz baja, dándole un codazo. Pero ella ya estaba de pie, con la vista clavada en la puerta por la que había desaparecido la chica.

—Ya me he dado cuenta.

Fuera, le llegó el sonido de las sirenas acercándose. El hombre empezó a moverse un poco, agitando los párpados. Supuso que, fuera cual fuera el hechizo, no era lo bastante potente como para durar mucho tiempo.

Menos mal.

Mientras se incorporaba, Vivienne se acercó a él y ambos lograron escabullirse entre la multitud de gente que se había congregado en torno al tipo. Cuando la ambulancia se detuvo en el exterior, la dueña de la tienda se metió el teléfono en el bolsillo y corrió a acercarse, dejando la barra vacía. Todo el mundo estaba pendiente de los sanitarios que entraban en ese momento.

Lo que hizo mucho más fácil que él y Vivienne se colaran en el almacén.

A diferencia de la trastienda de Algo de Magia, allí no había nada digno de mención. Era como cualquier almacén que pudieras encontrarte en cualquier otra cafetería. Estanterías altas de metal llenas de vasos de papel, enormes sacos de café en el suelo y varias cajas de plástico con tazas.

Sinceramente, se sentía un poco decepcionado.

La chica del pelo turquesa estaba sentada en una de esas cajas vacías puesta del revés, con las rodillas pegadas al pecho y las puntas de las botas metidas hacia dentro y juntas.

En cuanto oyó abrirse la puerta, levantó la cabeza. Sus ojos oscuros parecieron enormes en su rostro ceniciento. Leyó el nombre que llevaba escrito en la etiqueta de identificación: Sam.

—¿Está bien ese hombre? —les preguntó.

Vivienne asintió.

—Está dejando de hacer efecto —señaló la chica antes de soltar un prolongado suspiro—. Mejor.

—¿Te gustaría decirnos qué le metiste en la bebida para que se quedara así? —preguntó él.

Cuando la bruja alzó la vista y lo miró, regresó parte de su anterior sarcasmo.

—Es un hechizo personalizado —explicó, sentándose más recta—. No lo entenderíais.

—Magia hípster. Estupendo —murmuró él, frotándose la nuca con la mano.

¿Había sido así cuando era un joven brujo? ¿Tan arrogante y seguro de sus habilidades?

Era una estupidez preguntárselo siquiera. Claro que lo había sido.

A su lado, Vivienne se irguió un poco más.

—¿Y qué se supone que hace?

—¿Sois la policía mágica o algo parecido? —preguntó la chica, con el ceño fruncido.

Rhys se metió las manos en los bolsillos y se balanceó sobre los talones.

—No, estoy convencido de que eso no existe. De ser así, ya me habrían arrestado en alguna ocasión. Solo soy un compañero brujo tratando de averiguar qué ha sucedido.

Señaló con el pulgar hacia el interior de la cafetería. La chica miró la puerta y parte de su confianza se desvaneció.

—Es una tontería —masculló ella.

Rhys se encogió de hombros.

—La mayoría de las cosas de esta vida lo son. Así que dime, ¿para qué era el hechizo?

Sam tiró del dobladillo de su camiseta y, sin mirarlo a los ojos, respondió:

—Quería una poción para conseguir... Ya sabes. —Hizo un gesto muy raro con las manos, alzando las palmas y después agitándolas, señalando el regazo de Rhys—. Como la viagra —dijo por fin—. Pero con magia.

Se sintió muy orgulloso de sí mismo por no mostrar la más mínima sorpresa o diversión. En serio, mereció que le dieran un premio. Incluso que hicieran un desfile en su honor.

Simplemente se limitó a aclararse la garganta y decir:

—Entiendo.

—Aprendí a hacer este tipo de hechizo de cachondeo —continuó Sam—, pero luego se lo di a alguien que me lo pidió, y supongo que él se lo recomendó a un amigo, y este a alguien más, y ahora tengo a varios tipos que se pasan por aquí un par de veces por semana. Pero es la primera vez que sucede esto.

—Un momento —intervino Vivienne, poniéndose delante de Rhys y cruzándose de brazos—. ¿Has estado traficando con pociones?

Sam puso los ojos en blanco.

—Vale, dicho así suena superturbio. No es *traficar,* es *dar.*

Vivienne alzó las cejas.

—¿Regalas las pociones?

La chica soltó un resoplido de frustración y agitó una mano.

—¿Qué? ¡No! Cobro por ellas. Cien dólares por cada una; más si la poción es complicada o los ingredientes son más caros. —Su expresión de suficiencia se tornó en duda—. ¡Oh, espera! Supongo que eso *sí* es traficar. ¡Vaya! —Se encogió de hombros—. Da igual. Sí, me gano un dinero extra aquí, traficando con pociones. —Entonces miró a Vivienne—. La matrícula cuando no resides en el mismo estado de la universidad en la que estudias no es barata, señora.

—Es una razón para tener en cuenta —replicó él, acercándose un poco más al lado de Vivienne—, ¿pero eres consciente del peligro de lo que estás haciendo? Las pociones no son algo para tomarse a la ligera.

—Sí, bueno, no suelen darme problemas y nunca le he hecho daño a nadie. Estamos hablando de una magia muy floja. Una poción para que el lápiz de ojos te dure todo el día. Otra para que estés a pleno rendimiento durante veinticuatro horas. —Lo miró y se subió las gafas por el puente de la nariz—. Esta última viene muy bien para la semana de los finales. Hace que no te quedes dormido, aunque no te provoca ningún efecto horripilante como mantenerte despierto durante días ni nada parecido. Tardé un poco en perfeccionarla, pero...

—Sam, nos has dejado impresionados con tus habilidades, pero no puedes hacer pociones y vendérselas a la gente. Es peligroso y como se enteren en la universidad te vas a meter en un buen lío.

Toda la bravuconería desapareció al instante. En ese momento, se percató de lo joven que era. Debía de tener unos diecinueve años, tal vez veinte. La misma edad que Vivienne y él habían tenido el verano en el que se conocieron.

¡Dios! No se había dado cuenta de lo jóvenes que habían sido hasta que tuvo a una chica de esa misma edad sentada frente a él, mirándolo como si estuviera en el despacho del director.

—No se lo vas a contar, ¿verdad? —Miró con ojos suplicantes a Vivienne—. Sé que trabajas allí, con los normales, no con nosotros, pero...

—No diré nada —repuso Vivienne—. Siempre que me prometas que no vas a volver a hacerlo.

—Lo prometo —dijo Sam a toda prisa, levantando una mano. Los anillos de plata que adornaban sus dedos brillaron bajo los tubos fluorescentes—. Confía en mí, no quiero que vuelva a ocurrir nada parecido.

Entonces se levantó y se limpió las manos en el delantal antes de colocarse bien el gorro, pero luego se detuvo y volvió a morderse el labio.

—Lo que pasa es que... no creo que haya sido por culpa de mi poción. He seguido los mismos pasos de siempre. Incluso la fase de la luna. —Esbozó una sonrisa descarada—. Siempre lo hago en luna creciente. Por lo de crecer...

—Sí —la interrumpió él—. Lo hemos pillado, gracias.

—El caso es que —continuó la chica— algo ha ido mal, pero no ha sido *mi* magia. —Sacudió la cabeza—. Es como si la magia estuviera fallando en todas partes. Hoy, algunos de los normales han entrado en mi clase de Herbología Mágica; algo que se supone no puede pasar nunca.

A Rhys empezó a dolerle la cabeza. Una maldición, fantasmas, pociones que fallaban... Volvió a pensar en las líneas ley saliendo de la cueva, dirigiéndose hacia el pueblo, y deseó poder retroceder en el tiempo y darse unas cuantas patadas en la cabeza.

Había sabido que algo iba mal. Lo había sentido.

Pero, como de costumbre, había hecho caso omiso de cosas como el «instinto de autoconservación» y el «sentido común» y había seguido adelante.

Y todo aquello los había llevado a donde estaban en ese momento.

—Quizá deberías dejar de hacer magia durante unos días —sugirió Vivienne, acercándose para tocar el brazo a Sam.

Parecía igual de cansada que él. Tuvo que luchar contra el impulso de ponerle la mano en la parte baja de la espalda, acercarla a él y dejar que apoyara la cabeza en su hombro.

Sam resopló indignada.

—¿Dejar de hacer magia? —repitió incrédula—. Eso es como si me pidieras que dejara de respirar. Sé que no lo entiendes, porque no eres una bruja...

—Soy una bruja —replicó Vivienne, retrocediendo un paso.

Sam la miró confundida.

—Espera, ¿de verdad? Pero si das clase a los normales.

—Sí, pero porque...

—A ver, está claro que él es brujo —continuó Sam, señalándolo—. Se nota a la legua, ¿pero tú? ¿En serio?

Vio a Vivienne tragar saliva. Por enésima vez, deseó tener el poder de leer la mente. Aunque, tal y como iban las cosas en ese momento, seguro que podría oír todos los pensamientos de cualquier persona que se encontrara en un radio de ciento cincuenta kilómetros a la redonda y terminaría perdiendo la cabeza, pero habría merecido la pena con tal de saber qué estaba pasando detrás de aquellos brillantes ojos color avellana.

Vivienne cuadró ligeramente los hombros, alzó la barbilla y dijo:

—Da igual lo que parezca, sigo siendo una bruja y sigo pensando que deberías ser precavida con la magia hasta que se solucione todo esto.

Sam seguía mirándola como si no se creyera lo que estaba oyendo, con los ojos abiertos de par en par y los labios separados.

—Sabía que eras familia de las dueñas de Algo de Magia, pero en serio, creía que solo eras...

—Ya lo has dicho antes —la interrumpió Rhys mientras Vivienne empezaba a entrecerrar los ojos. Había sido receptor de esa mirada con anterioridad y quería salvar a la chica de sí misma—. La señorita Jones tiene razón —continuó—. Deja de hacer magia hasta que las cosas se calmen un poco.

—¿Pero qué es lo que ha pasado? —preguntó la chica.

—Algo —respondió él—. Pero estamos arreglándolo.

Le habría gustado que fuera cierto. Casi habían transcurrido veinticuatro horas y lo único que habían conseguido era tener la vista cansada y quizá un poco de ectoplasma en el pelo.

Sam frunció el ceño, aunque al final murmuró un «Está bien» antes de pasar junto a ellos y regresar a la cafetería.

Rhys soltó un suspiro y estuvo a punto de desplomarse sobre una estantería alta de metal y volcar una pila de vasos de papel. Vivienne se acercó y se apoyó junto a él. Se quedaron callados un rato, dándole vueltas a la situación que se traían entre manos.

—Tieso —murmuró Vivienne para sí misma.

Rhys parpadeó confundido.

Vivienne se sorprendió y lo miró.

—¡Oh!... mmm... solo estaba pensando en voz alta. Ahí... ahí fue donde falló la poción. Se suponía que el hechizo tenía que ponerlo... ya sabes. Y lo *hizo*, pero a nivel general en vez de en... esa zona específica.

—¿Te estás poniendo roja, Vivienne Jones?

Ella se apartó de la estantería y puso los ojos en blanco, pero a Rhys no le pasó desapercibido cómo sus manos volvieron a juguetear con los bordes de sus guantes.

—Podría haber sido peor —señaló ella.

—¿Entiendes ahora lo que quería decirte? —preguntó Rhys, acercándose a ella lo suficiente como para contemplar la pequeña agrupación de pecas que tenía en la mejilla derecha, lo suficiente como para tocárselas si hubiera querido.

Algo que por supuesto deseaba.

Pero que no iba a hacer.

—No podemos seguir dedicándonos a apagar incendios, Vivienne. Tenemos que solucionarlo.

—Lo sé —dijo ella, alzando la cabeza. Luego bajó la voz y clavó la vista en el suelo—. Aquí Halloween se celebra por todo lo alto. Y también es lo que más dinero genera. Algunos de los establecimientos de Graves Glen subsisten todo el año gracias a lo que ganan en Halloween. Si no lo hemos arreglado para entonces, puede que el pueblo no sea un lugar seguro. No podemos arriesgarnos.

—A mí también me preocupa un poco *estar a salvo* —dijo él—, pero te entiendo. Por suerte, la magia tiende a ser más potente durante la época de Samhain. Lo que significa que, si lo hacemos rápido, cualquier reversión de la maldición que logremos podría ser más efectiva.

—Me gusta cómo piensas, Penhallow —replicó Vivienne, señalándolo.

A Rhys se le levantó el ánimo y la sonrió.

—¿Me acabas de llamar por mi apellido? ¿Como si estuviéramos en el mismo equipo deportivo?

Para su sorpresa, la vio esbozar una tenue sonrisa.

—Bueno, en cierto modo lo estamos, ¿no crees? Romper una maldición está requiriendo mucho más... esfuerzo físico del que me imaginaba.

—Recorrer el campus —señaló él.

—Enfrentarse a fantasmas —añadió ella.

—Enrollarse en bibliotecas...

Vivienne dejó de sonreír, se enderezó y se apartó de él.

—Eso fue un error.

Rhys se metió las manos en los bolsillos.

—¿Lo fue? ¿En serio?

Se volvió hacia él y sus miradas se encontraron. Esa vez no hubo ningún sonrojo, ni jugueteo con los guantes.

—Sabes que sí.

Lo que sabía era que ese beso había sido como un despertar. Como si hubiera estado dormitando los últimos nueve años hasta que volvió a saborearla y recordó lo que era sentirse vivo. Besar a Vivienne había sido mejor que cualquier tipo de magia.

Y no quería estar sin ella otros nueve años más.

—Somos adultos —le recordó—. No dos críos metiéndose a hurtadillas en un dormitorio.

—Por eso sabemos que lo mejor que podemos hacer ahora mismo es no complicar más las cosas —dijo ella, cargada de sensatez y, por mucho que odiara admitirlo, con toda la razón del mundo.

Cuando todo eso terminara, él se iría de allí.

Y ella se quedaría.

Lo que tenían no era algo que pudiera funcionar a distancia. ¡Joder! Que él supiera, lo único que había entre ellos era una intensa atracción física que terminaría consumiéndose por sí sola.

No se ha consumido en nueve años, le recordó la parte más taimada de su cerebro. ¿De verdad crees que *lo hará ahora?*

CAPÍTULO 19

La tarde siguiente, Vivi estaba sentada en su despacho, fingiendo que tomaba notas para una de sus clases.

En realidad, estaba mirando fijamente el cursor parpadeando de su ordenador y pensando en Rhys, mientras deseaba con todas sus fuerzas no haberlo llevado nunca allí. Ese despacho era su espacio, y una zona indudablemente libre de Rhys Penhallow. Pero ahora, cada vez que miraba su estantería, lo veía allí, observando sus libros y haciéndole preguntas con todo el aspecto de estar muy interesado en sus respuestas.

¡Qué cretino!

Y luego, cada vez que pensaba en el beso que habían compartido en la biblioteca, recordaba cómo había acabado aquello y lo mucho que le sonaba la cara de ese fantasma. Un fantasma que claramente había estado buscando algo; algo que, presentía, debía de estar relacionado con la maldición, aunque ¿de qué manera?

Desde luego, no era de extrañar que su clase sobre el funcionamiento del sistema feudal consistiera únicamente en dos epígrafes. Uno de los cuales solo rezaba: «¿¿campesinos??».

Sacudió la cabeza, se inclinó sobre el escritorio y encendió el interruptor de su hervidor de agua eléctrico, esperando que una buena taza de té le aclarara las ideas. Le encantaba aquel hervidor rosa que le habían regalado su tía Elaine y Gwyn el último Yule[3]. Pero lo que

---

3. Fiesta tradicional que tiene sus orígenes en la Escandinavia precristiana que se celebra en el solsticio de invierno (N. de la T).

más le gustaba era el té con el que había venido envuelto; una de las mezclas que hacía su tía que sabía a menta y a regaliz, con un toque ahumado, con la suficiente cafeína como para sobrevivir a las evaluaciones más horrendas.

Justo cuando terminaba de prepararse una taza, llamaron a la puerta de su despacho.

Con la cabeza todavía embotada por los pensamientos sobre Rhys, casi esperaba encontrárselo allí de pie o apoyado en el umbral (Rhys nunca se quedaba de pie cuando podía apoyarse en algún lado).

Pero la mujer que estaba en su puerta no era Rhys en absoluto. Eso sí, era la persona que iba más erguida que había visto en su vida.

Era joven, seguramente de su misma edad, y llevaba la oscura melena retirada de la cara con un par de pinzas del pelo tipo peineta.

—¿Vivienne Jones? —preguntó con gesto amistoso, mostrando un par de hoyuelos al sonreír—. Soy Amanda Carter. —Entró en el despacho y cerró la puerta detrás de ella—. Del Departamento de Brujería.

La cuchara de Vivi repiqueteó contra el lateral de la taza mientras daba vueltas al té.

—¿En serio?

Amanda no debía tener los treinta años. Hasta donde ella sabía, eso la convertía en la bruja más joven que habían contratado en el claustro de Brujería.

Y llevaba *vaqueros*.

¿Permitían llevar vaqueros en la zona de brujería? De ser así, quizá debería pedir el traslado de departamento.

—¿Te envía la doctora Arbuthnot? —preguntó. Al ver que Amanda asentía continuó—: Sí, claro que te ha enviado. Por el asunto del fantasma, ¿verdad?—. *Estupendo*. Hizo un gesto hacia la silla frente a su escritorio y dijo—: Por favor, siéntate. ¿Quieres un té?

La otra bruja levantó un poco la barbilla y olfateó el aire.

—¿Es una de las mezclas de tu tía?

Vivi sonrió un tanto sorprendida y fue hacia la caja con hojas de té que tenía en una esquina del escritorio.

—Sí. Lo vende en la tienda, pero creo que este está especialmente bueno.

—Genial —repuso Amanda con entusiasmo.

Vivi sintió que se le levantaba el ánimo. ¿Alguien del Departamento de Brujería que decía «genial» y llevaba vaqueros? ¿Quién se lo iba a decir?

Preparó otra taza de té y se la pasó a Amanda mientras esta preguntaba:

—¿Cuánto tiempo llevas trabajando aquí?

Vivi sopló su té antes de responder.

—Tres años. ¿Y tú?

—Unos meses. —Amanda sonrió—. Todavía me estoy adaptando.

—Me lo imagino —dijo ella.

Entonces Amanda bajó la mano hacia el bolso que había dejado a sus pies.

—Como ya sabes, el fantasma de Piper McBride anda suelto.

—Cierto. —Recordó al fantasma con su camisa de franela y sus Converse, moviéndose entre los estantes—. Lo siento.

Amanda esbozó otra sonrisa e hizo un gesto con la mano para restarle importancia.

—No te preocupes, esas cosas pasan. Y por lo que me han contado, Piper la lio gorda en su día. Por lo visto, se obsesionó con alguna historia del pueblo, trató de invocar espíritus...

Vivi frunció el ceño. La doctora Arbuthnot le había mencionado algo sobre la magia negra, pero no le había dicho nada de ninguna invocación. Aquello eran palabras mayores. No le extrañaba que la chica hubiera terminado muerta.

—Da igual. El caso es que conseguimos atar su espíritu, pero ahora se ha liberado, así que tenemos que volver a capturarlo —continuó Amanda.

—¿Y cómo lo hacemos?

La otra mujer se acomodó de nuevo en la silla y sacó una vela del bolso.

—¿Qué piensas de las casas encantadas?

CAPÍTULO 20

Rhys no había planeado hacer nada esa noche, solo sentarse en el sofá terriblemente incómodo que su padre había comprado para ese lugar y beberse una botella de vino tinto. En algún momento, tenía pensado dedicar un poco de tiempo a buscar por encima en Google información sobre cómo «romper maldiciones» y sentir lástima por sí mismo, pero acababa de abrir la botella de Syrah que esperaba de corazón que Simon hubiera reservado para una ocasión especial, cuando sonó su teléfono.

Era Vivienne.

Al ver que le pedía que se reuniera con ella cerca de la medianoche, dándole solo una dirección, se le pasaron muchas cosas por la cabeza, y solo el ochenta por ciento eran pecaminosas.

Se notaba que estaba madurando.

Así que agarró su abrigo, introdujo en el teléfono la dirección que le había proporcionado Vivienne y esperó que su coche de alquiler no le dejara tirado en esa ocasión.

El vehículo aguantó, pero cuando se detuvo en un camino de tierra bloqueado por una verja de metal, deseó haber pinchado cerca de la casa y haber dado por terminada la noche, volviendo a su plan original.

Vivienne estaba de pie junto a la verja, vestida toda de negro y con el pelo recogido en una trenza de raíz. Cuando salió del coche, se fijó un poco más en su atuendo, que incluía guantes de cuero negro.

—¿Me has traído aquí para asesinarme? —preguntó—. Porque lo más probable es que eso resolviera tus problemas, pero he de decir que me opongo tajantemente, tanto por motivos morales, como personales.

Vivienne se acercó a él negando con la cabeza, y Rhys volvió a percibir aquel aroma suyo, tan dulce y embriagador, en medio de esa noche fresca y nublada de otoño.

—Vamos a hacer una especie de... búsqueda.

Ahí fue cuando se percató de la cartera que llevaba cruzada al pecho y de la linterna que tenía en la mano.

—¿Una búsqueda para romper la maldición?

Ella frunció el ceño.

—Más bien relacionada con la maldición.

Bueno, algo era algo.

Dio un golpecito a la linterna y preguntó:

—¿No confías en tu pequeño hechizo de iluminación?

Vivienne encendió la linterna y por fin pudo verle la cara con claridad. Tenía las pupilas enormes sobre sus ojos color avellana y estaba un poco pálida. Y también nerviosa.

—He pensado que no merecía la pena correr el riesgo. —Buscó en la cartera y sacó otra linterna—. Vamos.

Dicho eso, se dio la vuelta y se dirigió a la verja. Cuando llegó a ella, la saltó con una facilidad que no debería haberle puesto tan cachondo, pero tenía que reconocer que le estaba empezando a resultar erótico todo lo que Vivienne hacía. Literalmente. Andar, saltar verjas, los lunares de su ropa... Todo le resultaba tremendamente atractivo. Y sí, al darse cuenta de que ella también lo miró abriendo un poco los ojos mientras él ponía la mano encima de la verja y la saltaba, sintió cierta satisfacción. Al fin y al cabo, era humano.

Lo que también significaba que, en el momento en que sus pies pisaron las crujientes hojas secas que cubrían el camino, un escalofrío de aprehensión le recorrió por completo.

Estaban en mitad de la nada, en pleno bosque a (miró su reloj) las once y cuarenta y siete de una noche tan oscura, que hasta le parecía opresiva. Se detuvo y la sujetó del codo con una mano.

—Está bien, siempre me he sentido orgulloso de ser una persona que le pone al mal tiempo buena cara, pero en serio, ¿a dónde vamos?

Vivienne señaló el camino con la cabeza.

—Ahí arriba hay una casa. Bueno, en realidad una cabaña. En el pasado, la alquilaron varios estudiantes de Penhaven.

Se quedó callada un momento, jugueteando con la linterna. Rhys le dio un pequeño empujón en el pie con el suyo.

—Continúa.

Vivienne se aclaró la garganta.

—Incluida Piper McBride. La chica cuyo fantasma vimos en la biblioteca y que ahora vamos a atrapar.

Y con eso, se dispuso a reanudar la marcha, pero Rhys volvió a agarrarla del codo.

—Espera un momento. ¿Has dicho que vamos a atrapar a un fantasma?

Vivienne soltó un suspiro y levantó las manos.

—No es «atrapar» exactamente, más bien solo tenemos que... aguantar.

Al verla buscar de nuevo en su cartera, se preguntó si no sería una especie de bolso a lo Mary Poppins y con qué objeto lo iba a sorprender esa vez. ¿Una espada? ¿Una planta de interior?

—Solo tenemos que encender esto —dijo.

Rhys miró la vela que sostenía con los ojos entrecerrados.

—¿Una vela de Eurídice? ¿Dónde la has conseguido? —Solo había visto una en su vida: en un armario cerrado con llave en la biblioteca de su padre, y estaba convencido de que Simon le había amenazado con hacerle daño si alguna vez se atrevía a tocarla. Eran unas velas que no solían encontrarse así como así y contenían una magia muy poderosa.

—Amanda —respondió Vivienne. Cuando Rhys se la quedó mirando, metió la vela en la cartera—. Es una profesora del Departamento de Brujería. La doctora Arbuthnot la envió a mi despacho con la vela. Por lo visto, lo único que tenemos que hacer es entrar en la casa de Piper, encontrar el lugar donde tenía instalado su altar y encender la vela. Entonces...

—La vela atraerá su espíritu hacia ella, atrapándolo dentro, y luego se puede volver a encender en otro lugar, para liberarlo en un sitio más seguro.

—Exacto —asintió ella—. Así los brujos de la universidad podrán atarlo de nuevo.

Un búho ululó en lo alto. Rhys echó la cabeza hacia atrás para contemplar el cielo nocturno. La luna creciente estaba casi llena, los árboles parecían esqueletos intentando agarrar las estrellas; una noche perfecta para invocar a fantasmas malignos. Supo en lo más profundo de sus entrañas que lo que estaban a punto de hacer era una idea terrible.

—¿Por qué no pueden venir ellos mismos? —preguntó.

Vivienne soltó un suspiro y se apartó un mechón de pelo de la frente.

—Porque tenemos que hacerlo nosotros. Nosotros liberamos al fantasma, nosotros tenemos que volver a atraparlo. Pero la vela se encargará de todo. Solo tenemos que encenderla, esperar a que aparezca el espíritu y que, ya sabes —alzó una mano e hizo una especie de movimiento en picado—, lo absorba y ¡listo! —Le sonrió con la que probablemente fuera la sonrisa más falsa que había visto en su vida—. ¡Pan comido!

—Supongo que te refieres a uno de esos panes enormes en los que se meten dentro a pájaros vivos, ¿no? Porque nada de esto me parece especialmente fácil, Vivienne.

—Amanda dijo que lo sería.

—¡Ah, bueno! Si lo dijo Amanda, ¡entonces no hay ningún problema! Amanda, esa amiga que conocemos de toda la vida.

Vivienne puso los ojos en blanco y se dio la vuelta.

—Quizá habría sido mejor venir sola.

—Quizá no debería haber venido ninguno de los dos y tú deberías haber mandado a esa bruja a paseo. Pensaba que no te gustaban los brujos de la universidad.

—Y no me gustan —convino ella. Oyó el crujir de sus botas sobre las hojas secas mientras se adentraban en el bosque.

Rhys alzó los hombros y se subió el cuello de la chaqueta. ¿No estaban en el sur? ¿No se suponía que en el sur hacía calor?

—Pero Amanda fue muy simpática —continuó ella—, y quería ayudar, y como la culpa de que ese fantasma vuelva a vagar a su libre albedrío es mía...

—Es nuestra —la corrigió él—. Todo este desastre lo hemos provocado los dos, Vivienne.

La vio detenerse y se dio la vuelta de nuevo.

—Bueno, sí, también es culpa tuya. Así que deberías dejar de quejarte por tener que ayudar.

—No me estoy *quejando* —puntualizó él, pero entonces se dio cuenta de que era prácticamente imposible decir esa frase *sin* parecer que se estaba quejando, así que se aclaró la garganta y dijo—: Solo pienso que, en un momento como este, en el que la magia no está funcionando como debería, tal vez no sea lo más aconsejable encender una vela de Eurídice.

—¡Ah! —Vivienne lo señaló, pero como lo hizo con la mano con la que estaba sujetando la linterna, lo cegó durante unos segundos.

Cuando levantó la mano para protegerse de la luz, Vivienne bajó la linterna al instante.

—Lo siento. Y sí, yo también pienso que no es de lo más aconsejable. Pero ese razonamiento tiene algunos fallos. Primero, nosotros no vamos a usar ningún tipo de magia. No vamos a lanzar ningún hechizo, ni a practicar ningún ritual. La vela va a hacer todo el trabajo. Y segundo...

Le hizo un gesto con el dedo para que se acercara a ella. A Rhys le asombró cómo un simple movimiento como ese podía provocarle tal tirón en el pecho.

Un tirón que fue bajando hasta su pene, ansioso por seguirla a donde ella quisiera llevarlo. Volvió a pensar en el beso que habían compartido en la biblioteca, la sensación de tenerla entre sus brazos, lo rápido que ella se había excitado.

—Rhys —dijo Vivienne. ¡Mierda! Volvía a hacer lo del dedo—. Ven aquí.

Era un completo idiota, el tipo más colado por otra persona del mundo, porque volvió a sentir ese tirón.

Se metió las manos en los bolsillos y fue hacia ella con las cejas alzadas.

—¿Qué?

Vivienne le puso una mano en el hombro y lo empujó con suavidad unos pasos a su derecha. Después, lo miró con esa sonrisa deslumbrante que tenía.

—Se me ha olvidado contártelo. La tía Elaine descubrió algo sobre la maldición. Solo surte efecto dentro de los límites del pueblo. Seguramente porque la magia solo sustenta a Graves Glen.

—Por lo que tengo entendido, Gryffud era un cabrón muy preciso, así que tiene sentido —reconoció.

—Cierto —dijo ella—. Y a partir de ahora estamos oficialmente a dos..., no, *tres* pasos fuera del pueblo.

A continuación, levantó la mano de su hombro y agitó los dedos.

Y aquel pequeño halo de luz que convocó la primera noche que regresó a Graves Glen cobró vida y se quedó flotando sobre ellos. Al ver que no explotaba inmediatamente, transformándose en una bola de fuego que le quemara las cejas, supuso que Vivienne tenía razón: la maldición no llegaba tan lejos.

Lo que era un alivio.

—Y ahora, vamos. Tenemos que atrapar a un fantasma.

Adiós al momento de alivio.

Continuaron subiendo el camino durante unos minutos más. Los árboles cada vez eran más espesos y el sendero más estrecho. Aunque no se vio asaltado por el mismo presentimiento que había tenido en la biblioteca, seguía deseando estar en cualquier otro lugar que no fuera ese.

Entonces, cuando el camino se estrechó todavía más, sintió el hombro de Vivienne rozándole el suyo, y de pronto, estar en un sendero en medio del bosque, dirigiéndose a una casa encantada, no le pareció tan malo. Quizá ya no quería volver a estar solo en el sofá de su casa. Quizá ya...

—¡Oh, no me jodas!

Rhys se detuvo en seco, viendo por primera vez la casa que tenía delante.

Seguro que si buscabas «casa encantada» en internet, te salía una imagen de aquel sitio. Parecía algo sacado de todas las películas de terror de serie B que había visto. Cuando se fijó en los escalones torcidos, la persiana caída de una ventana y la puerta de entrada medio colgando de los goznes, tuvo más miedo de pillar el tétanos que de los fantasmas.

—Tal vez a la biblioteca le viene bien tener un fantasma —señaló mientras observaba la casa—. Podríamos dejarlo ahí. Le daría cierto carácter, ¿no crees?

Vivienne tomó una profunda bocanada de aire a su lado.

—Solo tenemos que meternos ahí dentro y encender una vela. Seguro que logramos entrar y salir en tres minutos.

—Eso ya son cuatro minutos más de los que quiero estar en esa casa —replicó él.

Pero luego la miró, y cuando la vio morderse el labio inferior, supo que no se iban a ir de allí hasta que no terminaran lo que habían ido a hacer.

Así que también respiró hondo y le tendió la mano.

—Vamos a atrapar a un fantasma.

CAPÍTULO 21

Vivi se dijo a sí misma que era imposible que el interior de la cabaña fuera peor que el exterior, que seguramente sería uno de esos casos en los que, por fuera, era completamente espeluznante, pero por dentro solo era una casa vieja y vacía. Nada muy siniestro.

Durante los pocos segundos que tuvo antes de que Rhys abriera la puerta, incluso llegó a creerlo de verdad.

Pero entonces accedieron al interior y...

—Me crie en una casa encantada y esta es peor —comentó Rhys.

—Mucho peor. A ver, no he estado en tu casa, pero me lo creo.

En algún momento, habían empapelado el interior de la cabaña con un damasco que debía de haber sido adorable, pero que ahora se caía a pedazos por las paredes, mostrando debajo tablones deformados y manchados. El techo estaba lleno de moho y, en un rincón, había un sofá de terciopelo que parecía estar pudriéndose, al que le faltaba una pata y con un agujero en el asiento del medio.

El resto de los muebles estaban en un estado de deterioro similar, la mayoría cubiertos por una gruesa capa de polvo. Sin embargo, el suelo estaba sorprendentemente limpio. Vivi miró a su alrededor, preguntándose cuántas personas habían entrado allí antes.

Rhys también pareció darse cuenta de ese detalle, porque echó un vistazo a la estancia con el ceño fruncido antes de iluminar con su linterna una fotografía enmarcada colgada de la pared. En ella estaba Piper con un par de adolescentes, todas vestidas con un estilo muy de mediados de los noventa, de pie frente a uno de los edificios de la Universidad Penhaven.

—Bueno, al menos sabemos que estamos en el sitio correcto —dijo él. Luego movió el haz de luz por toda la habitación—. ¿Pero por qué está tan limpio el suelo?

—Quizá Piper lanzó un hechizo —sugirió ella—. Alguna especie de hechizo de limpieza que sigue activo después de su muerte.

Rhys se encogió de hombros.

—Es posible. Cosas más raras se han visto.

Vivi esquivó los cristales de una ventana rota y se adentró más en la estancia. Un instante después, pisaba una tabla del suelo que le pareció más endeble de lo normal. Una sensación que fue confirmada por el crujido que sonó.

—Bueno —dijo tragando saliva—, ahora solo tenemos que averiguar dónde tenía su altar, encender la vela y...

—Y salir cagando leches de aquí —terminó él.

Vivi asintió.

—Cuanto antes, sí.

Por suerte, la cabaña era pequeña. Solo contaba con esa estancia que tenía un armario diminuto, otra habitación de escasas dimensiones que seguramente había sido el dormitorio de Piper y una cocina con electrodomésticos viejos y oxidados en algunas partes.

Vivi había pensado que el dormitorio era el lugar donde más probabilidades tenían de encontrar el altar, pero estaba completamente vacío, y a diferencia de la otra estancia, estaba lleno de polvo. Además, no encontraron ningún rastro de magia, ni manchas de cera, ni paredes con restos de hollín, como había esperado.

Después, comprobó la cocina. Al igual que el dormitorio, estaba vacía, salvo por una mesa antigua y unas sillas medio podridas; una de ellas apenas era un montón de madera.

Rhys seguía revisando la sala de estar, agachado junto a la chimenea y alumbrando con la linterna los ladrillos con grietas.

—No siento nada —dijo él.

Vivi lo miró. Se fijó en cómo los vaqueros se tensaban sobre sus muslos, en sus hombros anchos mientras contemplaba la chimenea, en cómo el haz de luz de su propia linterna resaltaba sus pómulos, la línea de su mandíbula.

—Mmm, sí. Yo tampoco —señaló ella. Luego se dio la vuelta antes de que Rhys la sorprendiera comiéndoselo con los ojos.

Estaban allí para atrapar a un fantasma, la cosa menos erótica del planeta.

Aunque también se suponía que las salas de estudio de las bibliotecas no eran eróticas y ya se habían encargado ellos de demostrar que no era cierto.

Estaba claro que a ella y a Rhys, además de ser expertos en acabar en espacios pequeños y poco iluminados, se les daba muy bien tomar malas decisiones. Así que, cuanto antes terminaran con aquello, mejor.

—Tiene que haber algo que estamos pasando por alto —indicó—. Quizá...

Oyeron el sonido al mismo tiempo.

Pasos.

A Vivi se le secó la boca. De pronto, sus rodillas se transformaron en dos flanes temblorosos y sintió un nudo en el estómago. Ver un fantasma a plena luz del día, en medio de un edificio lleno de gente había sido una experiencia aterradora. ¿Pero que se les apareciera uno allí, en una estancia que parecía el plató de uno de esos programas de cazafantasmas que tanto le gustaban a Gwyn?

Se estremeció por dentro. *No, gracias.*

Rhys se puso de pie y apagó la linterna. Ella hizo lo mismo, y también puso fin a su hechizo de iluminación. Luego se quedaron allí, en la estancia oscura, únicamente iluminada por la luz de la luna, escuchando.

Los pasos se acercaron, pero Vivi se dio cuenta de que venían de fuera. Podía oír el crujido de las hojas y los guijarros del camino exterior y, a medida que se iban acercando, oyó los susurros de lo que parecía ser más de una persona.

Soltó un suspiro de alivio y miró a Rhys. *No es ningún fantasma*, articuló con los labios en silencio. Él asintió, pero después le hizo un gesto hacia la puerta.

Entonces, ¿quién es?, articuló él también.

Vivi se movió sigilosamente hacia la ventana agrietada, procurando mantenerse en las sombras mientras miraba hacia la oscuridad.

Solo se veía la luz de una linterna, pero sí atisbó a dos personas acercándose a la casa, apoyadas la una contra la otra, con las cabezas juntas. Y luego, cuando la luna dejó de estar tapada por una nube, pudo ver mejor la cara de uno de ellos.

¡No puede ser!

Se dio la vuelta y se apresuró a alejarse de la ventana lo más silenciosamente que pudo.

—Es uno de mis alumnos —siseó a Rhys—. Hainsley. Que, por cierto, está suspendido por ser un *tramposo* y...

—¿Por qué no dejamos los detalles para más tarde? —susurró él, antes de señalar la puerta de entrada con la cabeza—. Esa es la única salida. ¿Cómo quieres que lo hagamos?

—¿Que hagamos qué?

Hainsley y la chica estaban cada vez más cerca. La chica se rio y su alumno le respondió con un murmullo bajo.

—Mira, ahora entiendo por qué el suelo estaba tan limpio —dijo Rhys, en un murmullo apenas audible—. Está claro que esto es un picadero. ¿Quieres que finjamos que hemos venido aquí para enrollarnos, así sin más?

Vivi lo miró parpadeando mientras oía cómo se abría la verja de metal.

—Me aterra más que mis alumnos crean que estoy salida a que descubran que soy una bruja.

Rhys asintió tajantemente con la cabeza.

—Bien. Pues vamos a escondernos.

Dicho eso, la agarró de la mano y la arrastró hacia el pequeño armario de la sala de estar, cerrando la puerta justo cuando oyeron pasos en la escalera de entrada.

El corazón le latía con fuerza, le temblaban las manos y, durante un instante, estaba tan centrada en el hecho de que, de todos sus estudiantes, hubiera sido precisamente Hainsley Barnes el que casi les hubiera pillado merodeando en una cabaña encantada, que no se percató de lo diminuto que era el armario.

Y de lo juntos que estaban.

Apenas había espacio para los dos. Ella tenía la espalda pegada a la pared y Rhys estaba tan cerca que no le quedó más remedio que apoyar las manos en esa misma pared. Era eso, o ponerlas sobre ella. Vivi tenía las suyas apretadas a los costados porque había estado a punto de agarrarse a su cintura cuando había cerrado la puerta.

Rhys pareció darse cuenta al mismo tiempo que ella. Podía sentirlo respirar, su cuerpo perfectamente encajado contra el de ella, sus pechos rozando su torso, sus caderas alineadas, incluso sus rodillas tocándose.

Y su boca...

Rhys giró la cabeza tan cerca de ella que Vivi casi le rozó la mejilla con los labios y los de él quedaron a escasos centímetros de su sien.

—Lo siento —se disculpó él con un susurro bajo.

Ella negó con la cabeza.

—No pasa nada —repuso, poco más que moviendo la boca. Aun así, él pareció entenderla y se relajó un poco; algo que, de algún modo, los acercó todavía más.

Aunque no podía ver nada dentro del armario, cerró los ojos.

De acuerdo, podía hacerlo. Quizá los chicos no se quedarían mucho tiempo. O tal vez no tendría que pasar por el infierno de oír a Hainsley Barnes manteniendo una relación sexual con alguien.

La puerta de entrada se abrió con un chirrido. Oyó cómo Hainsley y la chica se reían y luego se mandaban callar el uno al otro. Sus pasos hicieron crujir el suelo de madera.

—Este sitio es una asquerosidad —dijo la chica.

¡Vaya por Dios! En el armario se oía todo perfectamente. Puede que la maldición *sí* funcionara ahí dentro.

—Estás loco si crees que voy a desnudarme en un lugar como este —continuó la chica.

Sintió los labios de Rhys moverse contra su sien.

Sí, pensó. *Esto es asqueroso. No te desnudes aquí, por favor, por favor, por favor.*

Pero entonces oyó decir a Hainsley:

—¿No te excita un poco? ¿Hacerlo en una casa encantada?

Rhys dejó caer la frente en la pared detrás de ella en lo que estuvo segura que era un gemido silencioso.

—No —respondió la chica, pero volvió a reírse y el silencio que siguió a aquello fue bastante elocuente.

Cuando Hainsley volvió a hablar, lo hizo en un tono más bajo.

—Vamos, Sara. Te prometo que vas a pasar un buen rato.

A Vivi le costó un enorme esfuerzo no soltar un resoplido. Rhys debió de darse cuenta porque la sonrisa contra su sien se hizo más amplia.

—Eso mismo me prometiste la última vez y solo duró un par de minutos —replicó Sara.

Rhys movió la mano desde detrás de ella para llevársela al pecho, imitando un disparo letal.

Vivi se mordió el labio para no echarse a reír. De pronto, fue muy consciente del dorso de la mano de Rhys entre ellos y de cómo le estaba rozando la clavícula con los nudillos. Aunque no podía verle la mano, se imaginó perfectamente sus elegantes dedos.

Tienes manos de músico, le había dicho en una ocasión, cuando estaban tumbados en la pequeña cama de su dormitorio, con los pies de él colgando fuera de la cama y la sábana pegada a sus cuerpos sudorosos. Vivi había estado sumida en ese estado de languidez posterior al coito, jugando con los dedos de Rhys, enredando y desenredando los suyos con los de él, pasando las uñas por el dorso de su mano, mientras él la contemplaba a la luz de las velas.

Perdone, señorita, estas son las manos de un brujo, había replicado él. *Son incapaces de tocar una sola nota.*

Y entonces ella le había agarrado la mano con la que había estado jugueteando y la había metido debajo de la sábana, entre sus piernas, justo en el lugar que quería; algo tan atrevido, que se había ruborizado, a pesar de que lo había hecho igualmente.

En ese caso, había dicho ella, *conozco un hechizo que podrías lanzar.*

¡Y vaya si lo lanzó! Una y otra vez.

Durante mucho más que dos minutos.

Hainsley y Sara seguían hablando, pero Vivi ya no los estaba escuchando. Y aunque Rhys había dejado muy claro que no podía leerle la mente, tuvo la sensación de que sabía en lo que estaba pensando, que estaba recordando, porque se quedó muy quieto, con la respiración lenta y uniforme. Cuando agachó la cabeza, solo un poco, le rozó la mandíbula con la nariz, provocándole un estremecimiento que la recorrió por completo.

Solo necesitó eso. Un simple roce y se le endurecieron los pezones contra el pecho de él, se le aceleró la respiración y cada nervio de su cuerpo cobró vida.

Despacio, separó las manos de sus costados y las apoyó con vacilación en las caderas de él.

Rhys se tomó aquello como la invitación que Vivi había pretendido que fuera y se apretó contra ella. Esta vez no fue ningún accidente, ninguna torpeza. Fue deliberado. Notó su excitación. Ella levantó un pie y rodeó con la pantorrilla la de él. Apartó las caderas de la pared mientras Rhys bajaba la cabeza y le recorría con los labios la zona donde el cuello se unía a los hombros. Cerró los ojos con más fuerza.

Él tenía una mano en la parte baja de su espalda; la otra seguía apoyada en la pared, junto a su cabeza. Permanecieron así durante un buen rato. La presión de sus labios no era lo suficientemente fuerte como para considerarse un beso y ella tuvo que luchar con todas sus fuerzas para no soltar un gemido cuando Rhys deslizó la boca por su cuello, sintiendo su cálido y húmedo aliento.

Subió las manos por sus caderas para apretarle la espalda. Notó el frío cuero de su chaqueta contra las palmas. Rhys la estaba sujetando de la nuca, pero todavía no la había besado. Se preguntó si, al igual que ella, no se estaba diciendo a sí mismo que, mientras solo fuera eso, unas caricias, un ligero roce de sus labios sobre su piel, no era un error.

Le resultó fácil pensar eso en la oscuridad, sin poder verlo, sin hablar. Era menos complicado dedicarse solo a tocar y a sentir.

A desear.

Entonces, oyó un golpe que provenía de fuera del armario.

Se quedó quieta y Rhys levantó la cabeza de su cuello.

—Tienes razón —dijo Hainsley—. Puede que este sitio sea demasiado espeluznante para ponernos en plan salvaje. ¿Quieres que lo exploremos un rato y ver qué cosas raras hay por aquí?

A Vivi no le costó mucho imaginarse la cara que pondría Hainsley cuando abriera la puerta del armario y se encontrara a su profesora de Historia (una profesora cuya clase estaba suspendiendo) apretujada contra un tipo cualquiera, roja como un tomate y con el pelo revuelto.

No, aquello no iba a suceder.

Iba siendo hora de que Hainsley y Sara salieran de allí y de que ellos continuaran con el asunto del fantasma.

Dio un suave empujón a Rhys en el pecho y le indicó que se apartara de ella todo lo posible. Le alegró que él la entendiera a la primera, sin ni siquiera verla.

Luego levantó la mano, presionó las yemas de los dedos contra el lateral del armario y movió los labios pronunciando un hechizo sencillo.

Esperaba que Amanda hubiera tenido razón al decir que estaban lo suficientemente lejos del pueblo como para que la magia volviera a poner todo patas arriba.

Otro golpe del exterior, pero más fuerte en esa ocasión.

—¿Qué ha sido eso? —preguntó Sara con voz aguda.

Todavía concentrada en el hechizo, visualizó en su mente la fotografía de la pared, y proyectó toda su energía en ella. Segundos después, oyó el chasquido del marco al caer al suelo y el cristal rompiéndose.

Sara soltó un chillido.

—¡Quiero irme de aquí! —gritó.

Vivi rezó para sus adentros para que Hainsley no fuera un imbécil y le dijera que se estaba asustando por nada o, peor aún, que quisiera demostrar su hombría frente a un fantasma.

Solo para asegurarse, envió otra oleada de magia hasta la puerta principal y oyó cómo esta volvía a cerrarse, golpeando contra la pared exterior.

Esa vez, Sara no fue la única que chilló. Mientras oía dos pares de pasos saliendo de la casa y corriendo por el sendero hacia el bosque, apretó el puño en señal de triunfo.

—Bien hecho —dijo Rhys todavía en voz baja.

Ella sonrió en la oscuridad.

—Tengo mis momentos.

—Desde luego.

Volvían a estar solos en la casa. Ya no tenían ningún motivo para seguir en ese armario a oscuras, tan pegados el uno al otro, pero ninguno de los dos se movió.

Estiró la mano hacia la pared opuesta para estabilizarse un poco mientras él bajaba la cabeza.

Y entonces, sintió un cosquilleo, como si hubiera tocado un enchufe, y soltó un chillido.

—¿Qué pasa? —preguntó Rhys, retrocediendo de inmediato. Encendió la linterna y apuntó a la pared de su derecha.

—Creo —dijo ella mientras miraba las marcas que había allí pintadas— que acabamos de encontrar el altar de Piper.

CAPÍTULO 22

Rhys sabía que debería haber estado encantado por haber encontrado lo que buscaban. Y también sabía que era una estupidez sentir cierto resentimiento hacia una bruja que había decidido, hacía años, levantar un altar en un armario minúsculo donde, décadas más tarde, él había estado a punto de besar a una mujer preciosa antes de que dicho altar le cortara completamente el rollo, pero era muy tarde y no estaba besando a Vivienne, así que ahora Piper McBride estaba en su lista negra por algo más que haberle hecho volar por los aires en una biblioteca.

—¿Por qué pondría su altar aquí? —preguntó, moviendo el haz de luz de su linterna sobre las runas que Piper había pintado hacía tantos años. Reconoció algunas de ellas, pero otras no le sonaban de nada.

—Supongo que porque algunas personas de su entorno no sabían que era una bruja —replicó Vivienne. Se arrodilló en el suelo y presionó los dedos en uno de los tablones—. O tal vez porque estaba practicando magia negra. —Se sentó sobre sus talones y frunció el ceño—. Pero eso ahora da igual. Lo importante es que nos pongamos manos a la obra, encendamos la vela, atrapemos al espíritu y salgamos de aquí.

—Eso, eso —masculló él, todavía estudiando las runas. Había algo siniestro en ellas, sobre todo las de la parte inferior de la pared, todas oscuras, con pronunciados tajos, que no se habían deteriorado en todo ese tiempo.

Vivienne ya había sacado la vela de la cartera y Rhys observó cómo la colocaba en un pequeño soporte de plata antes de extraer un paquete de cerillas.

Aunque no estaba seguro del todo, creyó verla contener el aliento. Él sí lo hizo. ¿Por qué no había intentado convencerla para que no siguiera adelante? Sabía que se sentía culpable por lo del fantasma, pero no le competía a ella hacer eso. Si los brujos de la universidad querían atrapar a ese fantasma, que se encargaran ellos.

Cuando se estaba inclinando para decirle eso (y probablemente para apagar también la maldita vela), la temperatura del armario pareció bajar diez grados.

Demasiado tarde.

—Ya está aquí —murmuró Vivienne antes de mirarlo—. Vale, ha sonado demasiado espeluznante. Lo siento.

—Sí, claro, ha sido tu frase de tres palabras la que ha conseguido que toda esta situación ponga los pelos de punta, porque hasta ahora había sido como dar un plácido paseo por el parque, ¿verdad?

Vivienne volvió a mirar la vela, aunque a él no le pasó desapercibido cómo torció los labios en algo parecido a una sonrisa.

Pero entonces, mientras esperaban y el aire seguía enfriándose, oyó una especie de siseo, como si alguien se hubiera dejado el gas encendido. Cuando se giró en dirección a la puerta principal vio una especie de niebla entrando por debajo de ella.

La niebla brillaba y enseguida tiñó la estancia de una escalofriante luz azul mientras se acumulaba en el suelo, serpenteando hacia ellos.

En ese momento el frío era casi insoportable. Agarró a Vivienne por el codo y la ayudó a ponerse de pie mientras ambos salían del armario, observando cómo la niebla se iba amontonando y fusionándose hasta adoptar la fluctuante forma de Piper McBride frente a ellos.

Parecía menos sólida que en la biblioteca y, gracias a Dios, bastante menos cabreada.

En realidad se la veía un poco confusa, mirando a su alrededor en lo que una vez había sido su casa.

Mientras él y Vivienne la miraban, empezaron a desprenderse pequeños zarcillos de la niebla que formaba el fantasma de Piper

McBride y se enroscaron hacia la vela como si se tratara de humo, haciendo que el fantasma se volviera más transparente.

—Creo que está funcionando —susurró Vivienne.

Rhys asintió.

—Si quieres saber mi opinión, podía funcionar un poco más rápido.

—Siento que la antigua magia de las velas para invocar fantasmas no te impresione lo suficiente, Rhys.

—Yo no he dicho eso, solo que...

—Penhaaaaalllllow.

Aunque el espíritu pronunció su apellido en un murmullo confuso, una oleada de pavor, helada y ardiente a la vez, le recorrió la columna vertebral.

El fantasma continuó balanceándose en su sitio, a pesar de que cada vez fluía más hacia la vela. Tenía los ojos del mismo azul pálido que el resto del cuerpo, con unas pupilas tan dilatadas que prácticamente absorbían todo el iris. Rhys sintió que no lo estaba mirando a él, sino a través de él.

—Maldito Penhallow —añadió Piper, con su forma cada vez más tenue—. Maldito por lo que arrebató.

—Creía que me habías maldecido por ser un bragadicto —masculló a Vivienne, pero ella estaba mirando al fantasma con el ceño fruncido.

—¿Qué significa eso? —preguntó ella—. ¿Qué fue lo que arrebató?

—Nunca fue tuyo, imbécil —siseó el fantasma—. Tú te lo llevaste.

Ahora se estaba deshaciendo. La cabeza flotaba lejos del cuello y las manos se alejaban en espirales de humo que desaparecían en la llama de la vela.

Era una de las cosas más aterradoras que había visto en su vida y Vivienne se estaba *acercando* al fantasma.

—Pero él no se llevó nada —dijo ella, alzando la barbilla a medida que la cabeza del espíritu se elevaba más y más—. Ni siquiera mi virginidad.

—¡Eso es verdad! —le gritó a Piper—. Además, yo soy más de dar.

—No está interesada en tus proezas sexuales, Rhys —señaló Vivienne, sin apartar la vista del fantasma—. Y no creo que esté hablando de ti.

Con la cabeza prácticamente tocando el techo, era muy difícil ver hacia dónde estaba mirando Piper, pero abrió la mandíbula y emitió uno de esos lamentos de *banshee,* a pesar de que continuaba siendo absorbida por la vela. Rhys se acercó a Vivienne.

—Hay que enmendar lo que se hizo mal y devolver lo que se arrebató —aulló Piper.

De repente, el aire estaba cargado, como si un rayo estuviera a punto de caer.

Y entonces, con otro chillido más y un sonido inquietantemente parecido al que hacía un líquido cuando se iba por un desagüe, la vela de Eurídice terminó de succionar lo que quedaba de Piper.

La llama se balanceó un par de veces, tornándose azul durante un instante, y luego se apagó, dejando a Rhys y a Vivienne a oscuras.

Y solos.

CAPÍTULO 23

Eran las dos de la mañana cuando Vivi estaba usando la copia de la llave que tenía para abrir Algo de Magia. La vela de Eurídice seguía guardada en su cartera, y aunque parecía una vela como cualquier otra, no quería tenerla más tiempo del necesario, y desde luego no quería pasar la noche con esa abominación en su apartamento.

El almacén de la tienda le había parecido el mejor lugar para guardarla. Y ahí era a donde se dirigía en ese momento, con Rhys pisándole los talones.

No habían hablado mucho durante el trayecto de vuelta, y mucho menos de lo que había sucedido dentro de ese armario; igual que tampoco habían hablado del beso en la biblioteca.

Rhys y ella empezaban a ser unos expertos en eso de no hablar de las cosas. *Como tiene que ser,* se recordó a sí misma.

Mientras corría la cortina que daba al almacén, también se recordó que no debía quedarse a solas con él en ningún sitio que estuviera poco iluminado.

—¡Por el amor de Dios! —masculló para sí misma en cuanto entró en el almacén.

Había olvidado que el hechizo de la tía Elaine hacía que la estancia cambiara según el momento del día y el tiempo que hacía. Si fuera llovía, había fuego en la chimenea y velas encendidas en las paredes. Si hacía buen tiempo, ventanas que dejaban pasar la suave luz del sol.

Y si era de noche, no solo tenías la chimenea encendida y las velas, sino también un cielo estrellado en lo alto.

—¿Va a tener tu tía una cita aquí? —preguntó Rhys, mirando a su alrededor.

Vivi mantuvo la vista clavada en el armario que tenía en frente mientras respondía:

—No, es solo para... crear ambiente.

—Crear ambiente —repitió él, claramente satisfecho—. Me gusta.

Vivi no dijo nada al respecto, simplemente abrió el armario y sacó la vela de la cartera. Seguía estando un poco fría al tacto, más fría de lo que lo estaría una vela normal. La colocó con cuidado entre un montón de velas blancas y varios frascos de hierbas secas.

Por la mañana, enviaría un mensaje a Gwyn y a Elaine para contárselo, pero en ese momento solo quería subir a su apartamento, darse un baño de agua caliente y dormir unas cuantas horas.

—¡Jesús, qué tarde es! —dijo Rhys con un suspiro.

Vivi asintió mientras terminaba de dejar la vela en su sitio.

—Cierto. Menos mal que mañana no tengo que dar ninguna clase.

A su espalda, oyó a Rhys reírse por lo bajo.

—Programar la docencia en torno a la brujería. O la brujería en torno a la docencia, supongo.

—Así es mi vida.

Salvo que llevaba años sin hacer cosas de brujas. Y aunque esa noche no había sido precisamente la mejor del mundo, sí le había resultado un poco estimulante. Caminar a través de un bosque siniestro hasta una casa encantada, invocar el espíritu de una bruja muerta hacía años... Era el tipo de situaciones que se había imaginado cuando se enteró de quién, o mejor dicho, de *qué* era.

Quizá esa era la razón por la que no estaba tan cansada, o agotada o estresada por dar clases al día siguiente.

Se había metido en una casa encantada, había encendido una vela mágica y había atrapado al *fantasma* de una maldita *bruja*.

Y había sido una experiencia alucinante.

—Gracias por la ayuda —le dijo a Rhys. Cerró el armario y giró la llave en la cerradura—. Seguro que no estaba en tus planes de esta noche que te aterrorizara un fantasma.

Se dio la vuelta, se apoyó en el armario y se cruzó de brazos. Rhys seguía al otro lado de la estancia. El fuego de la chimenea proyectaba luces y sombras sobre su apuesto rostro y la incipiente barba le daba un aire de granuja muy seductor. Por no hablar de la famosa *cosa* que hacía su pelo, que en ese momento estaba en su máximo esplendor.

Quizá fue por eso por lo que añadió:

—Y déjame también darte las gracias retroactivas por no haber intentado acostarte conmigo en una casa encantada cuando estábamos en la universidad.

—El joven Hainsley tiene que replantearse sus métodos —reconoció Rhys, imitando su postura en el mueble que había en frente de Vivi—. Pero si te soy sincero, si en aquel entonces se me hubiera presentado esa oportunidad, seguramente lo habría intentado. Habría intentado acostarme contigo en cualquier sitio. En una casa encantada, en un psiquiátrico abandonado, en una oficina de tráfico...

—Si lo hubieras intentado en la última, puede que hubiéramos terminado enrollándonos en la cárcel —repuso ella, haciendo caso omiso de cómo se le había acelerado el corazón, no solo por sus palabras, sino por la media sonrisa que él estaba esbozando. Ojalá la tía Elaine no hubiera estado tan obsesionada con la estética de la tienda, porque ese almacén, con su acogedora madera, la tenue iluminación y el montón de superficies blandas disponibles no le estaba ayudando nada.

—Habría merecido la pena —dijo él, dejando de sonreír, aunque el brillo en su mirada se volvió más cálido—. Estaba loco por ti, Vivienne —confesó en voz baja. Con total sinceridad—. Completamente loco.

Vivi tragó saliva con fuerza y cruzó los brazos con más ímpetu. Le habría encantado soltar alguna broma, algo que pusiera fin a ese momento como un alfiler haría con un globo.

En su lugar, dijo la verdad:

—El sentimiento era mutuo.

—¿Era? —Rhys se apartó del mueble y se acercó a ella.

Era tarde, muy tarde. Llevaba casi veinte horas despierta, pero en ese momento se sentía como cuando había tocado las runas en la cabaña de Piper.

Electrizada. Viva.

—Porque cuanto más lo pienso —prosiguió él, mientras seguía andando hacia ella, despacio, con las manos metidas en los bolsillos—, menos apropiado me parece usar el pasado. ¿Qué te parece si lo digo bien?

Se detuvo y la miró, observando su reacción.

Vivi supo que si le decía que no, que si le pedía que se marchara, él lo haría sin rechistar. Esa había sido una de las cosas que más le habían gustado de él aquel verano, la facilidad con la que ponía la decisión en sus manos. Ella podía terminar con aquello cuando quisiera.

O podía dejar que se acercara y oír lo que tuviera que decirle.

Como no confiaba en su capacidad de hablar, se limitó a asentir. Rhys volvió a esbozar esa media sonrisa.

—*Estoy* loco por ti, Vivienne Jones. Otra vez. O quizá debería decir «todavía», porque voy a ser muy franco contigo, *cariad*. No creo que nunca haya dejado de estarlo.

Cariad. «Amor» en galés. La había llamado así ese verano. Todavía podía sentirlo. Se lo había gruñido contra la oreja, susurrado sobre la piel o murmurado entre los muslos.

Todavía estaba a unos metros de ella, dándole la oportunidad y el espacio suficiente para acabar con aquello si ella quería.

No quiso.

Cruzó el espacio que los separaba y apoyó las manos en el pecho de Rhys. Sintió su calidez a través del material del jersey, el corazón latiendo con fuerza contra las palmas de sus manos. Cuando se pegó a su cuerpo, percibió el olor del exterior en él: la madera del bosque, el aroma del aire nocturno. De pronto, le pareció una estupidez haber fingido que no quería aquello.

Alzó la cabeza y acercó los labios a los de él.

El beso en la biblioteca había sido frenético, como una cerilla entrando en contacto con gasolina; un beso alimentado por el enfado, la frustración y la lujuria.

El de ahora era diferente. Más lento.

Rhys le acunó la cara con las manos, acariciándole la mandíbula con los pulgares en suaves círculos. Antes de darse cuenta, Vivi estaba apoyando las palmas en su cintura, abriendo la boca bajo la de él y suspirando cuando sintió la lengua de él recorriendo la suya.

—Tu sabor —murmuró él, apartándose de ella y bajando la boca hasta su cuello, mientras Vivi cerraba los ojos y echaba la cabeza hacia atrás—. No me sacio de él. Nunca me parece suficiente.

Otro recuerdo. La primera noche en la fiesta del solsticio, enredados en su tienda de campaña. Nunca se había acostado con nadie tan rápido, siempre había mantenido antes el número de citas que le parecían apropiadas para cada etapa. El beso en la segunda, un poco más en la tercera y así sucesivamente. Solo había mantenido relaciones sexuales con otro chico antes de Rhys, y eso después de llevar saliendo un año largo.

Pero a las dos horas de conocer a Rhys, él tenía el muslo de ella rodeando su hombro y la estaba besando, lamiendo, acariciando y volviéndola completamente loca, diciéndole una y otra vez lo bien que sabía y lo maravillosa que era. Y Vivi se había sentido preciosa. Poderosa, incluso descarada y desinhibida.

A veces creía que, en realidad, de quien ella se había enamorado ese verano, era de la versión de sí misma cuando estaba con él.

Sin embargo, por muy encantador que fuera ese recuerdo, no quería pensar en el pasado cuando tenía el presente delante de sus narices, con las manos acariciándole los costados y las yemas de los dedos rozándole la piel justo por encima de la cintura de los vaqueros.

—Vivienne, si esta noche me dejas hacer que te corras, me consideraré el hombre más afortunado del mundo.

Aquellas palabras, murmuradas justo en el punto donde su cuello se unía al hombro, consiguieron que se estremeciera de la cabeza a los pies.

De pronto, lo que más deseaba en el mundo era que Rhys Penhallow le provocara un orgasmo en el almacén de la tienda. No quería pararse a pensar demasiado en aquello, sopesar todas las razones por las que no debería hacerlo.

Había sido una noche muy larga, se sentía bien, poderosa, y un hombre atractivo quería darle placer.

¿Por qué no podía permitirse ese capricho?

Colocó las manos en su nuca y se puso de puntillas para besarlo. Esta vez fue su lengua la que tomó la iniciativa. Le encantó el gruñido bajo que salió de la garganta de Rhys.

—Hazlo, por favor —susurró contra su boca.

Cuando se tropezaron con el antiguo sofá de terciopelo que había junto al fuego, una parte remota de su cerebro le recordó que había pertenecido a alguna bruja famosa y que, por eso, la tía Elaine le tenía mucho cariño, pero le dio igual. Lo único que le importaba en ese instante era Rhys y sus manos sobre su cuerpo.

Se tumbaron sobre el sofá. Rhys se aseguró de no dejar caer todo su peso sobre ella y Vivi le rodeó la nuca con una mano, mientras él le acariciaba con la nariz la mandíbula y el cuello.

Segundos después, Rhys le estaba sacando la camiseta de los vaqueros y subiéndosela por encima de los pechos. Cuando cerró la boca en torno a un pezón, a través del encaje del sujetador, jadeó y le agarró del pelo.

Luego su lengua empezó a trazar unos lánguidos círculos, que junto con la fricción de la tela y la humedad de su boca, hicieron que se retorciera debajo de él, anhelando más.

El sonido de la cremallera de sus vaqueros resonó en medio de la silenciosa estancia. Rhys volvió a mirarla. Tenía las pupilas dilatadas por el deseo.

—¿Todo bien? —preguntó él.

Ella asintió con ímpetu, mientras le agarraba de la nuca y acercaba su boca a la suya.

—Mejor que bien —jadeó.

Entonces la mano de Rhys estaba ahí, deslizándose bajo el algodón de sus bragas. Vivi arqueó las caderas en una súplica silenciosa.

Luego él se detuvo un instante, cerniéndose sobre ella, con el pelo cayéndole por la frente, los labios entreabiertos y respirando con dificultad. Podría haberse tratado perfectamente de esa primera noche, en la tienda de campana de la fiesta del solsticio, mirándola como en ese momento y con el mismo colgante pendiendo de su cuello.

—¡Dios mío! Eres adorable —susurró con voz ronca y el acento más marcado.

Vivi estuvo a punto de correrse solo con eso. Con esa mirada tan llena de cariño como de deseo. Se preguntó, no por primera vez, si todo habría sido mucho más fácil si no se hubieran gustado tanto. Si solo hubiera sido sexo, pasión y deseo, sin ese sentimiento de cariño.

—Haz que me corra, Rhys —se oyó decir, con voz jadeante por encima del crepitar del fuego y del rugido de su propia sangre en los oídos—. Ahora.

Necesitaba que el cariño desapareciera en medio de la lujuria.

Si lograba convencerse de que solo era sexo, un par de cuerpos excitándose, le resultaría más fácil dejarlo ir esa vez.

O al menos eso esperaba.

Durante unas cuantas respiraciones, Rhys solo la miró, con los ojos oscurecidos por el deseo y el pecho bajando y subiendo. Vivi se puso tensa. ¿Se detendría? ¿Intentaría convertir aquello en algo más de lo que era?

Entonces volvió a tocarla, presionando, acariciando, sumergiendo los dedos en su humedad y sirviéndose de esa humedad para hacer más resbaladiza su cavidad, arrastrando las yemas de los dedos sobre ella. Vivi volvió a cerrar los ojos. Mientras él la tocaba una y otra vez, se oyó murmurar jadeos incoherentes.

El orgasmo empezó a formarse en algún lugar de su interior, extendiéndose hacia los dedos de los pies, las yemas de los dedos de las manos, los pezones. Se agarró a él con fuerza, mientras las chispas estallaban detrás de sus ojos, olvidándose de todo, excepto de él. Igual que aquella primera noche.

Pero esta vez es diferente, se dijo mientras le besaba el cuello, la mandíbula, la boca..., cualquier lugar que pudiera alcanzar. *Tiene que serlo.*

CAPÍTULO 24

—Así que esa es una vela de Eurídice.

Vivi ocultó un bostezo detrás de su taza de café mientras asentía con la cabeza a Gwyn.

—Ajá.

Las tres estaban sentadas alrededor de la enorme mesa del fondo del almacén de Algo de Magia, observando la vela, situada entre los montones de hierbas que la tía Elaine usaba para sus propias velas. De día, en el pequeño y acogedor almacén, no parecía un objeto que tuviera un fantasma en su interior.

Pero cada vez que recordaba cómo había succionado el espíritu de Piper McBride, se estremecía por dentro. Cuanto antes recogiera Amanda esa cosa y se la quitara de encima, mejor. Se suponía que iba a pasarse por el despacho de Vivi esa misma tarde, pero antes había querido enseñársela a su tía y a su prima, de ahí la reunión improvisada en el almacén de la tienda.

Mientras estudiaban la vela, hizo todo lo posible por no mirar al sofá que había en la pared más lejana. A pesar de que habían pasado unas cuantas horas desde la noche anterior (bueno, en realidad desde el amanecer), tenía la sensación de que había sido un sueño.

Un sueño increíble y bastante lascivo.

Pero todo había sido demasiado real, y en algún momento del día, iba a tener que lidiar con lo que había sucedido.

Y lo que significaba.

Lo que significa es que tuviste una noche movidita y te merecías ese orgasmo, le dijo una parte de su cerebro con una voz sospechosamente parecida a la de Gwyn.

No podía estar más de acuerdo. Aunque estaba exhausta y apenas había dormido tres horas, esa mañana se sentía... bien. Más que bien. Mejor de lo que se había sentido en mucho tiempo. Y a pesar de que estaba esperando que la sensación de culpa apareciera en cualquier momento, sabía que no la iba a tener.

Porque no había sido ningún error. Se había divertido. ¿No bastaba con eso?

La tía Elaine frunció el ceño y se inclinó un poco más, subiéndose las gafas por el puente de la nariz.

—No es propio de los brujos de la universidad usar algo así —murmuró. Estiró una mano sobre la vela como si fuera a agarrarla.

—La bruja que vino a hablar conmigo era distinta —explicó ella con un encogimiento de hombros—. De hecho, creo que están empezando a adaptarse un poco más a los nuevos tiempos.

Gwyn soltó un resoplido de incredulidad, levantó una rodilla en su asiento y la rodeó con un brazo.

—El día que eso pase, las ranas criarán pelo. Yo creo que más bien querían que les hicieras el trabajo sucio.

—Puede ser —reconoció Vivi—, pero si te soy sincera, tampoco fue para tanto. —Al ver cómo la miraban su tía y su prima, se apresuró a añadir—: Vale, pasé mucho miedo y no quiero volver a pisar esa cabaña en la vida, pero podría haber sido mucho peor.

—Los fantasmas pueden ser peligrosos —dijo Elaine, con el ceño todavía fruncido—. Tendrías que haber acudido a mí primero.

—Rhys y yo nos las apañamos bastante bien. —Al ver el brillo en la mirada de su prima y que estaba abriendo la boca para decir algo, alzó un dedo para interrumpirla—. No. Nada de «apuesto a que Rhys también se las apañó» para cualquier guarrada que vayas a decir.

—Eres una aguafiestas —replicó Gwyn—. Y te juro que mi broma iba a ser un poco más sofisticada.

—Seguro.

Estiró el brazo sobre la mesa para agarrar la vela, pero antes de conseguirlo, su tía Elaine la detuvo, poniéndole una mano encima de la suya.

—¿Esto es todo lo que querías contarnos? ¿Que atrapaste a un fantasma con una vela de Eurídice?

Durante un instante, tuvo la horrible sensación de que su tía sabía lo que había sucedido la noche anterior. Que el almacén tenía el equivalente mágico a las cámaras de seguridad y le había dado a Elaine todo un espectáculo. En cuyo caso, esperaba que también hubiera un hechizo de «tierra, trágame».

Pero su tía la estaba mirando con normalidad, sin ningún tipo de complicidad. No le estaba lanzando ninguna indirecta, solo haciéndole una pregunta, y entonces recordó que tenía que contarles algo más.

—El fantasma dijo algunas cosas antes de que la vela lo succionara. —Metió la vela en la cartera y se la colocó en el hombro—. Sobre el «maldito Penhallow» y que se había llevado algo que no le pertenecía. Pero no creo que se estuviera refiriendo a Rhys en concreto. Creo que hablaba de Gryffud, o de algún otro antepasado.

—Quizá merezca la pena investigar un poco —reflexionó Gwyn, apoyando la barbilla en la rodilla.

—Miraré a ver qué encuentro —indicó la tía Elaine, antes de hacer un gesto en dirección a su cartera—. Y tú deberías entregar esa cosa a su legítima propietaria.

—A sus órdenes —dijo ella, haciendo el saludo de los soldados.

Entonces su tía le sonrió y los ojos le brillaron detrás de las gafas.

—Estoy orgullosa de ti, Vivi. Una vela de Eurídice no es moco de pavo.

Vivi hizo un gesto con la mano para restarle importancia.

—En realidad tampoco hice mucho. Solo la encendí. No se puede considerar brujería de alto nivel.

—Aun así —insistió la tía Elaine, cubriéndole la mano con la suya—. Eres una bruja que ni siquiera usa la magia para limpiar su apartamento, ¡y mira lo que has conseguido!

—Bueno, eso es porque aprovecho el tiempo de limpieza para ponerme al día escuchando pódcast. Además, de pequeña vi esa escena de dibujos animados de Mickey Mouse con las escobas diabólicas y me dejó traumatizada.

—Me encanta esa escena —dijo Gwyn, apoyando ahora la barbilla en la mano. Sus pendientes de plata brillaban bajo la luz.

—¡Cómo no!

—Pero mamá tiene razón —continuó Gwyn, dándole un codazo—. Es una magia de lo más *cool*.

—No sé qué significa eso exactamente —repuso su tía—, pero supongo que algo así como «impresionante», y es cierto. Tu madre también se sentiría muy orgullosa.

Vivi miró sorprendida a Elaine.

—Pero si mi madre odiaba la magia...

Elaine negó con la cabeza y se recostó en su silla.

—La magia le asustaba. Sentía que ser una bruja era... No sé, algo que le *pasó,* no algo que ella escogiera. Pero era buena. Cuando quería, era muy buena. Simplemente eligió otro camino.

Vivi llevaba tantos años convencida de que su madre estaba en el equipo de «La magia es mala» que no supo qué decir.

Se puso de pie y se acercó a la cortina que separaba el almacén del resto de la tienda. Pero se detuvo en seco cuando vio a una chica allí parada, mirando a su alrededor con los ojos abiertos como platos.

—¡Madre mía! —exclamó la chica—. Nunca había visto esta parte de la tienda.

Gwyn se levantó de un salto mientras la tía Elaine se daba la vuelta.

—Hola, Ashley —dijo su prima, acercándose a la chica y poniéndole las manos en los hombros para dirigirla hacia la tienda. Miró atrás una última vez a Vivi y a su madre—. Este es solo el almacén, no hay nada interesante, pero nos han llegado unas varitas muy chulas, por si quieres echarles un vistazo... —La voz de Gwyn se fue desvaneciendo mientras se adentraban en la tienda.

Su tía Elaine se puso de pie, suspiró y se colocó las manos en las caderas.

—Bueno, supongo que ya tenemos la prueba de que este hechizo tampoco está funcionando como debería.

No le supuso ninguna sorpresa, pero sí le recordó que tenían que resolver ese asunto cuanto antes. Ahí era donde tenía que centrar toda su atención.

Por eso solo miró en dirección al sofá una vez más antes de salir a toda prisa del almacén.

El trayecto hasta el campus fue tranquilo. Cuando estaba cerrando las puertas del coche, oyó a alguien llamarla.

Se trataba de Amanda, que iba corriendo hacia ella con una deslumbrante sonrisa en el rostro.

—¿Cómo ha ido todo?

Aliviada, buscó la vela en la cartera.

—¡Genial! Pero ahora, por favor, llévate esto porque me pone los pelos de punta tener un fantasma en la cartera.

La sonrisa de Amanda se hizo aún más amplia mientras agarraba la vela de Eurídice.

—Sin problema. La llevaré a nuestra zona del campus y así podrás seguir con tus actividades diarias.

Como tenía que dar una clase en cinco minutos, agradeció poder hacer precisamente eso. Así que se despidió de la otra bruja con un gesto de la mano y se volvió hacia Chalmers Hall, el edificio donde estaba su clase.

Había espesas nubes en el cielo y las hojas se arrastraban por las aceras adoquinadas. Se estremeció un poco y se colocó mejor la bufanda. Mientras lo hacía, miró hacia atrás y vio a Amanda caminando por el aparcamiento, girar a la izquierda y desaparecer detrás de una hilera de árboles. Vivi se dio la vuelta y frunció el ceño.

Por ahí no se va a la zona de brujería del campus.

Tal vez Amanda conocía un atajo, o simplemente iba a sacar algo de su coche.

Sí, tenía que tratarse de eso.

Dio su primera clase, después la segunda y se olvidó de todo lo relacionado con Amanda y la vela de Eurídice, mientras hablaba a sus alumnos de primero sobre la Carta Magna, incluso dejó de pensar en Rhys un rato. Cuando regresó a su despacho más tarde, empezaba a sentirse un poco..., bueno, «normal» habría sido una palabra muy fuerte, pero al menos más centrada, más segura de sí misma.

Sí, todavía tenían que lidiar con la maldición, pero habían solucionado el problema de la cafetería y ahora ya no tenían a un fantasma cabreado vagando por el campus.

Y ella había formado parte de todo eso.

Sonrió satisfecha consigo misma, se sentó detrás del escritorio, colocó una pila de trabajos frente a ella y encendió el hervidor de agua.

Justo cuando terminaba con la tercera redacción, llamaron a la puerta.

—Adelante —dijo sin levantar la vista.

Tan pronto como se abrió la puerta, la magia impregnó su piel, tan espesa y pesada que necesitó un par de segundos para recuperar el aliento. Cuando alzó la vista, vio a la doctora Arbuthnot en el umbral.

—Señorita Jones —la llamó con una voz que retumbó como un trueno—, creo que tenemos que hablar.

Rhys llevaba pensando en Vivienne todo el día, así que no se sorprendió demasiado cuando esa noche apareció en su puerta. De hecho, nada más abrir, se preguntó si estaba teniendo una alucinación particularmente vívida.

Pero no, si hubiera conjurado a Vivienne, no habría parecido tan triste.

No solo triste. Abatida. Venía con los hombros caídos, el pelo en un moño suelto. Incluso las pequeñas cerezas que adornaban el dobladillo de su falda parecían mustias.

—Tenías razón —dijo en cuanto la hizo entrar.

Rhys cerró la puerta, enarcando ambas cejas.

—Antes de nada, ¿puedo grabarte diciendo eso? ¿Y razón en qué?

Vivienne suspiró y levantó las manos hacia los lados.

—No podemos seguir apagando los incendios que está provocando esta maldición. Sobre todo si, cuando intentamos apagarlos, podemos estar desencadenando otros, y... Oye, tu casa es muy rara.

Vivienne entró al salón y miró a su alrededor con expresión confundida, sin duda por la pesada lámpara de araña de hierro y los muebles de cuero granates, una auténtica pesadilla gótica.

—¿Cómo puedes dormir aquí? —preguntó. Luego señaló un cuadro en la pared—. Yo jamás volvería a conciliar el sueño después de ver eso.

—*Eso* es mi tía bisabuela Agatha, pero tienes razón.

Fue hacia la cocina y gritó por encima del hombro:

—¿Esta conversación es de las que requiere vino?

Oyó a Vivienne volver a suspirar y luego el crujido del cuero al sentarse en el sillón.

—Sí.

Cuando regresó al salón con una botella y dos copas, se la encontró recostada, contemplando el techo. Le resultó muy extraño verla en esa postura, a ella y a sus lunares, en la guarida de su padre. Y tampoco le gustó cómo se sintió al respecto: mejor.

Más feliz.

Eso es por las hormonas sexuales de anoche, amigo, se dijo a sí mismo, pero sabía que se debía a algo más.

El problema era que no sabía qué mierda hacer con todo aquello. Lo que había pasado en la tienda había sido algo puntual; de hecho *tenía* que ser puntual, porque las cosas ya estaban lo bastante desmadradas como para encima añadir el sexo a la ecuación.

Por mucho que le gustara.

Atravesó el salón y le pasó una copa de vino. Vivienne le dio las gracias y bebió un buen sorbo antes de enderezarse un poco y decir:

—La hemos cagado.

Rhys se apoyó en el brazo de un sillón orejero que había junto al sofá, y cruzó los tobillos.

—¿Por lo de anoche?

—Pues claro que por lo de anoche —respondió ella con el ceño ligeramente fruncido. Pero un segundo después pareció entenderlo mejor—. ¡Oh! Te refieres a lo de... —Dio otro sorbo al vino con las mejillas rojas—. No, no me refería a eso. Aunque también es otra cagada.

No deberían haberle dolido aquellas palabras. Precisamente acababa de pensar lo mismo, así que era una tontería sentirse herido.

Pero estaba acostumbrado a hacer muchas tonterías en lo que a Vivienne respectaba.

—¿Recuerdas que una de las brujas de la universidad nos dio la vela de Eurídice para capturar al espíritu de Piper McBride?

—Teniendo en cuenta que eso fue literalmente ayer, *sí* me acuerdo. Bastante bien, de hecho.

Vivienne puso los ojos en blanco y bebió más vino.

—Bueno, pues resulta que Amanda Carter no trabaja en la universidad. En realidad, ni siquiera es bruja; algo que debería haber notado enseguida, pero estaba tan aliviada de poder echar una mano para solucionar todo este embrollo que ni me di cuenta. —Sacudió la cabeza y miró con expresión sombría su copa—. Los vaqueros deberían haberme dado una pista.

Rhys apoyó una mano en el brazo del sillón y la miró, allí sentada, prácticamente engullida por el demencial sofá de su padre.

—¿A qué te refieres con que no es una bruja? Entonces, ¿cómo narices sabía lo de la vela de Eurídice?

Vivienne levantó la cabeza y él pudo ver las tenues sombras azules que había bajo sus preciosos ojos color avellana.

—Es una estafadora. Una muy conocida, por lo visto. Su nombre real es Tamsyn Bligh. Trafica con objetos mágicos y lleva un tiempo merodeando por Graves Glen. Los brujos de la universidad la tenían en su punto de mira, pero de alguna forma logró darles esquinazo y fue directamente a por mí. —Se alisó la palma y luego estiró la mano, negando con la cabeza—. El caso es que hemos capturado al fantasma de una bruja muy poderosa y aterradora y luego se lo hemos puesto en bandeja de plata a alguien que lo va a vender al mejor postor, y todo porque soy una tonta confiada.

—No lo eres —se opuso Rhys tajantemente. Cuando ella se limitó a mirarlo, se encogió de hombros—. Bueno, confiada sí, pero no tonta. En absoluto.

Vivienne soltó un gemido, dejó la copa sobre la mesa baja y ocultó la cabeza entre sus manos.

—Tengo la sensación de que todo va a peor. Justo cuando creo que lo tengo controlado, o que estoy haciendo algo bien, pasa algo como esto—. Volvió a alzar la cabeza, se llevó las manos a la nuca y tomó una profunda bocanada de aire—. Ahora los brujos de la universidad están muy cabreados, y además saben lo de la maldición, lo que también los ha puesto furiosos, y yo solo... —Se derrumbó y le lanzó una mirada suplicante—. ¿Por qué soy un desastre total, Rhys? En toda mi vida, jamás había practicado magia en serio. Y para una vez que lo hago, todo un pueblo termina maldito.

—Yo hice eso, Vivienne —señaló él poniéndose de pie y dejando la copa en la mesa, junto a la de ella, antes de sentarse en el otro extremo del sofá, repantigado en la esquina, con las piernas estiradas.

—Vale, pero a eso me refiero —repuso ella, girándose para poder mirarlo. Se le habían soltado varios mechones del moño, enmarcándole la cara. Rhys se moría de ganas por colocárselos detrás de las orejas, por acunarle el rostro y frotar los pulgares sobre esos suaves labios rosas—. *Somos* un desastre. Por separado, nos va bien. Perfectamente bien, me atrevería a decir.

—Estás exagerando un poco —protestó él, pero Vivienne estaba inspirada.

—Pero en cuanto nos juntamos, todo se va a la mierda. Incluso aquel verano. Fue un verano precioso, perfecto. ¿Y en qué ha terminado? En calaveras de plástico poseídas. —Levantó un dedo—. Pociones envenenadas. —Otro dedo—. Un fantasma en una biblioteca. —Otro más—. Y ahora esto, que... —Vivienne se quedó mirando el cuarto dedo que acababa de levantar y frunció el ceño—. Ni siquiera sé cómo definir esto último. Lo único que se me ocurre es «desastre».

—Eso ya lo has dicho.

Ella agarró su copa y se bebió lo que quedaba de vino antes de volver a dejarla y recostarse en el sofá.

Al ver que Rhys no decía nada, levantó ligeramente la barbilla.

—¿Qué? ¿No vas a intentar discutir conmigo?

Rhys se encogió de hombros.

—¿Por qué iba a hacerlo? Tienes razón.

—¿Ah, sí? —Entonces se aclaró la garganta y se sentó recta—. Sí, sí, tengo razón, somos un desastre.

—Completamente —dijo él, levantando una mano del respaldo del sofá—. Para muestra una vela poseída, como dice la expresión.

A Vivienne le hizo gracia eso último y sonrió un poco.

—Eso no es exactamente lo que dice.

—Pues tal vez debería cambiarse.

Ambos se quedaron callados un instante, mirándose el uno al otro. Rhys esperó a ver si ella se marchaba. Seguramente era lo que debía hacer, pero al mirarla en el sofá, tan relajada y despeinada, deseó con todas sus fuerzas que se quedara.

Ella volvió a echar un vistazo a su alrededor mientras se metía un mechón de pelo detrás de la oreja.

—No me puedo creer que vivas aquí.

—No *vivo* aquí —enfatizó él. Echó la cabeza hacia atrás para mirar la lámpara de araña—. Estoy residiendo aquí de forma temporal, casi en contra de mi voluntad. Hay una gran diferencia.

Vivienne soltó un resoplido y luego agarró uno de los cojines que había en el sofá. Era negro y llevaba bordado el escudo de la familia. Era imposible que en el mundo existiera un cojín menos acogedor que aquella cosa.

Vivienne dio la vuelta al cojín y después lo miró a través de sus largas pestañas.

—Está bien, si esto me explota en la cara, que sepas que mis intenciones eran buenas. —Entonces colocó las manos sobre el cojín, cerró los ojos y respiró hondo.

En cuanto Rhys vio una luz dorada acumularse entre las yemas de los dedos de Vivienne, abrió los ojos como platos.

—Vale, Vivienne, creo que no deberías...

El cojín empezó a brillar y el escudo familiar se desvaneció y fue reemplazado por un dragón rojo.

En concreto por el dragón rojo de Gales, pero uno que sonreía y cuyas garras estiradas en el aire estaban pintadas del mismo color púrpura que las uñas de ella.

Vivienne levantó el cojín con expresión triunfal y sonrió de oreja a oreja.

—Mucho mejor.

¡Joder!

¡Joder!

Bien podía haberlo golpeado con un martillo. Rhys volvió a sentirse como aquella noche de verano. Dejó su copa sobre la mesa baja con un sonoro golpe y se acercó a ella en el sofá.

El cojín cayó al suelo. Vivienne se encontró con él justo cuando sus dedos le rozaron la mandíbula y le inclinaba la cara para poder mirarla.

—Eres absolutamente maravillosa —dijo con un suspiro.

Ella lo agarró de las muñecas, pero no para apartarlo (como debería haber hecho), sino para acercarlo más.

—Ya no sé cómo decir que esto es una mala idea —murmuró Vivienne contra sus labios.

Rhys sonrió y le rozó la nariz con la suya.

—Hemos cometido muchos errores —añadió él—, pero no creo que esto sea uno de ellos.

Y lo decía en serio. Porque, a pesar de todas las cosas que habían salido mal entre ellos (y podía rellenar un cuaderno entero), eso, tenerla entre sus brazos, no era una de ellas. Tenía una certeza absoluta al respecto.

Vivienne se pegó más a él y le arañó ligeramente el dorso de las manos. Si Rhys no hubiera estado tan excitado que le dolía, habría logrado que lo estuviera con ese sencillo gesto. Igual que la forma como le rozó los labios mientras le murmuraba:

—¿Vas a pedirme permiso para besarme?

Ahora fue él el que sonrió con todas sus ganas.

—Voy a pedirte un montón de cosas más si me dejas.

CAPÍTULO 25

Mía.

A Rhys le zumbó la sangre en los oídos mientras la besaba. Tiró de ella hacia la escaleras. Sintió su cálida y húmeda boca contra la suya, su cuerpo maleable bajo sus manos.

Por fin es mía, ¡joder!

Subieron hasta la segunda planta tropezándose, riendo con sus bocas pegadas.

Se detuvo frente a la puerta del dormitorio, y Vivi, que seguía enroscada a él cual enredadera, se agarró más a su cuerpo y le preguntó con los labios sobre su cuello:

—¿Qué pasa?

—¡Ah, bien! —Levantó con cuidado la mano de ella, para apartarla de su pelo y la miró. Tenía los labios hinchados y húmedos, los ojos cargados de deseo—. Antes de entrar ahí, hay algo que deberías saber.

La neblina de deseo de sus ojos se desvaneció un poco.

—Justo lo que necesita oír una chica cuando está a punto de desnudarse con alguien.

—No es nada grave, te lo prometo. —Se acercó a ella para rozarle la frente con los labios. Pero al tener su boca tan cerca, terminó distrayéndose y, antes de darse cuenta, estaba besándola de nuevo y girándola para tenerla contra la puerta. Vivienne abrió los muslos para cobijar sus caderas, y cuando se meció contra ella soltó un suave jadeo—. Se trata del dormitorio —murmuró entre beso y beso.

—¿Qué le pasa?

—Bueno, ya sabes cómo es el resto de la casa...

—Una pesadilla gótica, sí.

Rhys soltó una carcajada que enseguida se transformó en un gemido cuando ella enroscó una pierna a la suya, acercándolo todavía más.

—Justo. Pues bien, es probable que en el dormitorio encuentres toda esta estética llevada a su máximo exponente. Y a pesar de lo mucho que me ha impresionado tu habilidad en la planta de abajo, no estoy dispuesto a esperar que redecores toda la habitación antes de acostarme contigo.

Vivienne se apartó un poco de él y lo miró con una especie de brillo impío en los ojos que debería haberle dado mucho, mucho miedo.

—Rhys —dijo ella esbozando una sonrisa que se fue extendiendo poco a poco por su rostro—, ¿me estás diciendo que vamos a tener sexo en la habitación de Drácula?

—Tiene un aire a Drácula, sí —reconoció él.

Ella se rio, apoyando la cabeza contra la puerta.

—¿Tiene una cama con dosel? Por favor, dime que sí.

No solo había un cama con dosel. La cama en cuestión estaba sobre una plataforma.

Aunque no se lo iba a decir. Al fin y al cabo, estaba a punto de descubrirlo por sí misma.

Estiró el brazo detrás de ella, la agarró por la cintura para que no tropezara y giró el pomo de la puerta.

Los besos de Rhys eran tan embriagadores, la dejaban tan ensimismada, que durante un minuto ni siquiera se dio cuenta de que ya habían entrado al dormitorio. Podrían haber estado en cualquier parte, en un espacio en blanco donde solo existieran ellos y ni se habría dado cuenta. Así era como se sentía en brazos de Rhys. Como siempre se había sentido.

Pero entonces vio el satén rojo.

—¡Ohhhhhh, Dios mío! —jadeó.

Rhys soltó un gruñido y dobló las rodillas para apoyar la frente en su clavícula.

—Se supone que eso lo has dicho por mí, ¿verdad?

Vivi se rio, se zafó de su abrazo y echó un buen vistazo a su alrededor para estudiar la cámara en la que estaba.

Porque «cámara» era la palabra adecuada para describir aquella locura.

Del techo colgaba una lámpara de araña que parecía estar hecha de algún tipo de cristal oscuro, que brillaba de forma siniestra bajo la tenue iluminación.

En cuanto a la cama...

—Rhys —dijo ella, llevándose una mano a la boca—, ¿has estado durmiendo encima de eso todas las noches?

Él soltó un suspiro, dio un paso atrás y se apoyó en la pared.

—He pasado algunas noches en el sofá porque no soporto estar en esta habitación —reconoció él.

No le extrañaba en absoluto.

La alfombra bajo sus pies era mullida y espesa. En la pared del fondo había una chimenea con otra alfombra de piel, además de varios candelabros (más de los que debería tener una habitación) y un cuadro bastante descriptivo de Circe seduciendo a Odiseo sobre la cama.

La cama en cuestión estaba situada encima de una plataforma tan alta que el borde le llegaba a la cintura. Y esas tupidas cortinas rojas y negras alrededor del gigantesco colchón, con unas sábanas de...

Miró por debajo de la colcha de damasco.

—¿Raso negro? —preguntó, agudizando la voz en la última sílaba.

Rhys echó la cabeza hacia atrás y tragó saliva.

—Te lo advertí.

Sin dejar de sonreír, Vivi se volvió hacia él y se llevó las manos a los botones de la blusa.

—¿Por qué no me trajiste aquí nunca?

—¿Que por qué no te traje a la espeluznante mazmorra sexual en la que duermo? —preguntó él, con las manos en la espalda, mientras la miraba de arriba abajo de una forma que la enardeció por completo—. No me imagino por qué.

—Puede que me hubiera gustado —indicó ella antes de quitarse la blusa. Le encantó la forma en que se le oscureció la mirada cuando vio su sujetador menos sexi; uno rosa desteñido con un lazo caído en el centro que jamás se habría puesto de saber que iba a terminar allí, desnudándose delante de él.

Rhys la miró con más pasión si cabía.

—¿Cómo pude renunciar a ti? —murmuró.

Vivi respiró hondo, se bajó la cremallera de la falda y la dejó caer al suelo. Le dio absolutamente igual que sus bragas fueran unas de las más viejas; unas con dibujos de limones y naranjas que no iban nada a juego con el sujetador.

Rhys atravesó la habitación en unas pocas zancadas, la atrajo hacia él y la besó hasta dejarla sin aliento.

—Dime lo que quieres —respiró contra sus labios. Era una de las proposiciones más interesantes que había oído nunca.

—Ya sabes lo que me gusta —respondió ella. El deseo se acumulaba entre sus muslos.

Él le sonrió y negó con la cabeza.

—Sé lo que te *gustaba*. Quiero oír de tus labios lo que te gusta ahora.

Se sentía aturdida por el deseo, abrumada. Y eso la hizo ser audaz. Valiente.

—Pruébame —susurró.

A Rhys se le ensancharon las pupilas, se le oscurecieron aún más.

—¡Ah, *cariad*! Es lo que más anhelo en este mundo.

Dejó que la empujara sobre el colchón (más bien tuvo que saltar un poco porque estaba demasiado elevado) y cuando alzó las caderas, Rhys le bajó las bragas por las piernas, besándole el muslo, la rodilla, el tobillo.

Se tumbó en la cama y clavó la vista en el dosel que tenía encima. De pronto, no le pareció tan absurdo, tan exagerado. Le pareció... romántico.

Pero tal vez era porque tenía los labios de Rhys justo donde quería y estaba arqueando las caderas hacia él, enredando los dedos en su pelo mientras él estaba consiguiendo que se derritiera solo con su boca.

El orgasmo la sorprendió. Se agarró aún más a su cabello mientras se retorcía y jadeaba su nombre, estremeciéndose y sudando.

Rhys se apartó. Tenía la boca húmeda. Lo vio buscar a tientas en la mesita de noche.

—¿Más?

Vivi sabía perfectamente a qué se refería. Cuando asintió, él suspiró aliviado y sacó un preservativo de la mesita de noche.

Había hechizos que, en teoría, actuaban como protección, pero Elaine les había inculcado tanto a ella como a Gwyn que, en lo que se refería a sus cuerpos, siempre debían confiar en la ciencia antes que en la magia. Menos mal que Rhys estaba preparado.

Se incorporó un poco, se llevó las manos a la espalda y se desabrochó el sujetador. Rhys gruñó, se puso a la misma altura que ella, le agarró un pecho con la mano y le lamió un pezón. Vivi jadeó y se apoyó en las manos.

—No te imaginas la de veces que he soñado con esto —murmuró él contra su piel—. ¡Qué suave eres! Eres preciosa. —Masculló algo más en galés; algo que no entendió, pero su cuerpo sí. Fuera lo que fuese lo que le dijo, era algo lascivo, y aunque acababa de correrse, estiró los brazos para alcanzarlo, con manos ávidas.

Encontraba un poco decadente estar desnuda, expuesta completamente a él mientras Rhys seguía vestido. Pero ahora necesitaba más. Necesitaba verlo, sentirlo.

Él la entendió sin necesidad de palabras porque se incorporó, se quitó el jersey y se desabrochó el botón de los vaqueros.

Vivi se apoyó en los codos y lo miró con voracidad. El vello de su pecho no era espeso, se enroscaba en sus pezones y se estrechaba al llegar a la cintura.

Se sentó para poder trazar esa última línea de vello con la uña, adorando la forma en que cerró los ojos brevemente y como se le aceleró la respiración cuando le bajó la cremallera y metió la mano para tocarle el miembro.

Lo sintió duro, grueso contra su mano. Si no lo tenía pronto en su vagina, iba a morir ahí mismo.

—Ahora, Rhys, *ahora,* por favor.

No hizo falta que se lo dijera dos veces. Oyó romperse el envoltorio de plástico, sintió su mano entre ellos, y entonces, ahí estaba, empujando en su interior.

Iba despacio. Ella se tensó unos instantes, pero él se tomó su tiempo, con embestidas suaves, y le murmuró contra la oreja:

—Voy a hacer que disfrutes, Vivienne.

Rhys apenas necesitó un leve empujón en el hombro para girar y ponerse de espaldas, arrastrándola sin ningún esfuerzo. Vivi apoyó las manos en su pecho y se cernió sobre él, ajustando el ángulo para sentirlo profundamente en su interior. Luego echó la cabeza hacia atrás, hasta que su pelo le rozó la espalda.

Y entonces sus manos estaban ahí, en el lugar en el que sus cuerpos se encontraban, moviendo los dedos con destreza. Vivi sintió el clímax devorándola de nuevo, sus paredes vaginales se aferraron a su pene mientras Rhys gemía y empujaba hacia arriba, acompasando cada giro de sus caderas.

Alcanzó el orgasmo casi al instante, abriendo la boca en un grito silencioso. Rhys se sentó debajo de ella y la agarró de la espalda, clavándole los dedos en la piel y jadeando su nombre mientras se corría.

Se derrumbó sobre él al mismo tiempo que él caía de espaldas sobre el colchón, todavía dentro de ella. Mientras intentaba recuperar el aliento, Vivi se dio cuenta de que en ningún momento había comparado esa experiencia con las otras veces que habían manteni-do relaciones sexuales. Ni siquiera una sola vez.

No existían los recuerdos. Ni el pasado. Solo eso. Solo el presente. Solo él.

Rhys se tumbó de costado con un gemido y salió de ella, pero si-guió rozándole el muslo con la mano, como si no pudiera dejar de tocarla.

Sabía que seguramente era una tontería sentirse tan feliz cuando las cosas estaban yendo así de mal, pero ese era el riesgo que corrías con los orgasmos múltiples.

Se rio un poco para sus adentros. Miró el dosel de la cama de Rhys (era un absoluto espanto) y sintió cómo Rhys se tumbaba de espaldas y giraba la cabeza para mirarla.

—Espero que esa risa no tenga nada que ver con mis proezas —bromeó él, todavía sin aliento.

—Por supuesto que no —le aseguró con una rotunda negación de cabeza—. Es por tus muebles.

—¡Ah! —replicó él, centrando su atención en el dosel—. Entonces está más que justificada. Es un dormitorio completamente ridículo para un hombre adulto.

—¿Son todas las habitaciones de la casa de tu padre como esta? —preguntó, poniéndose de costado.

Rhys la miró y entrecerró los ojos ligeramente.

—¿Estás intentando averiguar si crecí con una cama con dosel?

Ella separó ligeramente el índice del pulgar.

—Un poquito.

Rhys sonrió y, como siempre, el gesto le hizo parecer más joven y tierno. Ojalá no le gustara tanto. Ojalá la Vivi de diecinueve años no lo hubiera visto de pie en aquel campo y le hubiera entregado su co-razón con ambas manos.

Pero las cosas no eran así.

Y ella lo sabía.

CAPÍTULO 26

—¿Es demasiado obvio?

Rhys se giró desde el sofá para ver a Vivienne de pie, en la puerta del dormitorio de ella, con una mano en la cadera. Esa noche no había lunares ni cerezas; llevaba un vestido negro que acentuaba cada una de sus curvas, unas medias de rayas negras y moradas que asomaban por encima de unas botas altas también negras, un sombrero de bruja y el pelo cayéndole suelto hasta los hombros.

Durante la última semana, la había visto desnuda muchas veces, la había tenido encima, debajo, en su cama, en la de ella, incluso en las escaleras de su casa (un encuentro de lo más memorable). Aun así, en cuanto la vio, tan absolutamente preciosa y, lo que era incluso más peligroso, *adorable,* contuvo el aliento y estuvo a punto de sugerirle que se quedaran en casa esa noche y no fueran a la Feria de Otoño, lo que quiera que fuera eso.

—Creo que deberías ir así vestida todos los días. —Se levantó del sofá para ponerse delante de Vivienne y apoyar las manos en el marco de la puerta, sobre la cabeza de ella—. O al menos todas las noches.

—Creo que podría dejar que me convencieras —replicó Vivienne. Alzó la cara para besarlo—. ¿Qué conseguiría a cambio?

—Podría darte un adelanto. —Bajó las manos del marco y empezó a subirle el vestido, arrastrándolo lentamente por sus muslos mientras ella se reía.

—Si llegamos tarde a la feria, Gwyn nos matará —protestó Vivienne, pero ya estaba desabrochándole los primeros botones de la camisa y pasando las uñas por la cadena que llevaba al cuello.

—¿Serías tan amable de volver a explicarme en qué consiste esa feria exactamente? ¿Voy a tener que pescar manzanas con la boca o algo por el estilo?

—Sí, eso está en el programa, junto con beber sidra y ayudarnos a Gwyn y a mí a vender cosas de brujas en nuestro puesto. Ella y la tía Elaine ganan una fortuna todos los años con esta feria. Y también podremos probar las tartas de manzana y caramelo de la señora Michaelson, que están riquísimas. Aunque la tía Elaine jura que no, yo creo que en realidad es una bruja. Esa mantequilla que usa no es de este... ¡Oh!

Rhys le había subido el vestido lo suficiente como para meterle el pulgar entre las piernas y rozarle la seda húmeda de sus bragas. Al mover la mano, le acarició la cálida piel desnuda.

Soltó un gruñido y apoyó la cabeza sobre su hombro.

—¿Me habrías dejado pescar manzanas sin saber que estas medias solo te llegaban hasta las rodillas? Eres una mujer muy cruel, Vivienne.

—No, iba a dejar que me metieras mano en el carro del heno.

—No sé lo que es un carro de heno, pero desde ya es mi parte favorita de la Feria de Otoño.

Se inclinó sobre ella y volvió a besarla, atrapándole el labio inferior entre los suyos y succionándolo con suavidad. Ella soltó un suspiro y se apretó más contra él.

El cuello alto del vestido impedía que pudiera tocarla como le habría gustado, así que tuvo que conformarse con rozarle la curva del pecho con el dorso de los dedos. ¿Cuánto tenía que tocarla para saciarse por completo de ella? Aquel verano había estado con ella tres meses y ni siquiera había aplacado un ápice su deseo por esa mujer. Se había sentido tan subyugado por ella el último día como el primero.

Y sabía que esta vez, cuando se fuera, le pasaría lo mismo. Podían convencerse todo lo que quisieran de que estaban haciendo eso para aliviar la tensión sexual entre ellos, pero ese no era el tipo de relación que uno superaba así como así.

Ya lo hiciste antes, lo volverás a hacer.

Porque no le quedaba otra. Habían acordado que lo suyo no tenía futuro, que se limitarían a disfrutar del presente, pero cada vez que la tocaba, cada vez que la besaba, le costaba más hacerse a la idea.

Vivienne rompió el beso y, con los ojos cargados de deseo, le rogó que se arrodillara.

Rhys obedeció de buena gana, le subió todavía más el vestido, le agarró los bordes de encaje de las medias, que estaban justo en la parte más apetecible de sus muslos y la mordió con suavidad en la zona. Le encantó el sonido de su respiración entrecortada cuando Vivienne se estiró para estabilizarse y la manera en que enredó los dedos en su pelo.

Entonces la miró y sonrió de oreja a oreja mientras le daba un beso en el punto que acababa de morder.

—¿Todavía te preocupa llegar tarde?

—Ni lo más mínimo.

Puede que a Vivienne no le preocupara (a él desde luego que no), pero había tenido razón con lo de Gwyn. Cuando por fin llegaron a la Feria de Otoño, casi una hora más tarde de lo que habían dicho, la prima de Vivienne estaba esperándolos en el aparcamiento, con los brazos cruzados. Al igual que Vivienne, iba vestida con un atuendo de bruja, aunque llevaba unos botines de un vivo naranja y sus medias eran verdes.

—Nos hemos metido en un lío —dijo Vivienne.

Rhys se encogió de hombros mientras se desabrochaba el cinturón de seguridad.

—Yo te voy a echar la culpa. Le voy a decir a tu prima que requeriste de mis servicios antes de irnos.

—¡Llegáis taaaaaarde! —canturreó Gwyn cuando su prima salió del coche.

Vivienne agitó una mano.

—Sí, sé que...

—Vivi, estás más resplandeciente que una lámpara de calabaza, así que creo que sé lo que estabais haciendo.

Rhys luchó con todas sus fuerzas para no parecer un engreído cuando Vivienne le lanzó una tímida sonrisa, pero no tuvo mucho éxito porque Gwyn puso los ojos en blanco y se dio la vuelta.

—Sois unos guarros —se quejó ella, pero a él no le pasó desapercibida la sonrisa de oreja a oreja que le lanzó a su prima mientras la enganchaba del brazo y se dirigían hacia la zona donde se estaba celebrando la feria, balanceando sus caderas.

Rhys observó cómo juntaban sus cabezas y ahí volvió a sentir esa especie de tirón en el pecho que le recordó que ese era el lugar al que Vivienne pertenecía. Ella había convertido en su hogar ese pequeño pueblo en el que su familia llevaba años viviendo, construyéndose una vida allí, mientras que su pueblo natal casi lo había asfixiado.

Otra prueba de lo diferentes que eran.

Pero cuando ella lo miró por encima del hombro y le sonrió con esa cálida y deslumbrante sonrisa que hizo que el corazón le diera un vuelco en el pecho, no tuvo claro si eso le suponía un problema.

La Feria de Otoño siempre había sido uno de los eventos favoritos de Vivi de Graves Glen, en los días previos a Halloween. Todos los años se celebraba en el mismo sitio; un prado enclavado en un valle entre las colinas, rodeado de guirnaldas de luces y farolillos de papel. El aire olía a fritura, palomitas y canela, y aunque la gente llevaba a sus hijos, no se respiraba el mismo ambiente familiar que en el Día del Fundador. Tenía un aire un poco más salvaje, más pagano.

Esa noche, el cielo estaba bastante despejado; apenas se veían unas pocas nubes alrededor de la luna, y mientras envolvía una baraja de cartas del tarot para una mujer en el puesto de Gwyn, tarareó alegremente para sus adentros.

—Tienes la molesta actitud dichosa de una mujer que tiene una cantidad absurda del mejor sexo —le dijo Gwyn cuando la clienta se alejó. Como no había nadie más esperando, se sentó en el mostrador del puesto, dejando sus largas piernas colgando.

—Sí —confirmó ella con tono alegre—. Ambos estamos felices y estamos teniendo una cantidad absurda de sexo increíble.

—Sí, me consta —repuso su prima, pero estaba sonriendo y le dio una suave patadita con un botín naranja—. Te lo mereces.

—La verdad es que sí.

Buscó con la mirada a Rhys entre la multitud. En cuanto lo vio, abriéndose paso hacia ella con varias bolsas de papel sin asa en la mano y sus ojos se encontraron y le sonrió...

¡Oh, Dios! Esa sonrisa causó estragos en todas las partes de su anatomía. Rhys y ella se habían pasado los últimos días dándose placer, haciendo cualquier cosa que se les ocurriera, en cualquier sitio que se les antojara. Estaba claro que sus cuerpos habían retomado lo que habían dejado nueve años antes.

Pero en momentos como ese, con el estómago lleno de mariposas y con las mejillas doliéndole de tanto sonreír, mientras lo veía acercarse a ella, le preocupó que su corazón también estuviera yendo por esos derroteros.

—Espero que estas sean las que querías, *cariad* —dijo él, entregándole una de las bolsas—. Por la fila que hay de personas esperando, cualquiera pensaría que están hechas de oro.

—Gracias. —Miró la bolsa con el brillo en los ojos que normalmente reservaba para Rhys—. Llevo todo el año soñando con este momento.

—Y esta es para ti —dijo Rhys, dándole otra a Gwyn, que la agarró con los ojos entrecerrados.

—¿Estás haciendo a mi prima muy feliz *y* me traes tartas de manzana y caramelo? Veo que te estás esforzando para que te ponga otro apodo además de «imbécil», imbécil.

—Sí, vivo con esa esperanza. —Rhys se apoyó en el mostrador mientras abría otra bolsa y daba un mordisco a su propia tarta.

Vivi lo miró y sonrió con suficiencia cuando vio cómo cambiaba su expresión.

—Vale, ahora entiendo lo de la fila —dijo él antes de dar otro mordisco—. Vivienne, lo siento pero te dejo por la mujer que hace estas delicias.

—Tiene noventa años.

—Me da igual.

Volvió a sonreír y por fin dio un bocado a su tarta. Al sentir esa mezcla de caramelo salado, mantequilla y manzanas con canela, cerró los ojos por puro placer.

—Está bien, cásate con la señora Michaelson, pero prométeme que me invitarás a la boda e incluiréis esto dentro del menú, ¿de acuerdo?

—Trato hecho. —Rhys estiró la mano para estrechársela, pero cuando ella se la agarró, tiró de ella hacia el mostrador para besarla.

Vivi se rio contra su boca, sabía a azúcar y a sal.

Cuando se apartó de él, Gwyn los estaba mirando con una expresión extraña. De pronto, se sintió un poco cohibida, se limpió una miga de la comisura de los labios y preguntó:

—¿Qué pasa?

—¡Nada! —respondió su prima, levantando ambas manos, pero sonrió de una forma que Vivi sabía por propia experiencia que significaba que hablarían más tarde.

Rhys se terminó su trozo de tarta, se limpió las manos y dio un golpecito a las barajas del tarot que había sobre el mostrador.

—¿Las haces tú?

Gwyn se bajó del mostrador, asintió y se colocó frente a él.

—Vendemos muchas barajas en la tienda, pero las que hago a mano son las que más éxito tienen.

—Modestia aparte —bromeó ella, dándole un codazo a su prima, que se lo devolvió al instante.

—¿Lees las cartas? —preguntó Gwyn a Rhys.

Él hizo un gesto de negación con la cabeza y apoyó los codos en el mostrador.

—Conozco lo más básico de algunas de ellas, pero no, no son mi fuerte en lo que a la magia se refiere.

La zona del ferial en la que se encontraban todavía no tenía mucha actividad, así que Gwyn la miró y le dijo:

—¿Te importa si le leo las cartas? Tal vez nos ayude con todo esto de —bajó la voz— la maldición.

—Sin problema —dijo ella, antes de mirar a Rhys—. Siempre que quieras, claro está.

—No tenemos nada que perder —repuso él con tono jovial—. Vivienne y yo no hemos hecho ningún avance en ese asunto.

Y no porque no lo hubieran intentado. No todo había sido sexo.

Bueno, sí que había habido mucho sexo, pero entre medias habían estado enfrascados en la investigación, sobre todo con su ordenador portátil, ya que no tenía mucha confianza en que fueran a comportarse en la biblioteca. Y teniendo en cuenta lo furiosa que estaba la doctora Arbuthnot con el asunto de la vela de Eurídice, seguramente no les habrían dejado entrar.

En ese momento, sabía más de maldiciones de lo que jamás creyó posible. Conocía cuáles eran las mejores fases lunares para lanzarlas; que el ajenjo las volvía más potentes; que en 1509, una bruja había conseguido maldecir no solo a un pueblo, sino a seis principados germánicos distintos.

Pero seguía sin tener ni idea de cómo romper una maldición.

Porque esa era la parte en la que los brujos solían mostrarse más imprecisos. ¡Cómo no!

Distraída, se fue al otro extremo del puesto, reorganizó el expositor de velas y se aseguró de que el cartel de «Algo de Magia. ¡Visite nuestra tienda!» estuviera recto. No volvió a mirar a Rhys y a Gwyn hasta que estos la llamaron.

Él estaba sosteniendo la Estrella, su carta, y sonreía.

—Esto tiene pinta de ser una buena señal.

Vivi se acercó a ellos y se apoyó en el mostrador mientras le quitaba la carta.

—Depende del lugar en el que salga —dijo.

Gwyn señaló el sitio en el que había estado la carta.

—Tenemos el pasado, el presente y el futuro. Tú eres el presente, obviamente.

—Obviamente —repitió ella. Sus ojos volvieron a encontrarse con los de Rhys. Estaba sonriéndole de esa forma dulce y cariñosa que era habitual en él y que, de alguna manera, también le insinuaba todas las cosas libidinosas que tenía pensado hacerle.

Era una de sus sonrisas favoritas de todo el planeta.

Gwyn estaba sacando la tercera carta, el futuro. Vivi miró a la carta del pasado: los Amantes, lo que tampoco le supuso ninguna sorpresa. Pero cuando su prima sacó la última carta, frunció el ceño.

—¡Vaya! El Emperador.

—No es una mala carta —objetó Vivi. Sin embargo, cuando se fijó bien en la versión que Gwyn había dibujado, tuvo que reconocer que resultaba bastante premonitoria. En ella se mostraba a un hombre con traje oscuro, sentado en un trono de madera tallado en lo que parecía un árbol ancestral. Tenía la barba de color gris, fruncía el ceño y portaba un bastón de ébano en la mano.

—Cierto, no es una mala carta —admitió Gwyn, golpeando el naipe con el dedo—. Solo representa... ya sabes... la autoridad. Reglas. Organización.

—Mi padre —dijo Rhys.

Gwyn asintió y recogió la carta.

—Exacto, tu padre representa...

—No —la interrumpió Rhys.

Algo en su tono de voz hizo que Vivi lo mirara.

Se había girado y tenía la vista clavada en la multitud, con gesto sombrío, mientras un hombre de pelo oscuro, vestido de negro se acercaba a ellos por el recinto ferial, seguido por su tía Elaine.

Rhys la miró con ojos serios.

—Es mi padre. Está aquí.

CAPÍTULO 27

A Rhys siempre le había resultado raro ver a Vivienne en casa de su padre, pero eso no había sido nada comparado a lo que sintió cuando vio a su padre en casa de Vivienne.

Bueno, en realidad era la casa de su tía, pero también habría podido ser la de Vivienne por todo el tiempo que pasaba allí y lo relajada que se la veía sentada a la mesa de la cocina de su tía, con una taza de té humeante junto al codo.

Simon, por el contrario, estaba menos relajado, pero también era cierto que en ese momento estaba mirando a un gato que hablaba.

—¿Chuches? —preguntó sir Purrcival, intentando dar un cabezazo a su padre en el brazo—. ¿Chuuuches?

—¿Qué diantres es esta abominación? —quiso saber su padre, apartando el brazo.

Gwyn se levantó de su asiento y sacó al gato de la mesa.

—No es ninguna abominación, es un gatito precioso. Aunque tenemos que trabajar un poco sus modales en la mesa.

—Mamá —ronroneó sir Purrcival, mirando con adoración a Gwyn mientras esta se lo llevaba de la cocina.

Rhys vio a su padre estremecerse antes de agarrar la taza de té que Elaine le había dado. Cuando estaba a punto de dar un sorbo, debió pensárselo mejor y la dejó en la mesa con tanta fuerza que se derramó algo de líquido por un lateral.

—No está envenenado —dijo Elaine, antes de sentarse al lado de Vivienne y darle una breve palmadita en el hombro.

Simon olisqueó la taza, se sacó un pañuelo del bolsillo y limpió el té vertido.

—Dada la predilección que tiene esta familia por hacer daño a los miembros de la *mía,* entenderás mi preocupación.

—Papá —dijo Rhys en voz baja.

Simon lo miró como había hecho miles de veces antes: con una mezcla de irritación y advertencia, además de una cierta perplejidad, como si no pudiera creerse que Rhys fuera su hijo.

—¿Acaso miento? —Miró a Rhys—. ¿Estás o no sometido a una maldición lanzada por este mismo aquelarre?

—¡Oh, por el amor de Dios! —exclamó Elaine, removiendo con una cuchara la miel que se había echado en el té—. No somos un aquelarre. Somos una familia. Y esta maldición ha sido completamente accidental, como ya te han explicado tu hijo y Vivi.

Simon resopló y se sentó más erguido en su silla.

—Las maldiciones accidentales no existen. Y ahora, por lo visto, gracias a esta insensatez, todo este pueblo, el legado de mi familia, también está maldito. Y por lo que me han contado, esto ha provocado otros accidentes, además de la liberación de un fantasma y esa pesadilla andante a la que llamáis «gato».

Gwyn, que acababa de regresar y estaba apoyada en el marco de la puerta entre la cocina y el pasillo, se cruzó de brazos y dijo:

—En serio, amigo, me da igual de quién sea padre o el poderoso brujo que esté hecho, siga hablando mal de mi gato y le sacaré de esta montaña de una patada.

Al ver que su padre empezaba a ponerse morado, Rhys dio un paso al frente desde el lugar en el que se encontraba, al lado de los fogones, con las manos levantadas.

—Está bien, vamos a calmarnos todos y a centrarnos en el asunto que nos traemos entre manos.

¡Oh, Dios! Estaba hablando como Wells. ¡Qué horror!

Vivienne se aclaró la garganta, se cruzó de piernas y miró a Simon a través de la mesa.

—Hemos estado haciendo todo lo que hemos podido para revertir la maldición, señor Penhallow. Todos nosotros, incluso Gwyn. Estamos intentando hacer las cosas bien.

—¿Y qué habéis estado haciendo exactamente? —inquirió su padre. Seguía usando un tono helado, pero al menos ya no la miraba con un brillo asesino en los ojos. ¡Gracias a Dios!

Vivienne apretó los labios y se colocó un mechón de pelo detrás de la oreja.

—Bueno, hemos estado investigando.

—¿Con libros? —Simon enarcó ambas cejas.

Rhys frunció el ceño.

—¿Por qué dices «libros» de ese modo? Adoras los libros. Habrías preferido tener libros por hijos en vez de a mí y a Bowen. Te habrías quedado con Wells, claro está...

—Porque la respuesta a este tipo de magia no se encuentra en los *libros* —repuso Simon, taladrándolo con la mirada—. Las maldiciones son complicadas y complejas. No hay una solución igual para todas. La solución está estrechamente relacionada con la maldición en sí. El motivo para lanzarla, el poder que se usó... Algo que podría haberte explicado si me hubieras contado lo que estaba sucediendo aquí.

—Lo intenté, ¿no lo recuerdas? —se quejó él, metiéndose las manos en los bolsillos—. Y tú me dijiste que era una tontería pensar siquiera que podía estar maldito.

—Sí, bueno.

Simon bajó la mirada y se quitó una pelusa imaginaria de la chaqueta.

¿Iba a terminar siempre con esas ganas de gritar en todas las conversaciones que mantuviera con su padre?

—La cuestión sigue siendo la misma, una vez que supiste lo que estaba pasando, deberías haberme informado.

—¿Cómo se enteró? —quiso saber Vivienne. Se inclinó hacia delante un poco—. Si no le importa que le pregunte.

—Por mi hermano —respondió Rhys. Luego miró a su padre enarcando ambas cejas—. Supongo que fue así, ¿verdad? Yo se lo conté a Wells y él te lo contó a ti.

—Tenías preocupado a Llewellyn —explicó Simon.

Rhys soltó un gruñido y alzó las manos frustrado. La próxima vez que viera a su hermano mayor, puede que terminara cometiendo un fratricidio.

—Tendría que haber llamado a Bowen, lo sabía.

—No mentías cuando dijiste lo de la familia disfuncional. —Oyó cómo Gwyn murmuraba a Vivienne, que enseguida la mandó callar.

Elaine se levantó de la silla y alzó ambas manos. Sus anillos brillaron bajo la tenue luz.

—Da igual a quién se lo deberías haber contado y cuándo. Lo importante ahora es lo que acaba de decir tu padre sobre las maldiciones. Nos da un punto de partida con el que comenzar.

—Sí, desde luego os ofrece algo más que los libros —intervino Simon. Luego lo miró con gesto sombrío—. Muchacho, llevas aquí casi dos semanas, ¿qué más has estado haciendo aparte de hojear tomos inútiles?

Rhys no miró en ningún momento a Vivienne. Sabía que, si lo hacía, su padre descubriría de inmediato lo que había estado haciendo.

—También hemos estado intentando revertir algunos efectos de la maldición —dijo al cabo de un rato. Incluso Gwyn se las arregló para no soltar un bufido. Pero era verdad. Vivienne y él habían estado apagando algunos de los incendios provocados por la maldición.

Aunque sabía que no había sido suficiente, que deberían haberse tomado más en serio aquello. Pero le resultaba tan fácil distraerse con ella y dejarse llevar por lo bien que estaban juntos. Había echado mucho de menos esa sensación como para dejarla pasar así como así.

Sin embargo, eso era lo que debería haber hecho.

Simon se volvió hacia Elaine, se inclinó hacia delante y apoyó los brazos en la mesa.

—¿Hay alguna fuente de energía adicional de la que un miembro de vuestra familia pudiera haber obtenido algo? ¿Algún ancestro enterrado aquí o algo parecido?

Elaine asintió y se subió las gafas en la nariz.

—Sí, una mujer. Aelwyd Jones. Llegó aquí en la misma época que vuestro alabado Gryffud Penhallow. Pero que nosotras sepamos, no tenía ningún poder especial. Solo fue una bruja más que emigró y murió de alguna enfermedad cualquiera, como muchas otras.

Una extraña emoción atravesó el rostro de su padre, pero fue algo tan rápido que Rhys no pudo discernir de qué se trató exactamente.

—Muy bien —dijo Simon. Entonces se puso de pie y cuadró los hombros—. Necesito volver a casa y consultar mis propias fuentes al respecto. Rhys, creo que deberías venir conmigo.

Rhys se balanceó sobre sus talones sorprendido.

—¿Qué?

—Si vienes a casa, podré estar atento a cualquier cosa que la maldición pueda hacerte. Le vendrá bien a mi investigación.

Lo dijo con voz fría, distante, sin mirarlo siquiera mientras buscaba en su bolsillo la piedra viajera, y aunque sabía perfectamente lo desalmado que era su padre, le dolió. Incluso después de todo ese tiempo. Simon quería que fuera a casa porque sería un conejillo de indias interesante en su investigación sobre las maldiciones, no porque fuera su hijo; se preocupaba por él solo porque alimentaba su interés por lo único que de verdad le importaba: la magia.

—Papá, quiero quedarme aquí hasta que esto termine —dijo con una voz sorprendentemente estable.

Cuando su padre se limitó a responder con un «Pues que así sea», se dijo a sí mismo que había salido bien parado. Al fin y al cabo, Simon había ido allí desde Gales más o menos para reprenderlo, y ahora que lo había hecho, se iba. En el pasado había sido peor, sin duda.

Pero entonces, Simon se detuvo y apoyó las yemas de los dedos ligeramente sobre la mesa.

—Señoras, espero que la presencia de mi hijo no las distraiga del importante negocio que tienen aquí de venta de cristales y camisetas con frases ingeniosas.

—Papá —empezó él, pero Vivienne ya se había puesto de pie.

—Vendemos un montón de cristales y camisetas con frases ingeniosas —comenzó ella, apoyando también las manos en la mesa—. Pero también falsos grimorios, calabazas de plástico y sombreros puntiagudos. Toda la gama al completo.

Las arrugas alrededor de la boca de su padre se marcaron mucho más, pero no dijo nada, ni siquiera cuando Vivienne sonrió y continuó:

—Y aun así, seguimos siendo las brujas que conseguimos maldecir a su hijo y usted ni siquiera se enteró. Así que, tal vez, debería dejarnos un poco tranquilas. —No dejó de sonreír en ningún momento, pero lo miró con dureza y con las mejillas un tanto sonrojadas. Era imposible que un hombre no se enamorara perdidamente de ella.

Vivienne se volvió hacia él, pero como Rhys estaba convencido de que le estaban saliendo dibujos de corazones de los ojos, se puso también de pie e hizo un gesto de asentimiento hacia su padre.

—Si te parece bien, te acompaño a la salida.

Simon seguía mirando a Vivienne, pero al cabo de un rato, asintió y se dirigió a la puerta. Cuando estuvieron fuera, Rhys se detuvo en lo alto de las escaleras del porche.

—Siento el viaje en balde.

Simon se volvió hacia él y lo miró. Rhys pudo ver las pronunciadas arrugas alrededor de su boca, los huecos bajo sus pómulos.

—Rhys —dijo su padre. Pero luego sacudió la cabeza, y con la piedra viajera ya en la mano, concluyó—: Cuídate.

—Siempre lo hago —replicó él. Sin embargo, antes de que las palabras terminaran de salir de su boca, su padre ya se estaba yendo, apagándose como una luz y dejándolo solo en el porche.

—¿Quieres que te acompañe a casa?

¡Ah! No tan solo como creía.

Vivienne estaba parada en el umbral de la puerta, todavía vestida de bruja, aunque sin el sombrero, que se lo había quitado hacía tiempo.

Asintió.

—Sí, me gustaría.

Solo tardaron tres minutos en conducir desde casa de la tía de Vivienne hasta la suya. Se dijo a sí mismo que lo único que debía sentir porque su padre se hubiera marchado tan rápido y que no se quedara allí esa noche era alivio.

Una vez dentro, dejó las llaves sobre la mesa que había junto a la puerta. Vivienne iba justo detrás de él.

—Gracias. —Se volvió para mirarla—. Tanto por acompañarme a casa como toda una dama, como por aguantar a mi padre.

—En realidad no ha sido tan malo —dijo ella, encogiéndose de hombros—. Es mucho menos aterrador de lo que me imaginaba.

—Vivienne, preciosa, eres una mujer con muchos talentos, pero mentir no es uno de ellos.

Ella sonrió un poco y atravesó la estancia para ponerse frente a él.

—¿Quieres que me vaya? —preguntó, estirando la mano para retirarle un mechón de pelo de la frente—. ¿Que te dé un poco de espacio?

—Quédate—le pidió él. Luego le agarró la mano y le besó la palma y la muñeca. Y antes de darse cuenta la estaba besando en la boca, necesitándola con desesperación, deseándola con todas sus fuerzas, y Vivienne ya tenía las manos en la cremallera de sus vaqueros.

—Quédate —repitió con un murmullo.

Sabía que no se refería solo a esa noche, pero en vez de decírselo, la tumbó con él en el sofá.

—¿Sabes? El único lugar de esta casa donde la decoración funciona es este —comentó Vivienne, apoyando la espalda en el pecho de Rhys.

Estaban en la gigantesca bañera con patas del baño principal. Un baño que, al igual que el resto de la mansión, estaba decorado en tonos negros y granates. Pero estaba de acuerdo con ella: esa estancia tenía un ambiente más romántico que aterrador. Por supuesto que ayudaban las velas que habían encendido y el hecho de que en ese momento tenía a Vivienne desnuda, mojada y pegada a él. Pero en cualquier caso, le gustaba mucho ese lugar de la casa.

—Gracias —murmuró contra su sien, besándole los mechones de pelo húmedo.

Ella giró la cabeza para mirarlo.

—¿Por hacer un cumplido a tu baño?

—Por todo. Por hacerle frente a mi padre.

—Te quiere —comentó ella con ternura, estirando la mano para enroscar los dedos con los de él debajo del agua—. Sí, es autoritario y un poco exagerado, pero está asustado. Preocupado. No puedes culparlo por eso.

No le apetecía pensar en su padre en ese momento, ni tampoco quería explicar a Vivienne que no todas las familias se preocupaban del mismo modo por sus miembros. Ella tenía a Elaine y a Gwyn, tenía amor y el calor de un hogar, todo lo que siempre había deseado de Simon, pero que nunca le había dado.

Vivienne tenía suerte.

Y él tenía suerte de tenerla, aunque no les quedara mucho tiempo juntos.

CAPÍTULO 28

Vivi se despertó a la mañana siguiente, teniendo la breve y confusa sensación de no saber dónde estaba.

Se dio la vuelta, se apartó el pelo de la cara y contempló las tupidas cortinas de terciopelo y el papel pintado.

La casa de Rhys.

La casa del padre de Rhys.

El padre de Rhys.

Suspiró y se tumbó de espaldas mientras recordaba la noche anterior. Simon no había estado mal encaminado sobre el nulo avance que habían hecho con respecto a la maldición, o al menos que no le habían prestado la atención debida. Habían maldecido a todo el pueblo, ¿y qué habían estado haciendo la última semana?

Miró el lado de la cama de Rhys, que estaba vacío, y empezó a excitarse cuando se acordó de todo lo que había sucedido esa semana. Sería una tontería decir que había sido algo mágico, pero era cierto. Volver a pasar tiempo con Rhys, enseñarle Graves Glen, cenar con él en su apartamento, o en ese estrambótico mausoleo que tenía por casa y que, por extraño que pareciera, empezaba a parecerle un poco más acogedor. Si era sincera, incluso le gustaba un poco el dosel.

Pero Simon había tenido razón. Solo quedaba un día para Halloween y debían tomarse el asunto en serio.

Algo que es más fácil decir que hacer cuando se trata de Rhys, pensó, apartando las sábanas.

Por eso, cuando bajó las escaleras y se encontró a Rhys completamente vestido en la cocina, con un par de gafas de sol colgando de la profunda «V» de su camisa y con dos tazas con tapa de café en la mano, se quedó un poco sorprendida.

—Buenos días, cariño —la saludó con demasiada alegría para ser (comprobó el reloj de pared del pasillo) apenas las siete de la mañana.

—¿Quién eres y qué has hecho con Rhys Penhallow? —preguntó con ojos entrecerrados mientras le quitaba una de las tazas.

—Como ya sabes, dirijo un negocio. De vez en cuando madrugo, e incluso se rumorea que he confeccionado una hoja de cálculo o dos.

—Es demasiado pronto para hablar de guarradas.

Rhys sonrió y se acercó a ella para besarle la punta de la nariz.

—Vístete y, cuando estemos en el coche, te hablo de mis hojas de cálculo y de las carpetas con códigos de colores que tengo en mi despacho.

—¿En el coche? —preguntó ella, deseando que el café empezara a hacer efecto en su cerebro.

—Hoy tenemos una misión que llevar a cabo —explicó él.

Por la forma en que de pronto apretó los labios y la postura de sus hombros, supo que tenía que ver con la maldición.

Veinte minutos más tarde, y después de llamar a Gwyn, Vivi estaba duchada y vestida con un par de vaqueros que había dejado en casa de Elaine y un jersey de rayas que en realidad era de su prima, además de sus propias botas negras de la noche anterior, e iba dentro del coche de alquiler con Rhys, saliendo de Graves Glen por el norte.

—Supongo que este es un momento estupendo para decirme en qué consiste esa misión —dijo mientras se recogía el pelo en un moño.

Rhys la miró. Tenía las gafas puestas y las mangas de la camisa gris oscuro vueltas hacia arriba. ¿Cómo era posible que después de haberse acostado tantas veces con ese hombre siguiera excitándose de esa forma con algo tan sencillo como verle los antebrazos desnudos mientras conducía? ¿Acaso tenía algún tipo de fetiche desconocido, o simplemente se ponía cachonda con todo lo que tuviera que ver con Rhys?

Entonces él le dijo: «Vamos a sacar a ese fantasma de la vela» y toda su libido se vino abajo como si le hubieran echado un jarro de agua fría.

—Lo siento, ¿qué? —preguntó, con las manos todavía inmóviles sobre su cabeza y la goma estirada entre los dedos mientras lo mirada con los ojos abiertos como platos.

—Piper McBride —respondió él, tan tranquilo y sereno como siempre.

Vivi frunció el ceño y bajó las manos. El pelo suelto le cayó por los hombros.

—Eso sería *quién*, Rhys, y mi pregunta se refería más a «¿Qué diablos quieres decir con que vamos a dejarla salir de la vela?». Si ni siquiera sabemos dónde está esa vela.

—En realidad —comentó él, estirando el brazo para agarrar su taza—, lo sabemos. —Y le dio un sorbo a su café.

Vivi refunfuñó para sus adentros mientras volvía a recogerse el pelo.

—Esto es un castigo por no haberte contado lo de la vela desde el principio, ¿verdad?

—Un poco, sí —dijo él, y luego le dedicó esa media sonrisa que siempre le producía un tirón en el pecho—. Muy bien, vamos a poner las cartas sobre la mesa. Anoche no pude pegar ojo, y aunque verte dormir es un pasatiempo entrañable...

—Más bien raro.

Volvió a sonreír y le dio un rápido apretón en el muslo.

—... decidí sacar provecho de mi insomnio. Mi padre tenía razón, aunque solo oírme decir eso hace que me entren ganas de matarme. Ya es casi Samhain, tenemos que centrarnos en la maldición. Así que me dije a mí mismo: «Rhys, apuesto bastardo, ¿cuál fue la última pista fehaciente que lograste averiguar de la maldición?». Y entonces me acordé de nuestra vieja amiga Piper y su «maldito Penhallow», y pensé que quizá sabía más de lo que nos dejó entrever antes de quedar atrapada en la vela.

Vivi asintió despacio, aunque se le revolvió el estómago al pensar que tendría que volver a lidiar con Piper.

—Vale, lo pillo —acordó ella—. Pero Tamsyn Bligh tiene la vela, si no la ha vendido ya. Y no sabemos dónde está.

—Está a dos pueblos de aquí —señaló Rhys, tomando la salida de la izquierda—. En un sitio llamado Cade's Hollow.

Vivi parpadeó sorprendida.

—¿Cómo lo sabes?

Rhys se dio un golpecito en el lateral de la nariz con uno de sus largos dedos.

—Puede que sea incapaz de hacer magia en Graves Glen, pero eso no significa que no pueda conseguir que otros la hagan por mí. En este caso en concreto, me ha echado una mano mi hermano Llewellyn. El imbécil me debía una, así que lo llamé y le pedí que lanzara un pequeño hechizo de rastreo. Si la señorita Bligh hubiera estado al otro lado del país, tal vez habríamos necesitado tener un plan B, pero resulta que no ha ido tan lejos.

—Pero puede que ya no tenga la vela —adujo ella. No quería hacerse ilusiones.

Rhys asintió.

—Sí, puede que no —reconoció él—, pero no adelantes eventos.

—Acontecimientos. Se dice «adelantar acontecimientos».

—Bien —fue su única respuesta.

Vivi se recostó en su asiento y contempló cómo los primeros rayos del sol matutino bañaban las montañas de un tono azul violáceo, los campos se iban transformando en casas y las casas daban paso a un pueblo aún más pequeño que Graves Glen.

Después de dejar atrás el centro del pueblo, Rhys giró varias veces más y al final aparcó frente a una mansión victoriana que parecía una tarta de boda son su estilo de pan de jengibre, tejados puntiagudos y una corona de hojas otoñales adornando la puerta principal.

Rhys apagó el motor y agachó la cabeza para estudiar el edificio a través del parabrisas.

—¿Está en un hostal? —inquirió Vivi.

—Sí, sin duda esta es la dirección que me ha dado Wells —comentó él. Luego, tras una pausa, agregó—: ¿Sabes? Cuando terminemos, podríamos pedir una habitación y...

—Rhys —Vivi lo miró—, céntrate, por favor.

—Lo siento, tienes razón. Primero, la maldición. Después, el sexo.

Salieron del coche. La mañana era fresca y un poco húmeda. Mientras subían las escaleras de entrada, se fijó en las gotas de rocío que todavía brillaban en los frondosos arbustos del exterior del hostal. Cuando vio una pequeña farola de calabaza sobre una mesa de mimbre justo al lado de la puerta principal, sonrió.

Al abrir la puerta, sonaron unas campanillas en el techo y una jovial mujer rubia les sonrió desde detrás de un enorme mostrador de roble.

—¡Buenos días! ¿En qué puedo ayudarlos?

Se dio cuenta de que no le había preguntado a Rhys si tenía un plan para conseguir hablar con Tamsyn. Cualquier hostal que se preciara no les daría el número de habitación de un huésped así como así, y tampoco estaba segura de cuánto tiempo podrían quedarse en el vestíbulo, esperando a que Tamsyn bajara.

Rhys sonrió a la mujer de detrás del mostrador.

—Hemos venido para saludar a una amiga —dijo con un acento más marcado de lo habitual.

Vivi tuvo que hacer acopio de todas sus fuerzas para no darle un codazo en las costillas.

Encanto. Ese era todo su plan. Sonreír, soltar unas cuantas palabras en galés, apoyarse en el mostrador mientras su pelo hacía esa *cosa* y esperar que todo saliera bien. O lo que era lo mismo, el paquete especial Rhys Penhallow.

Pero antes de que Rhys pudiera apoyarse en el mostrador, oyeron unos pasos bajando por la inmensa escalera que tenían a su derecha, y de pronto apareció Amanda..., no, Tamsyn Bligh, asomándose por la barandilla con casi medio cuerpo fuera.

—¡Hola, chicos! —exclamó con una voz tan pletórica que Vivi se preguntó si no habría perdido el juicio.

Pero entonces notó lo pálida que estaba, las profundas ojeras que tenía y el rictus de su sonrisa.

Tamsyn les hizo un gesto con la mano.

—¡Venga, subid! ¡Me alegro un montón de que hayáis venido!

Rhys lanzó a Vivi la mirada más elocuente de «¿Qué diablos está pasando?» que le había visto en la vida y después volvió a sonreír. Retomando su encanto habitual, la agarró de la cintura y la llevó hacia las escaleras mientras la recepcionista rubia regresaba a sus quehaceres con el ordenador.

—Nosotros también nos alegramos de verte —dijo Rhys.

Subieron la escalera detrás de Tamsyn, que prácticamente corrió hacia su habitación.

En ese hostal seguían usándose las llaves clásicas y cuando Tamsyn abrió la puerta, Vivi se dio cuenta de que le estaban temblando las manos.

En cuanto accedieron al interior, jadeó por lo fría que estaba la estancia a pesar del fuego que crepitaba en la chimenea, así que se bajó las mangas del jersey todo lo que pudo mientras echaba un vistazo a su alrededor. La habitación estaba prácticamente a oscuras, con las cortinas corridas, y en medio del suelo estaba la vela de Eurídice.

Tamsyn cerró la puerta y se volvió hacia ellos.

—Tenéis que ayudarme.

CAPÍTULO 29

—¿Y por qué íbamos a ayudarte? —preguntó Vivi, cruzándose de brazos—. Me mentiste.

—Sí —replicó Tamsyn, aunque no parecía muy arrepentida. Pero luego cambió su expresión, volviéndose un poco más contrita—. Y estuvo muy mal por mi parte. Sin embargo, era por una buena causa.

—¿Cuál? —inquirió Rhys, acercándose a la chimenea para apoyar la mano en la repisa.

Tamsyn los miró y luego soltó un suspiro.

—Está bien, iba a contaros que necesitaba atrapar a un fantasma para salvar a mi abuela o algo similar, pero en realidad solo quería ganar un montón de pasta. Hay gente que pagaría miles de dólares por una vela de Eurídice con un fantasma dentro. ¿Y si encima es el fantasma de una bruja? ¡Por favor! Tenía pensado pasar el verano en Portugal solo con lo que me sacara con esta vela, pero... —miró en dirección a la vela en cuestión— resulta que no puedo venderla. Le pasa algo.

Hizo un gesto, abarcando toda la habitación.

—¿Notáis el frío que hace aquí dentro? ¿La oscuridad? Ha estado así desde el primer día que la traje y cada vez es peor.

Vivi se acercó lentamente a la vela y enseguida entendió a lo que se refería Tamsyn. Esa maldita cosa irradiaba una especie de energía oscura que le hizo ver que, aunque el fantasma de Piper pudiera seguir atrapado allí dentro, no le hacía especial gracia la situación.

—Se supone que las velas de Eurídice no hacen eso —comentó Rhys en voz baja, poniéndose a su lado.

—No me digas —replicó Tamsyn, con una mano en la cadera—. He comprado y vendido toneladas de cosas similares, ¿pero esta? Esta está completamente rota. Y no puedo dejarla en cualquier sitio. Por supuesto tampoco quiero llevársela a los brujos de la universidad. Así que, aquí estaba, atrapada con esta maldita vela, intentando averiguar qué hacer, y entonces habéis aparecido como una especie de ángeles de la brujería.

—¿Entonces no eres una bruja? —preguntó Vivi, mirando hacia atrás a Tamsyn.

—Para nada —respondió ella estremeciéndose un poco—. Solo gano dinero con sus chorradas.

—Y mientes a la gente para conseguir esas chorradas —apuntó Rhys.

Tamsyn se encogió de hombros.

—No hago daño a nadie.

—Todavía —dijo Vivi. Se agachó para recoger la vela. Estaba fría al tacto, tanto que casi quemaba. Hizo una mueca de dolor mientras tiraba de su jersey para cubrirse la mano y poder llevarla—. ¿Por qué sigues tan cerca de Graves Glen? —Se dio la vuelta; la vela seguía fría en su mano—. Yo me habría ido lo más lejos posible.

—Ese era el plan —reconoció Tamsyn con un suspiro. Después señaló la vela con la cabeza—. ¿Pero habrías querido meter esa cosa en un avión?

—Tienes razón —masculló Rhys, echando un vistazo a la habitación, que se notaba que estaba hechizada.

—Supongo que podemos hacerte el favor de quitarte esto de encima —dijo Vivi, fingiendo estar molesta y no aliviada.

—Con un gran coste personal para nosotros —añadió Rhys, con voz solemne y un rictus tan serio en el rostro que Vivi tuvo que contener la risa.

—¡Oh, Dios! Gracias —dijo Tamsyn, con los hombros caídos—. Y en serio, siento haberte engañado para que atraparas a este fantasma por mí. De verdad. Pareces una persona maja. Y me gustó tu despacho.

—Gracias —replicó Vivi.

Entonces Rhys le puso la mano en la parte baja de la espalda y la llevó hasta la puerta.

—¡Jesús! Esto ha sido pan comido —murmuró en cuanto estuvieron en el pasillo. Luego miró las distintas puertas de madera—. ¿Sabes? Pensaba que íbamos a tardar mucho más, así que ahora nos sobra tiempo. Si *quieres*...

—No. —Vivi le dio un golpe en el pecho—. No vamos a pedir ninguna habitación. Vamos a llevar esto directamente a la tía Elaine.

Rhys soltó un sonoro suspiro, la agarró de la cara con una mano y bajó la cabeza para darle un beso en la boca.

—Me encanta y odio cuando te muestras sensata, Vivienne.

De acuerdo, tal vez deberíamos haber pedido una habitación, reconoció Vivi varias horas después, mientras estaba sentada, temblando, en el bosque que había un poco más allá de la cabaña de su tía. Habían regresado a Graves Glen antes del mediodía, pero Elaine había insistido en que ese tipo de magia tenía que hacerse por la noche y bajo la luz de la luna, aunque en ese momento, cuando se acurrucó un poco más contra Rhys, se preguntó si eso no se debía más a la inclinación que su tía tenía por la estética.

Frente a ella, su prima también estaba sentada, con las rodillas pegadas al pecho, observando cómo su madre vertía un círculo de sal en el suelo, con la vela de Eurídice en el centro, que seguía irradiando frío.

—Esto está siendo demasiado serio para lo que estamos acostumbradas —observó Gwyn. Luego se miró a sí misma—. Bueno, podría ser más serio aún si no llevara mi pijama de calabazas, pero ¿qué se le va a hacer?

Rhys soltó un bufido y pasó un brazo a Vivi por los hombros para acercarla más a él.

—Confía en mí. Ver a este fantasma en..., bueno, decir «en carne y hueso» no es muy apropiado, ¿verdad? Aunque tampoco queda bien decir que lo has visto en persona. Da igual —se encogió de hombros—; te aseguro que este fantasma es algo bastante serio.

—Y además es un fantasma que te odia, ¿no? —preguntó su tía Elaine.

—Sí, eso parece.

—Mmm. —Su tía se subió las gafas por el puente de la nariz—. Entonces, tal vez deberías quedarte un poco más atrás.

Rhys miró a Vivi y ella, al recordar cómo el fantasma lo había hecho volar por los aires en la biblioteca y la ira en su mirada cuando lo vio, hizo un gesto de asentimiento. La teoría de Elaine era que, como Piper había sido una bruja, quizá se mostrara más receptiva a hablar con otras brujas, sobre todo con aquellas que la iban a liberar. Vivi había tenido que recordarle que ella *también* había sido la que la atrapó en la vela, pero su tía tenía la esperanza de que Piper no recordara ese detalle.

—Los fantasmas no siempre tienen una buena percepción de lo que está pasando —le había explicado su tía—. El tiempo no significa nada para ellos.

Vivi esperaba que tuviera razón.

Rhys ya se había levantado y se había apartado un poco. Ahora estaba apoyado en un árbol. Gwyn y ella se pusieron de pie y se situaron en lados opuestos del círculo de sal.

—¿Vivi? —la llamó su tía—. ¿Te gustaría hacer los honores?

Y así fue cómo, por segunda vez en su vida, encendió una vela de Eurídice.

Esa vez fue diferente. No hubo una lenta succión, como mientras atrapaban al espíritu. En su lugar, la vela chisporroteó, la llama se elevó un instante y, de repente, allí estaba Piper McBride, flotando en todo su esplendor y bastante cabreada.

Resplandecía lo suficiente como para envolverlos a todos en un halo azul verdoso. Al otro lado del círculo, su prima abrió los ojos como platos.

—¡Oh, mierda! Un fantasma —jadeó antes de agitar las manos—. Sí, vale, sabía que iba a ver uno, pero una cosa es saberlo y otra verlo de verdad. —Piper se volvió para mirarla y Vivi pudo ver, a pesar de la penumbra, cómo su prima tragaba saliva—. Mmm, por cierto, bonita camiseta. A mí también me gusta Nirvana.

El fantasma se giró lentamente, observando a Vivi y a su tía, y aunque su expresión no cambió mucho, no tuvo la sensación de que estuviera tan enfadada como antes.

Puede que Elaine tuviera razón.

—¿Sois un aquelarre? —preguntó Piper, con una voz que sonaba muy lejana; un efecto de lo más espeluznante teniendo en cuenta lo cerca que estaba.

—Sí —respondió ella, aunque no fuera verdad en sentido estricto.

El fantasma la miró.

—Tú —dijo, curvando ligeramente el labio superior—. Te he visto.

De pronto tenía la boca tan seca que tuvo que humedecerse los labios.

—Sí. En la biblioteca.

—Con un Penhallow. —Ahora Piper estaba gruñendo literalmente.

—Cierto. De hecho, queremos hablar contigo de eso. Sabías que Rhys, el Penhallow, estaba maldito. Y tienes razón. Yo fui la que lo maldije, así que...

—No fuiste tú.

Las palabras sonaron neutras, casi aburridas.

¿La habría oído mal?

—¿Qué?

—Conozco la magia que rodea a ese Penhallow —dijo Piper. Seguía flotando sobre el suelo, pero estaba empezando a parecerse más a una adolescente que a un aterrador ser sobrenatural—. Y no era tuya. O no solo tuya.

—¿De quién era entonces? —quiso saber Elaine.

Piper se volvió de nuevo para mirarla.

—Hay otra magia que fluye por la sangre de este pueblo —indicó Piper—. Una magia que fue robada por los Penhallow. Una magia oculta. Aelwyd Jones merece cobrarse su venganza.

Aelwyd Jones.

Su antepasada; la bruja que estaba enterrada en el cementerio del pueblo.

Miró a su tía, que parecía estar cada vez más confusa.

—Nuestra antepasada no poseía una magia tan poderosa —le dijo a Piper—. Era una bruja normal y corriente, como todas las mujeres de nuestra familia.

—Era más poderosa de lo que nadie se imaginaba —replicó Piper—, pero Gryffud Penhallow le robó su magia, la usó y borró su nombre.

—¿Cómo?

Vivi se volvió para ver a Rhys dando un paso adelante justo cuando Piper clavaba la vista en él y desaparecía cualquier rastro de la chica normal que había sido. Sus ojos se tornaron negros, se le echó hacia atrás el pelo y se abalanzó sobre Rhys con el mismo aullido sobrenatural que le había oído en la biblioteca.

Sin pensárselo dos veces, Vivi se interpuso entre Piper y Rhys, pero el movimiento hizo que pisara sin querer el círculo de sal y lo rompiera. Al instante, sintió cómo algo gélido la envolvía, atravesándola. Se le nubló la visión y los recuerdos de Piper invadieron su mente en un remolino de imágenes.

Piper en la biblioteca, buscando información sobre la historia de Graves Glen, con su pelo negro cayendo sobre un cuaderno en el que había escrito el nombre de Aelwyd Jones en tinta púrpura. Piper en la cabaña, junto a su altar, con las velas encendidas y las runas brillando, mientras lanzaba un hechizo invocando al espíritu de Aelwyd, pero era un hechizo muy potente, una magia muy poderosa y Piper sintió cómo tiraba de ella, succionándola. Y después la oscuridad; estaba todo tan oscuro y hacía muchísimo frío...

Vivi jadeó, las hojas crujieron bajo sus dedos mientras el frío penetraba en su cuerpo. Se le aceleró el corazón. Todavía tenía la visión borrosa. Estaba intentando darle sentido a lo que acababa de ver.

—Vivienne.

Rhys estaba arrodillado a su lado (¿cómo había terminado en el suelo?), con las manos en sus hombros y el rostro pálido. Miró un poco más allá y vio que Piper seguía flotando sobre la vela y que el círculo de sal volvía a estar cerrado. Se fijó en su tía, parecía agotada.

—Estoy bien —consiguió articular. Aunque no estaba segura de si era verdad—. En serio.

Dejó que Rhys la ayudara a ponerse de pie, apoyándose en él mientras miraba fijamente a Piper.

—Intentar contactar con Aelwyd te mató —dijo con la voz todavía áspera.

Piper asintió, aunque no dejó de mirar en ningún momento a Rhys.

—Pero no fue por su culpa. Fue por mí. Mi magia no era lo suficientemente fuerte para romper el hechizo que la retenía. —Y en ese momento la miró—. Pero la tuya sí. La llamaste con tu maldición y ella te dio su poder porque eres de su sangre.

—Una maldición de sangre —dijo Elaine con el ceño fruncido—. Ni siquiera me planteé que pudiera tratarse de eso.

—¿Es malo? —inquirió Gwyn, pero inmediatamente después sacudió la cabeza—. Vale, es una pregunta estúpida. Pues claro que es malo, cualquier cosa que se llame «maldición de sangre» tiene que serlo.

—¿Y cómo lo revertimos? —preguntó Vivi a Piper.

El fantasma sonrió.

—No podéis. Solo Aelwyd puede hacerlo.

—Pero está muerta —indicó Gwyn, con los brazos en jarras—. Por una otitis o alguna otra infección que mataba a la gente de esa época.

—Gryffud la mató —declaró Piper—. Cuando le drenó la magia para alimentar a este pueblo. Y luego lo ocultó, diciendo que había muerto de gripe.

Gwyn parpadeó estupefacta y Vivi volvió a pensar en esa cueva, en el poder que vibraba en las líneas ley. No solo era magia, sino la fuerza vital de Aelwyd. Una fuerza vital que le fue arrebatada.

—Aun así —prosiguió Gwyn—, tú perdiste la vida intentando contactar con ella, de modo que pedirle directamente a Aelwyd que revierta esta maldición queda completamente descartado.

—Aelwyd no la revertiría aunque pudiera —replicó Piper—. He visto lo que le ha hecho a este pueblo. Este pueblo, el legado de Gryffud Penhallow, sufrirá. Y también su heredero.

Volvió a clavar sus malévolos ojos en Rhys, que le devolvió la mirada sin inmutarse.

—¿Yo? —Se llevó una mano al pecho—. No soy su «heredero», hay muchos más.

—Pero tú eres el que está aquí. —Piper sonrió—. Y mañana es Samhain, cuando el velo es más débil y la magia de Aelwyd más poderosa.

Halloween. Mañana.

Vivi miró al fantasma. Se le acababa de helar la sangre y contraer el estómago.

—Entonces, estás diciendo que...

—Que la maldición alcanzará su cénit mañana a medianoche —anunció Piper. Ahora su sonrisa destilaba veneno—. Y que mañana por la noche, este pueblo y el Penhallow morirán.

CAPÍTULO 30

Mientras regresaban en coche a la casa de Rhys, a Vivi le dolía todo el cuerpo y estaba más agotada que nunca. Se trataba de un tipo de cansancio que notaba hasta en los huesos y que hacía que cosas tan sencillas como desabrocharse el cinturón de seguridad o abrir la puerta del coche le resultara imposible.

Rhys debió de darse cuenta, porque se acercó y pulsó el botón del anclaje inferior por ella. Luego se fue hasta su lado del coche, le abrió la puerta y la ayudó a salir.

—¿Quieres que te lleve en brazos? —preguntó.

Vivi miró hacia la mansión.

—No te ofendas, pero que me metas en esa casa en brazos haría que me sintiera como la protagonista de una película de terror que se acaba de desmayar.

—Lo entiendo —dijo Rhys, sonriendo un poco. Sin embargo, le rodeó con el brazo la cintura mientras subían los escalones del porche.

—Jamás me imaginé que ser poseída durante un instante pudiera ser tan extenuante —dijo ella.

Rhys abrió la puerta con llave y volvió a mirarla, escudriñándole el rostro.

—¿Seguro que estás bien?

Lo estaba, en teoría. O por lo menos físicamente. Solo estaba cansada.

Lo que de verdad le dolía era el corazón.

Mañana por la noche, este pueblo y el Penhallow morirán.

Recordó perfectamente las palabras de Piper, la furia que había ardido en sus ojos mientras miraba a Rhys.

Rhys, que iba... silbando mientras entraban en la casa.

Lo siguió, vio cómo lanzaba las llaves sobre la mesa y luego fue a la cocina para regresar con un par de botellas de agua.

—Por lo menos, ahora que Piper ha soltado todo lo que tenía que decir, ya no deambulará por la biblioteca —comentó él.

Sí, si algo había ido bien esa noche era precisamente eso. En cuanto Piper terminó de hablar, se desvaneció y la vela de Eurídice se convirtió en polvo. Vivi tenía el presentimiento de que esta vez se había ido para siempre, que no harían falta más hechizos de retención. Sin embargo, le daba mucha pena pensar cómo había debido sentirse esa brillante y talentosa bruja mientras su poder se agotaba poco a poco, por haber intentando practicar una magia demasiado poderosa para ella. Era una lástima.

Rhys le entregó una botella de agua e hizo girar un par de veces la suya en el aire antes de abrirla.

—Misión cumplida.

Se acercó hacia ella, pero Vivi retrocedió un paso. De repente, ya no estaba tan cansada.

—Rhys, ¿se te ha olvidado la parte en que si no solucionamos esto antes de mañana por la noche, morirás?

Estaba ahí parado, en medio del salón, bebiéndose el agua con total despreocupación.

—Eso dice ella.

Vivi lo miró con la boca abierta.

—No, no es *eso dice ella*. En serio. Vas a morir si no invocamos al espíritu de Aelwyd y conseguimos convencerla de que perdone los pecados de tu familia. Lo que, permíteme que te diga, es una gesta bastante complicada.

—Como no vamos a saber lo complicado que es hasta que no lo intentemos, no tiene mucho sentido preocuparse por ello —declaró él, antes de dejar la botella en la mesa y acercarse a ella para tomarla de las manos—. Ahora bien, si muero, me gustaría tener un funeral en plan vikingo. Que me metáis en un bote y luego le prendáis fuego. ¿Hay algún lago por aquí cerca?

Vivi apartó las manos de las de él y se quedó mirando fijamente esos ojos azules y su apuesto rostro. Y en su cabeza apareció la carta de Gwyn que le iba como anillo al dedo: el Loco, caminando alegremente por las montañas.

—¿Puedes dejar de tomarte esto a cachondeo? —espetó.

Rhys se balanceó sobre los talones y frunció el ceño.

—Lo siento. No me acordaba de la noche que has tenido. No es un buen momento para hacer coñas, tienes razón.

—No hagas eso.

—¿El qué?

Se cruzó de brazos y se enfrentó a él. Le dolía la cabeza y tenía la boca seca.

—Actuar como si no me pareciera divertido solo porque estoy cansada. No me parece divertido porque no le veo la más mínima gracia a la posibilidad de que mueras, sobre todo cuando es por mi culpa.

Se le quebró la voz en la última palabra y notó que los ojos se le llenaban de lágrimas.

Por favor, no te pongas a llorar delante de él. No llores delante de él.

Pero ya era demasiado tarde. Y cuando él estiró la mano para alcanzarla de nuevo, Vivi no pudo evitar soltar un sollozo de dolor.

Sin embargo, logró retroceder y alzó las manos.

—No. Estoy... Vale, no estoy bien, yo solo... —Lo miró y dijo las palabras que albergaba en su corazón. Las palabras que tanto la aterraban—. ¿Y si no podemos solucionarlo, Rhys?

—¿Y si podemos?

Volvió a intentar abrazarla y, en esa ocasión, se lo permitió. Dejó que la acercara a él, que sus brazos la rodearan con fuerza mientras apoyaba la cabeza en su hombro y cerraba los ojos, sintiendo cómo se derrumbaba por dentro.

Ese era Rhys. Así era él. Y Vivi adoraba esa parte de su carácter, ese alegre optimismo de que todo iba a salir bien, porque, sinceramente, siempre había sido así.

Y siempre lo sería.

Igual que siempre le rompería el corazón. No lo haría adrede, por supuesto que no querría hacerlo, pero lo haría.

¿Y entonces qué pasaría? Vivi no había querido que nada de aquello ocurriera, pero había sucedido, y todo porque lo había amado demasiado, porque había sentido demasiadas cosas por él. Quizá a una mujer que no fuera una bruja no le importara correr el riesgo, pero ella no podía.

Otra vez no.

Tragó saliva y se apartó de él.

—Esta noche voy a dormir en casa de Elaine.

Rhys frunció el ceño.

—Vivienne...

—Te veo mañana. —Se obligó a esbozar una sonrisa, a pesar de que estaba limpiándose las lágrimas con la palma de la mano—. Y sí, tienes razón, lo solucionaremos. Todo saldrá bien y podrás regresar a Gales sin que tengas que volver a oírme llamarte «bragadicto».

Rhys seguía sin sonreír, pero asintió y dejó que se fuera.

—Puedo llevarte en coche —se ofreció, con las manos en bolsillos y gesto serio.

—Iré andando. No está lejos.

Y era cierto. De hecho, el aire fresco nocturno le vino bien mientras regresaba a casa de su tía. Cuando entró por la puerta principal, ya ni siquiera lloraba.

—Vivi —dijo sir Purrcival desde su cesta.

Ella sonrió y se agachó para acariciarlo.

—¡Pero mírate, aprendiendo palabras nuevas cada día!

—¿Chuches? —preguntó el animal, haciéndole ojitos con esos dos enormes luceros verdes.

—¡No se te ocurra darle nada! ¡Hoy se ha comido su peso en chuches! —oyó gritar a Gwyn.

Vivi siguió el sonido de la voz de su prima y terminó en la cocina, con la cadera apoyada en la mesa, mientras Gwyn removía algo en un fogón.

—¿No te quedas a dormir esta noche con Rhys?

—No. Necesitaba un respiro.

Gwyn no dijo nada durante un buen rato. Luego se apartó de lo que fuera que estaba preparando y señaló:

—¿Sabes? No pasa nada si dices que estás enamorada de él.

—No lo estoy —repuso ella, pero se dio la vuelta para no tener que mentir a su prima a la cara—. Es lo mismo de antes. Un encaprichamiento. Sexo del bueno. Una distracción.

—Vivi.

Gwyn atravesó la cocina, la agarró de los hombros y la giró con suavidad.

—Me encanta el buen sexo y las distracciones como a la que más, pero también sé reconocer cuándo algo va en serio. Y en este caso es así, ¿verdad?

Habría soportado un montón de cosas. El sarcasmo, una intromisión directa, incluso la tortura. Si Gwyn hubiera optado por alguna de ellas, no le habría costado seguir insistiendo en que no estaba enamorada de Rhys Penhallow y que solo era una mujer del siglo XXI, que estaba pasando un buen rato en medio de unas circunstancias que eran un auténtico desastre.

Pero Gwyn la estaba mirando con tal sinceridad desde esos grandes ojos azules que siempre habían sido capaces de leer su alma que... ¡Mierda! Ahora estaba *llorando*. Otra vez.

Solo un poco, pero lo bastante para Gwyn.

Su prima arrugó el rostro en una mueca de comprensión y la acercó a ella, asfixiándola en su jersey de lana naranja con olor a lavanda.

—Cariño —suspiró su prima.

Vivi le devolvió el abrazo y se dejó llevar por el llanto.

—¡Es una estupidez!

—Sinceramente, también lo es el amor.

—¡Somos totalmente distintos!

—Por eso te pone más aún si cabe.

—*Lo maldije,* Gwynnevere.

—¿Y quién no lo ha hecho alguna vez?

Vivi se apartó un poco y miró a su prima antes de enjugarse las mejillas húmedas.

—Incluso tú tienes que reconocer que no es el momento adecuado.

Gwyn se limitó a encogerse de hombros.

—Ningún momento es adecuado para este tipo de cosas, ¿no crees? ¿Encontrar a tu otra mitad? Sucede cuando sucede. O eso dicen.

Y entonces volvió a mirar el fogón y por fin se dio cuenta de lo que estaba preparando: el té caliente particularmente dulzón y, según su opinión, asqueroso que a Gwyn le encantaba. Una mezcla de una cantidad obscena de azúcar, té negro, un montón de especias y polvo para bebidas sabor naranja.

La mezcla que su prima usaba para darse ánimos, por encima incluso del vodka, y que siempre significaba que algo iba mal.

—¿Jane? —se aventuró a preguntar.

Gwyn no se volvió.

—Hablando de personas que son completamente distintas.

Sin decir nada más, se acercó hacia Gwyn, le rodeó la cintura con los brazos y apoyó la mejilla en su espalda. Después de un rato, preguntó:

—¿Quieres que le lancemos una maldición?

Gwyn se echó a reír, bajó las manos hacia las de Vivi y se las apretó.

—¿Qué te parece si esperamos a ver cómo termina todo esto antes de volver a maldecir a nadie?

—Me parece bien —respondió ella. Dio un abrazo más a su prima antes de ir hacia un armario y agarrar dos tazas.

Esa noche, se sentaría en la cocina con Gwyn y bebería su «té de la ruptura».

Y al día siguiente haría un pacto con el diablo.

Puede que hasta de forma literal.

CAPÍTULO 31

A la mañana siguiente, Rhys se despertó de mal humor en el que muy bien podía ser el último día de su vida. Lo que tampoco era de extrañar.

Por un lado, estaba solo.

La noche anterior había dormido en un lado de aquella enorme cama, como si fuera un idiota desconsolado, y ahora, mientras se daba la vuelta sobre el colchón y estiraba la mano hacia el lugar donde debería haber estado Vivienne, *se sentía* como un idiota desconsolado.

La noche anterior había metido la pata. Hasta el fondo.

Pero no tenía claro cuándo. Sabía que ella había estado enfadada con lo de la maldición y lo que implicaba, pero Rhys creía en ella. Confiaba en *ellos,* estaba seguro de que podían solucionarlo, y le dolió que ella no tuviera la misma fe.

En realidad nunca había tenido mucha fe en él. Sí, quizá la cagó aquel verano, pero Vivienne ni siquiera le dio la oportunidad de explicarse; simplemente interpretó de la peor manera todo lo que él le dijo. Hasta ese momento, no se había dado cuenta de lo mucho que aquello le había dolido.

Vivienne había estado enamorada de él, sí, pero no había confiado en él.

Y ahora tampoco lo hacía.

Y esa era la razón por la que en ese momento estaba tumbado entre sábanas de seda negra, taciturno, lo que era francamente humillante.

Soltó un suspiro y se incorporó en la cama justo en el mismo momento en que empezó a sonarle el teléfono en la mesilla de noche. Al instante, el estúpido y traicionero órgano que tenía por corazón le dio un brinco, pensando que podía ser Vivienne.

Pero no. Era Bowen, haciéndole una videollamada. Cuando Rhys pulsó el botón de aceptar, ambos hermanos se miraron con horror.

—¿Qué le ha pasado a tu cara? —preguntó él al mismo tiempo que su hermano fruncía el ceño y exclamaba:

—¡Estás desnudo!

Se sentó un poco más en la cama y se llevó la palma de la mano que tenía libre a un ojo.

—No, no lo estoy, acabo de despertarme y...

—¿Por qué respondes a una videollamada desnudo?

—¿Por qué te has puesto un tejón en la cara?

Durante un instante, los dos se miraron a través de sus respectivos teléfonos. Después, su hermano esbozó una amplia sonrisa a través de toda esa barba.

—Está un poco salvaje, ¿verdad?

—Es descomunal, colega —replicó Rhys, pero también estaba sonriendo. La mayoría de las veces, Bowen, al igual que Wells, era como tener un grano en el trasero. Sin embargo, se alegraba de verlo, incluso aunque llevara la barba más aterradora del mundo.

—Wells me ha dicho que la has liado —dijo Bowen. Su hermano siempre iba directo al grano—. Y que hiciste que te lanzaran una maldición.

—Es una historia muy larga —le advirtió él, pero Bowen se limitó a gruñir y a alejar un poco el teléfono para que pudiera ver la solitaria ladera de la montaña en la que se encontraba.

—Me vendría bien un poco de entretenimiento.

De modo que Rhys se lo contó todo, empezando por el verano de hacía nueve años y terminando con Vivienne marchándose de su casa entre lágrimas la noche anterior.

Cuando terminó, su hermano estaba frunciendo el ceño, pero como era una de sus expresiones habituales, tampoco se preocupó mucho.

—Esa mujer tiene razón —dijo Bowen al cabo de un rato—. En cuanto a lo de que nunca te tomas nada en serio.

—Eso no es cierto —se quejó él—. Me tomo un montón de cosas en serio. Mi empresa. A ella. Y también te tomaría a ti en serio, pero me es imposible con la pedazo barba que te has dejado crecer.

—¿Lo ves? A eso es a lo que me refiero —comentó Bowen, señalando a la pantalla del teléfono con un dedo—. Siempre estás tomándole el pelo a la gente, haciendo bromas de todo. Dices que ella no confía en ti. ¿Cómo va a hacerlo si te comportas como si todo te diera igual, como si la vida fuera un puto chiste?

Rhys parpadeó sorprendido.

—¿Ahora das terapia gratis a las ovejas de allí arriba?

Bowen frunció aún más el ceño y Rhys levantó una mano, con un gesto de rendición.

—Vale, ya lo pillo, lo estoy haciendo otra vez.

No sabía cómo explicar a Bowen, un hombre que siempre decía lo que pensaba de la manera más contundente posible, que a él le resultaba más fácil ocultar sus sentimientos, no dejar que nadie supiera qué cosas le afectaban. Vivir la vida de forma superficial, sin profundizar en ella.

Pero la cuestión era que ya estaba metido hasta el fondo. Se había enamorado de Vivienne. En realidad, estaba empezando a darse cuenta de que nunca había dejado de quererla. Lo que sucedió aquel verano no había sido solo un rollo más, había sido algo real.

Y lo había echado a perder. Igual que estaba haciendo ahora.

—Dile lo que sientes por ella —le aconsejó Bowen—. Sé sincero. ¡Ah! Y no se te ocurra morir esta noche.

—Gracias —dijo con una sonrisa triste—. Cuídate allí arriba. Y aféitate.

Su hermano le sacó el dedo corazón, pero estaba sonriendo cuando colgaron y Rhys se levantó de la cama sintiéndose un poco mejor.

Lo único que necesitaba era ver a Vivienne y decirle la verdad. Confesarle que estaba perdidamente enamorado de ella y que sí, tenía mucho miedo de lo que pudiera pasar esa noche, pero que confiaba en ella.

El problema era cómo decírselo, ya que no era precisamente el tipo de cosas que se pudieran soltar en un simple mensaje de texto. Tenía que ir a casa de su tía, y decírselo allí.

Pero cuando condujo montaña abajo y llamó a la puerta de Elaine, la única que estaba en la casa era su tía.

Bueno, ella y el gato.

En cuanto la bruja abrió la puerta, esa bola de pelo alzó la vista, lo miró y espetó:

—Imbécil.

—Mira, amigo, el otro día te defendí —dijo él, sacudiendo un dedo en dirección a sir Purrcival—. No hagas que me arrepienta.

La tía de Vivienne se rio y se agachó para recoger al animal, pero no lo invitó a entrar. Cuando lo miró de arriba abajo, Rhys sintió que podía ver el interior de su alma.

—Has venido para decirle a Vivi que la quieres —indicó al cabo de unos segundos.

Él asintió.

—Junto con otras cosas, sí, aunque esa es la principal. Pero como parece que no está por aquí, voy a acercarme a...

—Rhys. —Elaine apoyó una mano en su brazo y, por primera vez, se dio cuenta de que tenía los mismos ojos color avellana que Vivienne. En ese momento, esos ojos lo miraban con cariño, pero supo que no le iba a gustar lo que estaba a punto de decirle.

—Está en casa, preparándose para lo de esta noche. La magia que va a necesitar... es mucho más potente de lo que ha usado nunca. Sinceramente, es mucho más potente de lo que yo he usado nunca y tiene que prepararse. Ahora no puedes alterarla.

Fue como recibir un puñetazo en el estómago.

Había llegado demasiado tarde.

Tenía la sensación de que siempre le pasaba lo mismo.

—Es verdad —dijo, forzando una sonrisa—. Es mejor que no la moleste.

Elaine le dio un apretón en el brazo.

—Díselo después.

—Eso haré. —Aunque un escalofrío le recorrió la columna. *Suponiendo que siga con vida.*

El baño no la estaba ayudando.

Igual que en aquella otra ocasión.

Al menos ahora, aunque estaba metida en la bañera, con el agua caliente llegándole hasta la barbilla y rodeada de velas encendidas, no tenía ni una gota de vodka cerca. Y tampoco estaba conjurando la cara de Rhys o su olor. Ni siquiera lloriqueaba.

Era una enorme mejora con respecto al último baño que se había dado con el corazón roto.

Entonces, ¿por qué se sentía mucho peor?

Era una pregunta retórica, porque conocía la respuesta. Esta vez sentía que el daño en su corazón era mucho más grande y también estaba aterrorizada por lo que iba a tener que hacer. Ni siquiera su tía Elaine, que era la mejor bruja y la más poderosa que conocía, había tenido que enfrentarse a una tarea similar. Y ahora ella, que el hechizo que más usaba era el de recalentar el té sin usar el microondas, iba a invocar a un espíritu que llevaba muerto siglos y pedirle que revirtiera una maldición.

A ver cómo se las apañaba.

Cuando se levantó, el agua se vertió un poco. Buscó una toalla y se preguntó cómo se suponía que tenía que ir vestida para celebrar un ritual de invocación en un cementerio en la noche de Halloween. Seguro que con algo impresionante, toda de negro, con alguna joya de plata, quizá.

Pero mientras buscaba en el armario, se fijó en el vestido que había llevado la primera noche que Rhys regresó al pueblo, el negro con pequeños lunares naranjas y el cinturón de piel también naranja.

Le encantaba ese vestido, aunque no le daba precisamente un aire de bruja poderosa.

Siguió mirando y decidió escoger el negro que había llevado en la Feria de Otoño.

Pero entonces se detuvo.

Era su hechizo. No importaba que su antepasada le hubiera proporcionado la energía suficiente, ella era la que había lanzado la maldición y sería ella la que intentaría revertirla esa noche. *Era* una bruja poderosa, con o sin lunares, y si iba a sentirse mejor llevando su vestido favorito, ¿por qué no ponérselo?

Tal y como había previsto, mientras iba de camino al cementerio desde su apartamento, se sintió un poco mejor. El sol acababa de ponerse y el pueblo despedía un ambiente de Halloween total. Todas las farolas estaban encendidas y los altavoces que habían colocado a lo largo de la calle principal emitían la misma música siniestra. Cuando pasó al lado de la cafetería Cauldron, sonrió. Habían dispuesto un caldero de verdad en la calle, lleno de hielo seco y un par de niñas disfrazadas de brujas reían y chillaban mientras corrían entre el humo.

Graves Glen era un buen lugar para vivir. Un sitio alegre.

Y ella iba a salvarlo.

A medida que se acercaba al cementerio, los sonidos de la fiesta de Halloween se fueron haciendo más distantes. Cuando abrió la chirriante puerta de hierro, lo único que podía oír era el viento soplando sobre las hojas de los árboles y a algún que otro pájaro.

La tumba de Aelwyd estaba en el rincón más apartado. Mientras se dirigía hacia allí, vio a Gwyn y Elaine de pie, esperándola.

Ambas llevaban velas en la mano y la ternura con la que la miraron le provocó un repentino nudo en la garganta.

—Estamos casi listas —informó su tía, antes de entregarle una vela negra—. En cuanto llegue Rhys podemos empezar.

—Rhys ya está aquí —dijo él a su espalda.

Se volvió para verlo acercarse tranquilamente, como si fuera a encontrarse con alguien en el parque, no de camino a su propia muerte. Sintió una punzada de dolor en el corazón.

Iba vestido todo de negro, con el colgante brillando en su garganta. Cuando agarró la vela que Elaine le entregó, la miró y le guiñó un ojo.

—¿Lista para quitarme de encima esta maldición, *cariad*?

Vivi tomó una profunda bocanada de aire.

Gwyn encendió una cerilla con un chisporroteo y un súbito olor a azufre inundó el aire cuando la acercó a la mecha de su vela.

—Tanto como puedo estarlo.

CAPÍTULO 32

Rhys no creía haber estado más nervioso en su vida que en el momento en que vio a Vivienne colocarse a los pies de la tumba de Aelwyd, con el pelo retirado de la cara, vestida con sus lunares y sosteniendo su vela.

Se la veía tan guapa, tan valiente... Aunque sabía que debería estar un poco preocupado por sí mismo, lo que de verdad le provocaba un nudo en el estómago era pensar que pudiera pasarle algo a ella. Apretó las manos en sendos puños a los costados.

Debería habérselo dicho antes, pensó, pero era demasiado tarde. Vivienne ya se había arrodillado a los pies de la tumba y estaba murmurando por lo bajo. No estaba seguro de qué consecuencias tendría aquel ritual, pero sí sabía que era algo más que invocar a un fantasma. Los fantasmas eran entes completamente diferentes, hechos de energía que no podía liberarse.

Un espíritu atrapado en su tumba era una bestia mucho más difícil de invocar.

Piper McBride lo había aprendido de la peor manera y ahora, mientras observaba a Vivienne, tuvo que hacer acopio de toda su fuerza de voluntad para no sacarla de allí. ¡A la mierda el pueblo y a la mierda él! No quería que Vivienne arriesgara su vida para salvarlos.

Pero ella quería hacerlo. Estaba convencida de que podía hacerlo.

Y a él no le quedaba otra que creer en ella.

Gwyn y Elaine también se habían arrodillado y cuando Elaine extrajo un pequeño cuchillo de plata del cinturón, Rhys apretó los dientes. Se trataba de una maldición de sangre y Vivienne era pariente consanguínea de Aelwyd, así que no debería haberle sorprendido que el ritual requiriera algo de sangre. Sin embargo, no pudo evitar estremecerse cuando el filo atravesó la parte carnosa de la palma de Vivienne, en un corte rápido y diminuto, pero un corte al fin y al cabo.

Vivienne no se inmutó. Se limitó a presionar la mano contra la tierra y bajó la cabeza.

Gwyn y Elaine estaban susurrando junto a Vivienne. Las llamas de sus velas se balanceaban bajo el viento nocturno. Rhys sintió una ráfaga helada ascendiendo por su columna y un pequeño temblor en el suelo.

No supo exactamente cuándo pasó. No hubo nada espectacular como había sucedido con Piper, ninguna manera repentina de salir de la tumba.

Pero cuando Vivienne volvió la cabeza y lo miró, supo que no era ella la que estaba detrás de esos ojos.

—Penhallow —dijo ella. Aunque era su voz, se podía oír otra debajo de ella, con acento galés, así que decidió responder en galés.

—Ese soy yo.

Vivienne torció las comisuras de los labios hacia arriba.

—Te pareces a él. A Gryffud.

Rhys se tocó el puente de la nariz y frunció el ceño.

—¡Mierda!

—¿Eres tan irresponsable como él? ¿Tan cruel? —continuó ella, poniéndose de pie.

Le resultaba muy raro ver el cuerpo de Vivienne, un cuerpo que ahora conocía tan bien como el suyo, pero sin sus gestos habituales, con una postura completamente distinta. Y lo estaba mirando con una frialdad tremenda. Jamás había visto esa mirada en el rostro de Vivienne, ni siquiera cuando lo odiaba.

—Irresponsable, puede —respondió—. ¿Cruel? Espero de corazón que no.

Vivienne fue hacia él abriendo los brazos. Detrás de ella, Gwyn y Elaine la observaban, lívidas.

—Gryffud quería construir con su magia este pueblo —explicó ella—. Quería que fuera su legado. Su propio reino privado.

—Típico de los hombres de mi familia.

—Pero no había suficiente. Él no era lo bastante poderoso —prosiguió Vivienne. Ahora la tenía tan cerca que pudo percibir un olor a ozono y tierra, nada parecido al dulce aroma que desprendía Vivienne—. Por eso me pidió ayuda. —Clavó los ojos en algún lugar por encima de su hombro y supo que, de algún modo, estaba fijándose en la cueva, en las líneas ley—. Quise mezclar mi magia con la suya, pero él se la llevó toda. —Lo taladró con la mirada—. Me lo arrebató todo. Drenó mi fuerza vital para construir este pueblo y después borró mi nombre de la Historia. Se erigieron monumentos en su nombre y nunca se me agradeció el sacrificio que hice. Ni siquiera lo reconocieron. Fue como si nunca hubiera existido.

Rhys pudo sentir el dolor que subyacía en lo que estaba diciendo, y aunque sabía que no era Vivienne la que le estaba hablando, las palabras pesaron en su pecho como una losa.

—Si te sirve de consuelo —dijo—, Gryffud murió de viruela, lo que, según tengo entendido, es un final bastante doloroso, así que...

—¡No hay consuelo posible! —Elevó la voz. El viento azotó con más fuerza, el pelo de Vivienne se echó hacia atrás, y en lo alto, los árboles se balancearon con un lastimero crujido—. Mi descendiente me pidió que te maldijera, y eso fue lo que hice. Luego tú maldijiste a este pueblo. Si os viera convertidos en cenizas a los dos, mi venganza sería total. —Ladeó la cabeza y lo observó.

Rhys se preparó para... no sabía exactamente qué. ¿La aniquilación? Sí, eso parecía lo más probable.

Y entonces la bruja dijo:

—Pero esta mujer, esta hermana de sangre, me pide que os perdone a ambos. Que levante la maldición que pesa sobre ti y sobre este pueblo.

Rhys tomó una lenta y profunda bocanada de aire.

—Sí.

—¿Y por qué debería hacerlo?

Se puso a pensar en alguna razón, en algo que fuera completamente irrefutable que pudiera salvar tanto a Graves Glen como a su vida, pero lo único que pudo decir fue:

—Porque la amo.

Esos ojos ni siquiera parpadearon.

—La amas —repitió Vivienne/Aelwyd.

Rhys asintió.

—La amo y le hice daño. Me merecía la maldición. Pero Graves Glen es su hogar. El hogar de su familia. No puedo permitir que desaparezca por mi culpa.

La luz de la luna bañó el cementerio. Por primera vez, se percató de una especie de halo brillante que rodeaba a Vivienne y percibió el latido de su corazón en su garganta. ¿Su Vivienne seguía ahí? ¿Podía oírle?

—¿Y si decidiera perdonar al pueblo a cambio de tu vida? ¿Qué pasaría entonces?

La bruja se acercó todavía más. Su mirada se oscureció. Rhys hizo todo lo posible por permanecer en su sitio.

—Entonces toma mi vida —respondió—. Es un precio justo por lo que te hicieron.

—¡Rhys! —oyó gritar a Gwyn, pero Elaine la detuvo agarrándola de la muñeca.

Él la miró con una sonrisa titubeante.

—¡Vaya! Por fin me he quitado de encima el apodo de «imbécil».

Aelwyd seguía observándolo a través de los ojos de Vivienne y él era muy, muy consciente de que su vida pendía de un hilo.

Entonces, la bruja se alejó de él, el viento dejó de soplar y se desvaneció ese olor similar al de un rayo cayendo sobre la tierra.

—Cierto, tienes que amarla —dijo ella.

—Sí —repuso él—. Con locura.

Aelwyd respiró hondo, soltó un suspiro y cerró los ojos.

—Puedo ver su corazón. Lo siento en su pecho. Ella también está enamorada de ti y no quiere que te haga daño. Como es de mi sangre, he decidido acceder a su petición.

A Rhys le costó horrores no caer desplomado al suelo del alivio que sintió.

—Gracias —jadeó. Vio que Gwyn y Elaine se daban la mano—. Muchas gracias —repitió—. Te prometo que solucionaré lo de ese cabrón de Gryffud. No más estatuas, y desde luego no más Días del Fundador. Incluso veré si puedo hacer que mi hermano Wells se cambie su segundo nombre.

Al ver que Aelwyd fruncía el ceño, se preguntó si había sido una mala idea mencionar su parentesco con ese desgraciado, pero no era por eso. La bruja ni siquiera lo estaba mirando, estaba concentrada en la tumba, abriendo y cerrando las manos a los costados.

—Es la maldición. No puedo levantarla.

—¿Perdón?

Aelwyd se puso de rodillas y echó la cabeza hacia atrás para mirar al cielo.

—No soy lo suficientemente fuerte. —Su voz cada vez sonaba más débil, mientras que la de Vivienne se hacía más fuerte. Sus ojos volvieron a encontrarse y esta vez tuvo la sensación de que era Vivienne la que lo estaba mirando y no su antepasada—. Lo siento, Rhys Penhallow —dijo Aelwyd con un hilo de voz—, es demasiado tarde.

Y entonces sonó algo parecido a un trueno y Vivienne se desmoronó en el suelo.

CAPÍTULO 33

Vivi estaba un poco cansada de hacer magia y terminar en el suelo sin saber cómo.

Abrió los ojos y vio a Gwyn, a Rhys y a Elaine, todos de pie junto a ella. Nada más ver sus expresiones, supo que el ritual no había funcionado. O quizá ni siquiera había logrado llevarlo a cabo. Lo último que recordaba era haber puesto la mano sobre la tumba de Aelwyd, pedirle a su antepasada que levantara la maldición, y después un inmenso vacío... hasta ese momento.

—¿Se acabó? —preguntó a Rhys.

Él trató de sonreír mientras la ayudaba a levantarse.

—Estuviste magnífica. De verdad.

—Eso no es una respuesta —se quejó ella mientras se quitaba el polvo de la falda y miraba a Gwyn y a Elaine. Ambas estaban más serias de lo que nunca las había visto.

—Lo hiciste, Vivi. —Su prima se acercó para agarrarla de la mano—. Conjuraste al espíritu de Aelwyd en tu interior. Ha sido la magia más chula que he presenciado en mi vida. Parecías toda una diosa, tu pelo ondeaba al viento como el de Beyoncé y...

Vivi la miró fijamente.

—Y no ha funcionado. Lo veo en tu cara.

La bravuconería de Gwyn desapareció al instante. Le acunó la mejilla con la mano.

—No ha sido culpa tuya.

Miró a Rhys presa del pánico. Allí estaba, tan guapo, con ese aire tan despreocupado, con las manos en los bolsillos... Pero se notaba que tenía la boca tensa y los hombros rígidos.

—Por lo visto, Aelwyd no tenía la energía suficiente, con Samhain o sin él. —Se encogió de hombros—. Unas veces se gana y otras se pierde.

—No —protestó ella, sacudiendo la cabeza. Todavía se sentía un poco aturdida por el hechizo que acababa de realizar, sentía un extraño sabor metálico en la boca y estaba temblando, pero también tenía la absoluta certeza de que no iba a permitir que le pasara nada a Rhys.

Ni a Graves Glen.

—No, esto no ha terminado —continuó.

Elaine dio un paso adelante y le tomó la mano.

—Mi amor, hemos hecho todo lo que hemos podido. ¿Sabes cuántas brujas sobrevivirían a lo que has hecho? Convocar un espíritu requiere mucha energía, incluso en Samhain. La magia que se necesita puede matarte, pero mírate. Estoy tan orgullosa de ti...

—Gracias, tía Elaine. —Y se lo agradecía de corazón—. Pero lo digo en serio. No podemos rendirnos.

—Vivienne —dijo Rhys en voz baja—, no se puede hacer nada más.

Vivi cerró los ojos y negó con la cabeza.

—No, tiene que haber un modo. Solo es cuestión de pensar en ello.

Pero le habría costado menos pensar si no hubiera tenido en su interior al espíritu de una bruja que había muerto hacía tres siglos y su cabeza no hubiera estado coreando una y otra vez: «Rhys va a morir, Rhys va a morir». Aun así, intentó aclarar sus pensamientos y calmarse un poco, respiró hondo y trató de encontrar una solución.

Rhys estaba maldito, al igual que el pueblo. Rhys y el pueblo estaban conectados por las líneas ley. Las líneas mágicas que había instaurado el antepasado de Rhys.

¡No!

Abrió los ojos al instante.

No había sido el antepasado de Rhys. O no solo él. Aelwyd también había estado allí. Su magia fluía en esas líneas. Al igual que fluía en su sangre, en la de Gwyn y en la de Elaine.

Podía funcionar. O quizá no.

Pero tenía que intentarlo.

—Las líneas ley —le dijo a Rhys, dirigiéndose hacia la entrada del cementerio—. Tenemos que llegar a las líneas ley.

Gracias a Dios, Rhys la siguió sin hacer ninguna pregunta.

—He traído el coche. —Miró su reloj—. Y todavía queda una hora para la medianoche.

—Vosotras también —llamó a su tía y a su prima—. Os necesito a las dos.

—Iremos justo detrás de vosotros —dijo Elaine.

Volvió a agradecer al cielo tener a unas personas como esas en su vida; unas personas que la querían y confiaban ciegamente en ella.

Hicieron el trayecto hacia la cueva en un visto y no visto. Ni Rhys ni ella hablaron mucho. Gwyn y Elaine los adelantaron y, cuando llegaron, ya estaban allí.

—Rhys —dijo Vivi al entrar en la primera cámara, la más grande que conducía al resto de cuevas—, necesito que esperes aquí, ¿de acuerdo? Esto tenemos que hacerlo nosotras tres.

Igual que antes, no hizo ninguna pregunta, simplemente asintió.

—Por supuesto.

Sin embargo, mientras iba hacia la abertura que conducía a las líneas ley, le oyó gritar:

—¡Buena suerte para que no muera!

En esa ocasión, cuando accedió a la cámara donde se encontraban las líneas ley, no experimentó esa oleada de calor que había sufrido con Rhys. En todo caso, se sintió un poco mareada, desorientada, como si hubiera estado dando vueltas en círculos demasiadas veces. La magia seguía allí, con el mismo poder, pero ahora, además de poderosa, se notaba que estaba terriblemente mal.

—¡Joder! —oyó susurrar a Gwyn.

Las tres se quedaron mirando la magia que palpitaba en el suelo de la cueva. Lo que antes había sido una nítida luz púrpura, ahora se veía turbia, espesa y lenta, con unas chispas rojizas que destellaban de tanto en tanto.

—Está peor. La primera noche se notaba que algo iba mal, pero ahora...

Por primera vez, tuvo sus dudas sobre el plan. Tal vez había sido una estupidez. Quizá no podría llevarlo a cabo.

Pero tenía que intentarlo. Por Graves Glen. Por Rhys. Incluso por Aelwyd, que se merecía un final mejor del que tuvo.

—Démonos las manos —dijo a su prima y a su tía.

Las tres formaron un círculo, agarrándose de las manos.

—Esta magia es nuestra. —Cerró los ojos—. Nuestra antepasada la creó. Nadie le erigió ninguna estatua, ni le puso su apellido a la universidad, pero existió. Estuvo aquí y ayudó a fundar este pueblo. Dio su vida por él. Somos sus descendientes.

Gwyn y Elaine le apretaron las manos, lo que le dio el valor necesario para respirar hondo y decir:

—¡Que le den a Gryffud Penhallow! Las brujas Jones vamos a solucionar esto.

Sintió una corriente de energía bajo sus pies. De pronto, las manos de su tía y de su prima estaban tan calientes que casi quemaban, pero siguió sujetándolas con fuerza, enviando toda la magia que pudo reunir al círculo que habían formado las tres y después a las líneas ley.

Era como empujar una roca cuesta arriba, con otra fuerza impulsando en sentido contrario. No sabía si esa otra fuerza era lo que quedaba de la magia de Penhallow o la propia maldición, pero se concentró todo lo que pudo para dirigir su magia, mientras regueros de sudor corrían por su frente.

Y entonces oyó gritar a Gwyn:

—¡Está funcionando!

Abrió los ojos y miró las líneas ley; la luz púrpura brillaba, fortaleciéndose. El lodo negro, por el contrario, retrocedía. Se agarró con más fuerza a su tía y a su prima, pensando en Aelwyd, pensando en Piper McBride, pensando incluso en los brujos de la universidad. Todos ellos tenían su propio poder y el mismo derecho sobre la magia de Graves Glen que el resto.

De repente, se produjo un súbito destello de luz, tan vibrante que Vivi se quedó sin aliento y se soltó del agarre de Gwyn y Elaine para taparse los ojos. Un destello que se fue tan rápido como había venido y que le dejó la vista un tanto nublada y distorsionada.

Pero frente a ella, en el suelo de la cueva, las líneas ley ahora discurrían limpias y de un brillante tono púrpura. Incluso emitían un pequeño zumbido.

—¡Por las tetas de Rhiannon! —jadeó Gwyn antes de volverse hacia ella con una sonrisa deslumbrante—. ¡Lo has conseguido!

—Lo hemos conseguido —la corrigió ella. Luego abrazó a su tía y a su prima, riendo, aun cuando las lágrimas caían por sus mejillas.

—Os adoro, chicas —dijo Elaine, secándose los ojos—. Y ahora prometedme que nunca, nunca más volveréis a mezclar la magia con el vodka.

—Te lo juro solemnemente —se apresuró a decir Gwyn.

Vivi asintió.

—Hemos aprendido la lección más que de sobra, te lo aseguro.

—Bueno, parece que ya no voy a morir, ¿no?

Se volvieron hacia la entrada de la cámara, donde Rhys acababa de asomar la cabeza.

Gwyn lo señaló con un dedo.

—Mira, su pelo sigue haciendo esa cosa.

—Cierto —convino Vivi.

Rhys le guiñó un ojo y luego señaló con el pulgar la entrada a la cámara principal.

—En ese caso, ¿por qué no nos vamos ya de aquí? Con maldición o sin ella, no me gustaría pasar en este sitio lo que queda de Halloween.

CAPÍTULO 34

Vivienne estaba radiante mientras regresaban al pueblo y a Rhys le estaba costando horrores mantener la vista en la carretera y no en ella.

—Ha sido como... como si tuviera un río dentro de mí, solo que el río era mágico y podía sentirlo. En serio, lo sentí cuando salía de mis manos como un zumbido —explicó entusiasmada, gesticulando con ambas manos, con las mejillas sonrosadas y los ojos brillando de emoción.

—Ya me lo has contado, *cariad,* ya me lo has contado.

Vivienne bajó las manos y le sonrió de oreja a oreja.

—Lo siento. Me estoy emocionando demasiado, ¿verdad?

—A ver, me has salvado la vida y a un pueblo entero con tu magia —le recordó él—. Puedes emocionarte todo lo que quieras.

Vivienne apoyó la cabeza en el respaldo y volvió a reírse.

—Lo hice. Lo conseguí. Soy una bruja cojonuda.

—La mejor de todas. —Tamborileó los dedos sobre el volante—. Y puede que también la que ahora está experimentando un pequeño subidón de magia.

—Sí, lo más seguro —convino ella.

Entonces volvió a sonreírle; una sonrisa que calentó cada centímetro de su cuerpo.

Él también estaba un poco eufórico. Burlar a la muerte solía tener ese efecto en un hombre, y aunque no estaba seguro de cómo se iba a tomar su padre la noticia de que Graves Glen ya no era territorio Penhallow, en ese momento le dio igual. Sería un problema al que tendría que enfrentarse el Rhys del futuro, y estaba convencido de que ese cretino descarado sabría cómo lidiar con ello.

De pronto Vivi estiró la mano y le agarró del brazo.

—Para.

Rhys la miró con recelo.

—No irás a vomitar, ¿verdad?

—¿Qué? ¡No! —respondió ella haciendo una mueca de asco. Después señaló el parabrisas—. Justo ahí.

Rhys siguió sus instrucciones y detuvo el coche en una zona de tierra al borde de una colina, mirando hacia el valle. La luna brillaba lo suficiente como para distinguir la pradera que había debajo de ellos y las colinas circundantes que se elevaban como sombras oscuras hacia el cielo de un tono azul marino.

—Ahí fue donde nos conocimos —anunció ella en voz baja—. En el solsticio de verano. Justo ahí, en esa pradera.

Rhys se había dado cuenta desde el momento en que había aparcado el coche. Recordaba aquellas colinas, recordaba estar sentado con ella mirándolas, recordaba aquella corona de flores que Vivienne había llevado en la cabeza, un poco torcida, y su dulce sonrisa.

—¿Puedo contarte un secreto? —preguntó ella, con voz tranquila y un poco más calmada.

—Espero que no sea que no has logrado romper la maldición y me has traído aquí para tirarme colina abajo.

Ella se rio, un poco más bajo esta vez, y negó con la cabeza con el pelo rozándole los hombros.

—Me encantó ese verano. Siempre lo he recordado como una época perfecta y maravillosa. Pero, ¿sabes?, siempre me he dicho a mí misma que es porque fue la primera vez. El primer ritual mágico al que acudí, el primer verano en la universidad, el primer chico del que me enamoré.

Cuando se volvió hacia él, sus ojos brillaban con una emoción a la que Rhys no supo ponerle nombre, pero fuera la que fuese, le calentó el pecho y el corazón.

¡Dios! ¡Cómo la quería!

—Pero ahora ha sido mucho mejor —continuó ella, acercándose más a él. Y entonces le sonrió—. ¿Puedo besarte?

A Rhys se le aceleró el corazón, palpitando contra sus costillas casi de forma dolorosa.

—¿Ahora?

—Estoy abierta a cualquier momento que me propongas.

—Bueno, has tenido suerte, ahora mismo estoy completamente libre —replicó él.

Vivienne se rio y él tiró de ella, colocándose en su asiento para que pudiera sentarse a horcajadas sobre él.

Hacía tiempo que no se acostaba con nadie en un coche, pero consiguieron apañárselas. Le subió el vestido hasta la cintura, se desabrochó la cremallera y solo tocaron el claxon dos veces.

Y cuando estuvo dentro de ella, sintiendo sus brazos alrededor de su cuerpo, su pelo en la cara, y a esa preciosa y maravillosa mujer de la que se había enamorado dos veces entregándose a él, supo que tenía que confesarle sus sentimientos.

Después, se había prometido a sí mismo. Y ya era después.

Pero primero, quería sentir cómo se derretía sobre él, oír sus suaves gemidos y disfrutar de sus dientes mordisqueándole el lóbulo de la oreja.

Hizo todo eso y más, y cuando Vivienne se derrumbó jadeante contra su pecho, le echó el pelo hacia atrás y le besó la piel sudorosa del cuello.

—Vivienne... —empezó.

Ella suspiró y se acurrucó más contra él.

—Te voy a echar de menos, Rhys —murmuró ella.

Ahí fue cuando entendió qué era todo eso. Por qué lo había llevado allí, al lugar en el que se conocieron, y le había hecho el amor.

Se estaba despidiendo de él.

Llegaron a la montaña de su tía Elaine pasada la medianoche. Mientras Rhys y ella subían las escaleras del porche, con los dedos entrelazados, miró al cielo.

—Se acabó Samhain. Hemos entrado oficialmente en el Día de Todos los Santos.

—Y, oficialmente, ya no pesa una maldición sobre mí y tú eres la bruja más impresionante que conozco.

Vivi soltó una risita y le hizo una reverencia. Seguía un tanto eufórica por los efectos de la magia, o del sexo, o por una especie de combinación mística de ambos.

De hecho, pensó mientras se detenían frente a la puerta de su tía, no le vendría mal un poco de ambas cosas.

—¿Vienes adentro? —le preguntó—. No tengo mucha práctica en eso de colar chicos en la habitación que tengo aquí, pero si te soy sincera, no creo que a Elaine le moleste.

Rhys sonrió, pero fue un gesto breve, y cuando levantó la mano para retirarle el pelo de la cara, Vivi supo lo que le iba a decir.

—Aunque me encantaría, *cariad,* me temo que mañana tengo que irme.

Vivi se apartó un poco y separó las manos de su cintura.

—¿Irte a... Gales?

—Ahí mismo —dijo él—. Tengo que contarle todo esto a mi padre y es una conversación que es mejor que mantengamos en persona. Además, ahora que se acercan los días de fiesta, voy a estar muy ocupado en el trabajo.

Vivi sintió como si acabara de zambullirse en una piscina helada, mientras toda esa absurda felicidad se le escapaba entre los dedos. Miró a los ojos azules de Rhys.

—Sí, claro. —Se obligó a sonreír—. Los dos sabíamos que esto era algo temporal. Tú tienes tu vida allí y yo tengo la mía aquí.

—Exacto. —Su sonrisa también pareció un poco fingida—. Por supuesto —añadió Rhys, acercándola a él—, podría suplicarte que vinieras conmigo. Arrodillarme ante ti y hacer toda una escena.

Vivi se rio, aunque también tuvo que cerrar los ojos ante el repentino escozor de las lágrimas.

—Me gustaría verlo. —Y el problema era que lo decía en serio. Quería que Rhys le pidiera que se fuera con él, saber qué significaba para él lo que había entre ellos.

Pero él ya se lo había demostrado con sus actos, ¿verdad? Vivi le importaba, y siempre sentiría algo por ella. Pero no era el tipo de hombre que se quedaba en un mismo sitio para siempre. De hecho, había construido toda una vida en base a esa premisa.

Y ahora que su magia estaba intrínsecamente ligada a Graves Glen, ella tampoco quería irse de allí. Ese lugar era su hogar.

—Sí, ya lo creo que te gusta verme de rodillas.

Vivi se pegó más a él y lo abrazó, respirando el olor a otoño que desprendía su ropa y el tenue olor a humo que todavía los rodeaba.

—Se te da muy bien todo lo que haces de rodillas.

Él se rio y la abrazó con mas fuerza. Ojalá pudieran alargar ese momento un poco más. Tenerlo más tiempo con ella, una noche, o tal vez dos.

Pero eso no facilitaría más las cosas. Todo lo contrario, las haría más difíciles, porque Rhys no podía quedarse.

Y ella no podía irse.

—Míralo por el lado bueno —dijo ella mientras se apartaba de él—. Al menos esta vez no te lanzaré una maldición. Incluso puede que monte un pequeño santuario de Rhys Penhallow en el escritorio de mi despacho.

—Espero que con una cama con dosel incluida.

Vivi sintió que le temblaba la sonrisa. Estaba tomando la decisión correcta. Ambos lo hacían. Lo que había entre ellos no tenía futuro. Eran demasiado distintos, tenían vidas diferentes, sueños diferentes.

Pero eso no hacía más llevadero dejarlo marchar.

Sin embargo, eso fue lo que hizo.

—Adiós, Rhys. —Le rozó los labios con los suyos una vez más.

—Adiós, Vivienne —murmuró él, pero no volvió a besarla. Se dio la vuelta, bajó los escalones del porche y salió de su vida, por segunda vez.

CAPÍTULO 35

El semestre invernal siempre era un poco deprimente.

Si el mejor momento de Graves Glen era en octubre, enero era la otra cara de la moneda, la época del año en la que Vivi empezaba a preguntarse si no debería mudarse a la playa o algo parecido. A priori, la nieve no era mala, incluso podía parecer espectacular cuando la veías desde un porche en las montañas, con los copos de nieve flotando entre los árboles desnudos.

Pero no hacía tanta gracia cuando tenías que andar sobre una capa de un par de centímetros de espesor, mezclada con barro, de camino al trabajo.

Hizo una mueca y se sacudió las botas antes de entrar en el Departamento de Historia.

—Enero es una mierda —oyó que le decía Ezichi cuando pasó delante de su despacho.

Vivi asomó la cabeza adentro.

—Estoy de acuerdo contigo. Pero me he enterado de que por fin has conseguido el puesto de titular. ¡Felicidades!

A diferencia de ella, Ezi tenía el doctorado y llevaba muchos años ejerciendo como profesora, así que estaba realmente emocionada por ella, y Ezi también debía de estarlo, a juzgar por su sonrisa.

—Y felicidades a ti también —dijo Ezi. Salió de detrás de su escritorio—. ¿Es cierto eso que me han dicho de que vas a dar algunas clases en el Departamento de Folclore?

Vivi hizo un gesto de asentimiento, sintiendo un pequeño hormigueo en el estómago ante la idea. Después de Halloween, había ido a hablar con la doctora Arbuthnot sobre lo que había pasado y el cambio en la magia de Graves Glen.

Había estado convencida de que la mujer estaría furiosa, o al menos molesta con todo aquello.

Sin embargo, para su sorpresa, le ofreció un puesto de trabajo.

Desde ese semestre estaba impartiendo dos clases en la zona de brujería; un curso de Historia de la Magia centrado en el pasado de Graves Glen y una asignatura de Magia Ritual.

Incluso se había comprado una bufanda nueva.

Pero solo una.

Se despidió de Ezi y se dirigió a su despacho. Nada más entrar, encendió el hervidor de agua eléctrico y dejó el bolso sobre el escritorio. Después hurgó en él y sacó un voluminoso libro, con una cubierta de cuero en un tono rojo sangre y una portada con un título estampado en oro envejecido. Era un libro sobre historia de Gales que había escrito una bruja galesa hacía más de cien años. Lo había recibido por correo el último Yule, sin remitente, solo con una nota escrita con la letra de Rhys en la que ponía:

Para tu despacho. Besos.

Ningún *cariad,* ningún «Te echo de menos». Pero pensaba en ella, y con eso tenía suficiente.

O al menos eso era lo que Vivi quería creer.

Sacudió la cabeza, se preparó una taza de té y encendió el ordenador.

Cuando terminó de teclear sus notas para la clase de Historia de la tarde, recordó que tenía una reunión con la doctora Arbuthnot en el Departamento de Brujería. Soltó un suspiro, se puso el abrigo y se enroscó la bufanda al cuello.

La zona de brujería era más tranquila que el resto del campus, y la nieve estaba un poco menos pisoteada. Cuando entró en el edificio principal arrugó la nariz por el olor a pachulí (¿no había nadie que pudiera hacer algo al respecto?), pero siguió caminando por el pasillo, mirando las puertas que pasaba de largo.

Aparte del mobiliario más elegante, no había mucha diferencia con el Departamento de Historia. La misma hilera de puertas, los mismos vidrios esmerilados con los nombres escritos con letras negras.

A. Parsons.
J. Brown.
C. Acevedo.
R. Penhallow.

Acababa de pasar esa última puerta cuando se dio cuenta. Se giró lentamente y volvió a mirarla, con el corazón desaforado.

Era imposible.

Tenía que tratarse de otra persona, algún otro Penhallow cuyo nombre de pila empezara por «R». Seguro que Rhys tenía algún primo o prima que se llamara Richard Penhallow o Rebecca Penhallow.

Pero antes de percatarse, tenía la mano puesta en el pomo.

Sabía que era de una mala educación tremenda entrar en el despacho de alguien sin haber llamado antes, pero necesitaba verlo con sus propios ojos. Tenía que apagar esa estúpida brizna de esperanza que se había instalado en su pecho antes de que fuera a más.

La puerta se abrió, mostrando un despacho que no parecía muy diferente al suyo. Era pequeño, con una sola ventana, un escritorio con una lámpara, un archivador y una estantería. La única diferencia era que la estantería estaba vacía y no había nada en las paredes. Y allí, sentado detrás del escritorio, estaba Rhys mirándola con una sonrisa de oreja a oreja.

Estuvo a punto de preguntarse si, al entrar allí, había atravesado alguna especie de hechizo, o si los brujos del departamento le estaban gastando alguna broma, una especie de novatada.

Pero entonces Rhys se levantó y se acercó a ella, tan de carne y hueso como ella misma. Luego cerró la puerta detrás de ella y le dijo:

—Hola, *cariad*.

Quería decirle un millón de cosas, hacerle un sinfín de preguntas, pero lo único que le vino a la mente fue:

—Tienes un despacho.

—Sí.

—Y un escritorio.

—Sí, eso también.

—Y estás... aquí.

—Te has dado cuenta, ¿verdad?

—¿Por qué?

Rhys exhaló un suspiro, se metió las manos en los bolsillos y se encogió de hombros.

—Bueno, verás, volví a Gales, a trabajar como siempre, pero me sentía absolutamente miserable. Era el tipo más triste que hayas visto en tu vida. Estaba tan triste que Wells (¡sí, Wells!) me dijo que era un cretino deprimente, y es el presidente del Club de los Cretinos Deprimentes, lo que me dejó bastante preocupado, la verdad.

A Vivi le dolía la cara, y se dio cuenta de que era porque estaba sonriendo.

Rhys también sonreía.

—Así que pensé —continuó—, ¿qué puedo hacer para estar menos triste? Y me percaté de que la única respuesta posible era estar contigo. O, por lo menos, cerca de ti. Y resulta que, cuando una universidad lleva tu apellido, están más que dispuestos a dejarte dar alguna que otra clase. De modo que aquí estoy.

—¿Y tu agencia? —preguntó ella. Estaba un poco aturdida.

Rhys asintió.

—Sigo con ella. Puedo llevarla desde aquí sin problema, pero Bowen dijo que este momento requería un gran gesto... A ver, yo decidí que este momento requería un gran gesto y no recibí ninguna ayuda de mi hermano.

—Además —continuó—, quería demostrarte que iba en serio en cuanto a esto, en cuanto a quedarme aquí. Quiero echar raíces. No estoy bromeando, Vivienne.

Se acercó un poco más a ella. Vivi respiró su aroma y apoyó las manos en el pecho de Rhys, donde su corazón latía a un ritmo constante bajo su palma.

—Soy consciente de que dejar mi vida y mudarme a Georgia por una mujer podría caer en la categoría de decisiones imprudentes y mal pensadas, pero el caso es que estoy enamorado locamente de esa mujer. —Se inclinó sobre ella un poco más, bajando la voz—. Por cierto, esa mujer eres tú. Quiero asegurarme de que ha quedado claro.

Vivi se rio, incluso mientras sentía que las lágrimas se agolpaban en sus ojos.

—Eso está bien, porque no puedo competir por tu amor con la tía Elaine. Se me da fatal la repostería.

—Tu único defecto.

Rhys tomó una profunda bocanada de aire y estiró la mano para acariciarle el rostro, con los dedos apoyados en su nuca mientras la miraba a los ojos.

—Te quiero. Mucho, muchísimo. Sé que a veces soy un poco frívolo, o que suelto alguna gracia en vez de decir la verdad, pero quiero que sepas que lo eres todo para mí, Vivienne. Todo.

Apoyó la frente en la de ella y cerró los ojos. Vivi alzó las manos y le agarró de las muñecas.

—Te ganaste mi corazón desde el momento en que te vi en esa maldita ladera. Odio haber estado nueve años sin ti, pero no voy a desperdiciar ni un segundo más. Si necesitas que esté aquí, aquí es donde voy a estar. Así de simple.

Vivi se echó hacia atrás y miró los ojos azules de Rhys. Puede que él fuera el Loco, pero ella también debía de serlo, porque se dio cuenta de que la imagen que había en la carta, una persona caminando alegremente por un acantilado, no tenía por qué representar necesariamente un comportamiento imprudente.

En realidad se trataba de dar el salto y confiar en que algo (o alguien) te atraparía.

—Quiero ir a Gales contigo —soltó ella de repente.

Rhys la miró confundido.

—¿Te has perdido la parte en la que te he dicho que me he mudado aquí?

Vivi negó con la cabeza llorando y riendo al mismo tiempo.

—No, lo que quiero decir es que no tenemos que escoger una cosa o la otra. Tú aquí o yo en Gales. Podemos hacer ambas. Podemos tener ambas. Va a ser un lío y, a veces, un poco duro, pero merecerá la pena. Porque yo también te quiero. Soy tuya desde hace mucho tiempo y confío en ti.

Y nada más decirlo, supo que era verdad.

Confiaba en Rhys con todo su corazón. El imprudente y voluble Rhys, que iba por la vida despreocupado, pero que la amaba y se lo había demostrado una y otra vez.

El Loco y la Estrella, tal y como Gwyn los había pintado en sus cartas. Saltando por los acantilados y resplandeciendo de forma constante, dos opuestos que no podían vivir el uno sin el otro.

Y que tampoco tenían por qué hacerlo.

Y eso, reconoció Vivi mientras Rhys la besaba, podría ser lo más maravilloso de todo.

Agradecimientos

Como no podía ser de otra manera, siendo esta como es una historia sobre brujas, esta es mi decimotercera novela publicada. En estos trece libros, he tenido la enorme suerte de contar con Holly Root como mi agente. La magia que puede ejercer un buen agente es una fuerza realmente poderosa y soy muy afortunada de tener a Holly lanzándome sus hechizos.

Tessa Woodward entendió este libro desde el primer momento, y gracias a su particular magia, soy mucho más fuerte de lo que jamás había soñado.

Estoy convencida de que todo el equipo de William Morrow está formado por magos, ¡y no os podéis imaginar lo agradecida que estoy!

A mi propio aquelarre, sobre todo a mis Damas de Orlando (las emprendedoras no, las otras), gracias por escucharme cuando este libro era solo un embrión. ¡La próxima ronda de *brie* corre por mi cuenta!

En el fondo, esta es una historia sobre la familia, y yo he tenido muchísima suerte con las que me han tocado, tanto de la que vengo como de la que he formado. Os quiero a todos.

ERIN STERLING, que también escribe como Rachel Hawkins, es una autora superventas del *New York Times* que ha escrito numerosos libros para jóvenes lectores y cuyas obras han sido traducidas a una docena de idiomas. Estudió roles de género y sexualidad en la literatura victoriana en la Universidad de Auburn y vive en Alabama.

¿TE GUSTÓ ESTE LIBRO?

escríbenos y
cuéntanos tu opinión en

 /Sellotitania   /@Titania_ed

 /titania.ed

#SíSoyRomántica

Ecosistema digital

Floqq
Complementa tu
lectura con un curso
o webinar y sigue
aprendiendo.
Floqq.com

Amabook
Accede a la compra de
todas nuestras novedades en
diferentes formatos: papel,
digital, audiolibro
y/o suscripción.
www.amabook.com

Redes sociales
Sigue toda nuestra
actividad. Facebook,
Twitter, YouTube,
Instagram.

EDICIONES URANO